Elena Bellmar
Mörderisches Mallorca –
Toni Morales und die Töchter des Zorns

ELENA BELLMAR

TONI MORALES UND DIE TÖCHTER DES ZORNS

MÖRDERISCHES MALLORCA

Ein Mallorca-Krimi

PENDO

Mehr über unsere Autoren und Bücher:
www.pendo.de

Wenn Ihnen dieser Kriminalroman gefallen hat,
schreiben Sie uns unter Nennung des Titels
»Mörderisches Mallorca – Toni Morales und die
Töchter des Zorns« an *empfehlungen@piper.de*,
und wir empfehlen Ihnen gerne vergleichbare Bücher.

FSC
www.fsc.org
MIX
Papier aus verantwortungsvollen Quellen
FSC® C083411

ISBN 978-3-86612-478-3

Redaktion: Kerstin von Dobschütz
Satz: Fotosatz Amann, Memmingen
Gesetzt aus der Kepler Std
Druck und Bindung: CPI books GmbH. Leck
Printed in the EU

Sonntag

1

Schwester Beate wollte nicht hier sein. Nicht unter so vielen Menschen. Dennoch blieb ihr keine andere Wahl. Noch war sie neu im Konvent auf Mallorca, musste sich anpassen und durfte nicht auffallen. Daran hatte die Klostervorsteherin aus Madrid keinen Zweifel gelassen.

Sicher, sie hätte ein Unwohlsein vortäuschen können. In ihrem hohen Alter wäre ein kleiner Schwächeanfall nichts Außergewöhnliches. Nur würde die Oberschwester einen Arzt kommen lassen, was eine erneute Gefahr darstellte. Und die Untersuchung durch einen Arzt zu verweigern, wäre noch auffälliger gewesen, als sich beim Besuch des Klosters Lluc im Hintergrund zu halten und sich der Hoffnung hinzugeben, unerkannt zu bleiben.

Der sonnige Tag lockte allerdings viele Besucher zum Kloster. Die beeindruckende Berglandschaft verhieß einen schönen Tag beim Wandern. Familien, Touristen und einige Pilger, die die Schwarze Madonna sehen und zu ihr beten wollten, bevölkerten den Kirchplatz.

»Bist du verrückt geworden, Hugo? Lass mich in Ruhe!«, zerschnitt eine Stimme die friedliche Atmosphäre.

Schwester Beate drehte sich um. Ein Paar stritt sich direkt neben ihr. Der Mann hob drohend die Hand und schien tatsächlich zuschlagen zu wollen. »Wagen Sie es nicht!« Eilig ging Schwester Beate auf die zurückweichende Frau zu und stellte sich schützend vor die Unbekannte. Dieser Kerl würde es kaum wagen, vor all den Besuchern eine gebrechliche Nonne auf dem Klosterplatz anzugreifen.

Mit vor Wut funkelnden Augen ließ er die Hand sinken. »¡Oye! Was mischst du dich hier ein?«

Das war eine gute Frage. Sie selbst konnte es sich nicht erklären, denn sie hätte sich heraushalten sollen. Das Alter ließ sie wohl empathischer werden. Nun zog sie wider Willen doch die Aufmerksamkeit vieler Menschen auf sich. Sie senkte den Kopf. »Beruhigen Sie sich, bitte«, bat sie und hob beschwichtigend die Hand.

»Komm hierher«, befahl der Kerl der jüngeren Frau.

Die zierliche Spanierin schüttelte den Kopf. »Vergiss es, Hugo. So kannst du mit deinem Hund reden!«

»Sie sollten gehen und sich beruhigen«, wandte sich Schwester Beate an den Mann.

Der trat einen Schritt auf sie zu. »Und du solltest dich aus fremden Angelegenheiten heraushalten«, zischte er kaum hörbar. »Sonst wird es dir schlecht ergehen.«

»Schwester Clara, alles in Ordnung?«

Schwester Beate zögerte einen Moment, bis ihr klar wurde, dass sie gemeint war. Sie drehte sich um und entdeckte Padre Federico, der auf sie zuschritt. »Brauchen Sie Hilfe?«

Der Fremde kniff die Augen zusammen. »Wir sehen uns wieder.«

Der drohende Klang in seiner Stimme ließ sie ebenso sehr zusammenzucken wie die Frau. Beide vermochten nicht genau einzuschätzen, wem die Drohung gegolten hatte. »Alles in Ordnung?«, wandte sie sich an sie. »Ich bin Schwester Clara.«

»Nati«, stellte sich die Dunkelhaarige vor. »Nati Forteza.«

Padre Federico sah von einer zur anderen. »Was war hier denn los?«

»Nur ein Streit. Wir haben eigentlich wegen nichts gestritten«, sagte Nati und sah ihrem Freund hinterher. »Aus heiterem Himmel ist Hugo aggressiv geworden.«

»Er wollte Sie schlagen«, wandte Schwester Beate ein. »Das ist deutlich mehr als ein Streit. Kommt das öfter vor? Dann sollten Sie ihn anzeigen und sich Hilfe suchen.«

Der Padre nickte. »Soll ich die Polizei rufen?«

So hatte es Schwester Beate nun auch wieder nicht gemeint. Mit der Polizei wollte sie nichts zu tun haben. »Das wird nicht nötig sein, oder?«, fragte sie Nati. Warum hatte sie sich überhaupt eingemischt?

»Nein. Wirklich nicht. Außerdem kennen wir uns eigentlich kaum«, sagte Nati. »Machen Sie sich also keine Sorgen um mich.«

Schwester Beate nickte erleichtert.

»Und wenn Hugo keine verdammt gute …«, Nati unterbrach sich und sah zwischen dem Padre und Schwester Beate hin und her. »Verzeihung. Ich meinte, wenn er keine gute Erklärung für sein Verhalten hat, werde ich ihn nicht wiedersehen. Wir waren bisher nur dreimal verabredet.«

»Möchten Sie mit mir sprechen?«, bot Padre Federico an.

Nati schüttelte den Kopf. »Ich gehe jetzt eine Runde spazieren. Den Kopf frei bekommen. Der Tag ist einfach zu schön, um ihn nicht an der frischen Luft zu verbringen.«

»Alles Gute«, verabschiedete sich Schwester Beate, und auch Padre Federico nickte zustimmend und murmelte einen Abschiedsgruß.

»Danke. Auch für Ihre Hilfe«, bedankte sich Nati Forteza, drehte sich um und ging in Richtung der Parkplätze.

»Das war mutig von Euch, Schwester Clara«, lobte der Padre.

»Das war nichts.« Bescheiden senkte sie den Kopf. »Ich muss mit Euch sprechen, Padre.« Schwester Beate konnte diese einmalige Gelegenheit nicht verstreichen lassen. Sie war mit dem Padre zufällig allein. Ihn vor allen anderen um ein Gespräch zu bitten, hätte sie nicht gewagt.

»Gerne.« Er ging in die Sakristei voraus. »Ein normales Gespräch oder soll ich Euch die Beichte abnehmen?«

»Ich möchte beichten.« Schwester Beate folgte ihm mit gesenktem Blick. Wenn sie schon hier oben war, wollte sie wenigstens beichten. Nach all den Jahren musste sie sich alles von der Seele reden. Und jetzt bot sich ihr die Gelegenheit. In ihrem hohen Alter verlangte es sie nach Erlösung und Vergebung.

»Gut«, sagte Padre Federico. »Die anderen sind im Klosterhof. Wir werden später zu ihnen gehen.«

»Vielen Dank, Padre.«

Der Ablauf der Beichte war für sie eine gewohnte Handlung. Und so begann Schwester Beate mit der offiziellen Begrüßung, als sie im Beichtstuhl niederkniete. »Im Namen des Vaters und des Sohnes und des Heiligen Geistes. Amen.«

Padre Federico sprach ein kurzes Gebet zur Einleitung.

»Meine letzte Beichte war vor etwa zwei Wochen. Und heute bekenne ich in Reue meine Sünden.« Sie seufzte leise auf.

»Schwester Clara«, hörte sie die Stimme des Padre. »Wenn Eure letzte Beichte wenige Tage zurückliegt, wird es so schwer nicht werden. Vertraut auf die Güte des Herrn.«

»Mein Name ist nicht Schwester Clara«, begann sie. Je länger sie sprach, desto deutlicher spürte sie, wie schwer sie Padre Federico mit der Beichte ihrer Sünden belastete. Doch Schwester Beate fühlte sich alt, verbraucht, ihr Rücken war krumm, ihre Beine schmerzten bei jedem Schritt, und im gesegneten Alter von knapp neunzig Jahren würde sie nicht ewig leben. Ihr Geheimnis konnte sie nicht mit ins Grab nehmen, dafür war ihr Glaube an Gott und ihre Hoffnung auf Vergebung zu groß. Nur ob ihre Reue ausreichte, um Gnade vor dem Herrn zu finden?

Auf der anderen Seite des Beichtstuhls herrschte tiefes Schweigen. Ein leises Räuspern drang zu ihr herüber. »Ihr habt schwere Schuld auf Euch geladen, Schwester. Ich hoffe, Gott vergibt Euch Eure Schuld.« Er nannte ihr einige Gebete, die ihr Erlösung bringen sollten. »Gott, der barmherzige Vater, hat durch den Tod und die Auferstehung seines Sohnes die Welt mit sich versöhnt und uns den Heiligen Geist gesandt zur Vergebung der Sünden. Durch den Dienst der Kirche schenke er auch Euch Verzeihung und Frieden.« Padre Federicos Worte waren die Standardfloskeln, die man nach der Beichte benutzte, um den Sünder mit einer Buße zu entlassen. In seiner Stimme hörte Schwester Beate jedoch, wie wenig der Padre selbst an seine Worte glaubte. »So spreche ich Euch los von Euren Sünden: Im Namen des Vaters und des Sohnes und des Heiligen Geistes.« Nun seufzte er tief. »Geht hin in Frieden. Gelobt sei Jesus Christus.« Seine Stimme brach beinahe, so sehr setzte ihm ihr Geständnis zu. »Eure Sünden sind Euch vergeben.«

»In Ewigkeit. Amen.« Schwester Beate blieb im Beichtstuhl sitzen. Sie brachte es nicht über sich, Padre Federico in die Augen zu sehen. Nicht, nachdem er jetzt wusste, was sie getan hatte. Es vergingen einige Minuten. Niedergeschlagen schüttelte sie den Kopf. Wie hatte sie glauben können, die Beichte würde ihr Frieden schenken? Nichts hatte sich geändert. Gar nichts. Und sie wusste auch, warum: Aufrichtige Reue bedingte auch Sühne. Und die wahre Aufgabe der Sühne bestand darin, die Schäden wiedergutzumachen und sich mit den Betroffenen auszusöhnen. Doch das war unmöglich. Was sie getan hatte, konnte kein Mensch verzeihen.

2

Toni Morales stand vor dem Polizeirevier und sah seiner Frau nach, wie sie in ihrem Sportflitzer um die nächste Straßenecke bog. Ein Lächeln zeichnete sich auf seinem Gesicht ab. Melanie hatte ihn auf dem Weg in die Kanzlei, die neben der Kathedrale lag, an seiner neuen Arbeitsstelle abgesetzt. Während der ganzen Fahrt hatte sie darüber gerätselt, was ihr Chef an einem Sonntag von ihr wollte. Vermutlich wartete ihr erster eigener Fall auf sie. Toni wünschte es ihr. Mel hatte in den vergangenen Monaten so hart dafür gearbeitet, während er noch in der Leitstelle in Madrid festgesessen hatte. Nie hatte sie sich beschwert, auch wenn Toni sehr wohl wusste, wie mühevoll ein Neuanfang für sie werden würde.

Sein Vorschlag, auf die Insel zu ziehen, war bei seiner Frau zu Beginn auf Ablehnung gestoßen. Doch um den Mord an seinem Halbbruder aufklären zu können, musste er vor Ort recherchieren. Die bisherigen Ermittlungen akribisch zerpflücken, herausfinden, wie es sein konnte, dass ein Polizistenmord auf dieser Insel seit über zwei Jahren ungeklärt bleiben konnte. Irgendetwas konnte da nicht mit rechten Dingen zugehen. Davon war Toni überzeugt. Wie sollte er da einfach zur Tagesordnung übergehen?

Zudem würde ihr Leben in Zukunft ruhiger verlaufen. Sein aufreibender Job bei Europol hatte ein vernünftiges Eheleben nur selten zugelassen. Letztlich hatte er Mel mit seinen Argumenten überzeugt. Nicht nur ihre Ehe würde von den ruhigeren Arbeitsbedingungen profitieren. Auch seine mallorquinische Familie würde nach der Aufklärung des feigen Mordes wieder Frieden finden können.

Sein letzter freier Tag hatte ursprünglich ihnen beiden gehören sollen. Entsprechend wenig begeistert war er gewesen, Mel an einem Sonntag in die Kanzlei gehen zu lassen, aber es war ihre Chance auf den ersten eigenen Mandanten, und dem wollte er keinesfalls im Weg stehen.

Um sich allein zu Hause nicht zu langweilen, hatte er kurzerhand beschlossen, sich in der Zwischenzeit in seinem zukünftigen Reich umzusehen. Was hätte er auch sonst tun sollen?

Auch wenn er nicht glaubte, an einem Sonntagmittag jemanden aus seinem neuen Team anzutreffen, betrat Toni voller Neugierde das Revier. »Comandante Antonio Morales, ich werde ab morgen die Abteilung für Gewaltverbrechen leiten«, stellte er sich am Empfang vor. »Können Sie mir jemanden schicken, der mich herumführen und mir auch den Schlüssel für meinen Dienstwagen aushändigen kann?«

Der junge und schmächtige Kerl war kaum größer als der Tresen, hinter dem er beinahe verschwand. Dienstbeflissen hackte er auf seinen Computer ein. »Ah ja, hier habe ich es. Sie sind aus Madrid zu uns versetzt?« Eine leichte Röte überzog das Gesicht des jungen Mannes. »Sie werden erst morgen erwartet.«

»Genau. Und nun bin ich heute schon hier.« Toni amüsierte sich, weil sich der junge Polizist so schnell aus dem Konzept bringen ließ.

»Anabel García ist heute nicht im Haus. Aber ich kann Teniente Nando kommen lassen.«

Toni schluckte hart. Dann straffte er die Schultern, um seine Irritation zu verbergen. Anabel García? Er hatte so lange auf eine freie und adäquate Stelle in diesem Revier gewartet, dass er überhaupt nicht nachgefragt hatte, wem er unterstellt sein würde. »Coronel Anabel García«, hakte er nach, »auch bekannt als La Máquina?« Natürlich war Anabel keine Maschine, aber ihr Verstand arbeitete so präzise wie ein Schweizer Uhrwerk, und ihr Ruf eilte ihr mit diesem Spitznamen landesweit voraus. Und – Anabel würde mit Sicherheit nicht vergessen haben, weswegen er ihre lockere Liebesbeziehung beendet hatte.

Wegen Mel.

Und ihm war klar, wie wenig zuträglich dieser Umstand für Anabels doch recht ausgeprägtes Selbstbewusstsein gewesen sein musste.

»Oh, Sie kennen Coronel Anabel García?« Die Augen des schmächtigen Burschen leuchteten vor Begeisterung auf. Er schien für sie zu schwärmen. »Hier, bitte, zum Einstand.« Er reichte ihm einen Becher Kaffee.

Geistesabwesend nickte Toni und trank einen Schluck. Warum musste ausgerechnet seine ehemalige Geliebte die Leitung der Jefatura de Policía Judicial innehaben?

Das würde Mel nicht gefallen. Und ihm gefiel es auch nicht. Es könnte Komplikationen verursachen. Besser, er behielt diese Nachricht vorerst für sich. Zumindest so lange, bis er wusste, wie es zwischen Anabel und ihm künftig laufen würde. Ob sie ihm zwischenzeitlich verziehen hatte? Immerhin waren sechs Jahre vergangen. Er hoffte es, denn sonst würde sein neuer Job als Chef der UCO alles andere als leicht werden.

Alternativen blieben ihm ohnehin nicht. Er würde sich mit der Situation arrangieren müssen. Schließlich hatte es ganze acht Monate gedauert, bis in Palma eine Stelle für seinen Rang frei geworden war. Und wenn er seine Ehe nicht aufs Spiel setzen wollte, musste das Pendeln zwischen Madrid und Deutschland und zuletzt auch noch nach Mallorca ein Ende finden. Mel hatte sich überreden lassen, auf die Insel zu ziehen, doch dass sie so lange Zeit ohne ihn dort würde leben müssen, davon war nie die Rede gewesen. Ohne zu zögern, hatte er deshalb bei dem Angebot, die Abteilung für Schwerverbrechen zu leiten, zugegriffen. Die Zeit der wenigen gemeinsamen Wochenenden mit Mel musste endlich vorbei sein.

»Ist jemand aus dem Team da?« Vielleicht hatte er ja doch Glück.

»Erst morgen. Heute hat niemand mit Ihnen gerechnet. Soll ich Teniente Nando informieren? Er könnte Sie herumführen.«

Toni überlegte kurz. »Erklären Sie mir nur den Weg zur Abteilung, und besorgen Sie mir den Schlüssel für meinen Dienstwagen. Der Rest hat dann bis morgen Zeit.«

Die Büroräume befanden sich im zweiten Stock, und über die Raumnummer fand er seinen neuen Arbeitsbereich auch nach einer kurzen Suche. Fünf aufgeräumte Schreibtische in einem großen Raum, dahinter ein durch eine Glasscheibe abgegrenztes Büro. Sein Büro. Im Vergleich zu seinen früheren Arbeitsplätzen wirkten die Einrichtung und auch die Computer ein wenig veraltet. Wie alles funktionierte, wollte er erst am kommenden Tag erkunden. Für diesen Tag hatte er genug erfahren. Anabel García. Seine Chefin. Ob das gut gehen konnte?

Zwanzig Minuten später stand Toni auf dem Parkplatz vor der Hauptwache in Palma und hielt den Schlüssel zu seinem Dienstwagen in der Hand. Ein Mégane? Wollten ihn die neuen Kollegen auf den Arm nehmen? Mit einem sportlicheren Modell hatte er schon gerechnet. Aber vielleicht reichte ein Renault Mégane ja auf einer Insel wie dieser vollkommen aus. Unauffällig musste das Fahrzeug natürlich sein, und das war es in dieser silbernen Metalliclackierung mit Sicherheit. Dennoch vermutete er, bei einer Verfolgung mit diesem Wagen den Kürzeren zu ziehen.

Er setzte sich in das Auto, stellte den Fahrersitz und die Spiegel passend ein, startete den Motor und fuhr los.

Toni bog rechts auf den Paseo Marítimo ab, genoss den Blick auf die Palmenallee und das Meer, das in der Sonne glitzerte. Durch das offene Seitenfenster wehte die würzig salzige Meeresbrise in den Wagen. Der Duft seiner Kindheit. In diesem Moment fiel ihm auf, wie sehr er die Insel vermisst hatte.

Gemächlich fuhr Toni an der sandsteinfarbenen Kathedrale vorbei und fädelte sich seufzend in den fließenden Verkehr ein.

Alles wirkte so idyllisch und bezaubernd. Und er hätte es sicherlich auch genießen können, wäre er nur der Ruhe wegen nach Mallorca gekommen.

Toni verbot sich, länger über den Mord an seinem Halbbruder nachzugrübeln. Erst musste er herausfinden, wie seine Kollegen tickten und wem er vertrauen konnte. Irgendjemand hatte bei der Untersuchung geschlampt, daran gab es für ihn keinen Zweifel. Ob absichtlich, musste er noch herausfinden. Doch ein ungeklärter Polizistenmord? Toni schüttelte leicht den Kopf und lenkte seine Konzentration auf den Verkehr.

Auf der Autobahn nach Santa Ponsa herrschte an diesem Sonntag nur wenig Verkehr. Es reizte Toni, zu erfahren, was tatsächlich in dem Fahrzeug steckte. Kaum auf der freien Überholspur, trat er kräftig aufs Gas. Der Wagen zog ganz ordentlich, wenngleich er in den oberen Gängen durchaus spritziger hätte sein dürfen. Etwas enttäuscht drosselte er das Tempo wieder. Seinen Hang zur Geschwindigkeit könnte er wohl nur noch mit seinem Motorrad ausleben. Die deutschen Autobahnabschnitte ohne Geschwindigkeitsbegrenzung würde er vermissen.

Nach fünfzehn Minuten parkte er den Mégane vor der Doppelgarage seines Hauses. Es war ein Glücksfall gewesen, dass seine Schwiegermutter Adelheid diese zwei Doppelhaushälften gekauft hatte und zu ihnen gezogen war. Das erleichterte für Mel vieles. Er selbst hatte Familie auf der Insel, doch Mel? Sie hatte schon ihre Freunde in Deutschland zurücklassen müssen.

Während er ausstieg, sah er Adelheid an seinem Küchenfenster stehen. Neugierig streckte sie den Kopf heraus und lachte. »Das nenne ich mal passend! Eine kleine Familienkutsche. Gibt es News, die ihr mir verheimlicht?«

Toni hob nur abwehrend die Hand. »Lass gut sein, ja?«

Adelheid lachte noch immer, als er die Küche betrat.

»Ist Mel schon zurück?«

Seine Schwiegermutter schüttelte den Kopf. »Und mit *dem* Wagen willst du Verbrecher jagen?«

Toni ging an den Kühlschrank und holte sich ein Bier heraus. Besser, er ignorierte Adelheids spitze Bemerkungen.

»Na ja, so viel ist hier auch wieder nicht los«, kommentierte sie ungerührt weiter. »Und mit dem Auto kannst du dich problemlos an jeden anschleichen. Einen Kripobeamten erwartet da sicherlich niemand.«

»Hast du nichts zu tun?«, fragte Toni, bevor er auf die Terrasse ging und sich in den Liegestuhl im Schatten einer Platane fallen ließ. Im Grunde mochte er Adelheids spitze Zunge, doch an diesem Tag war es ihm einfach zu viel.

»Doch, aber ich koche trotzdem gerne für euch. Und das, obwohl ich ins Altersheim muss. Die Gemüselasagne ist fertig, und die Garzeit ist schon eingestellt. Ihr müsst nur noch den Ofen anschalten.« Adelheid strich sich das graue Haar zurück.

Seine Schwiegermutter sah nach wie vor aus wie eine Hippiebraut aus den Siebzigerjahren. Und er hatte sie schon mehrfach dabei erwischt, wie sie heimlich Gras rauchte.

Kaum auszudenken, wenn er sie deswegen irgendwann festnehmen müsste. Trotzdem mochte er insgeheim ihre eigenwillige Art, obwohl es ab und zu zwischen ihnen knallte.

»Was steht im Altersheim an?«, fragte er. »Du vertickst aber nicht irgendwas, oder? Das könnte ich auch dir unmöglich durchgehen lassen.«

»Ach, wo denkst du hin? Sonntags veranstalte ich doch immer den Bingoabend.« Adelheid stemmte ihre Arme in die Hüften. »Und was ich in meinen eigenen vier Wänden mache, ist meine Privatangelegenheit.«

»Dann solltest du künftig auch in deinen vier Wänden bleiben, wenn du Gras rauchst.«

»Neidisch?« Adelheid zwinkerte ihm zu. »Falls du mal was zur Entspannung brauchst, du weißt, wo du mich findest. Lass aber meinen Kühlschrank in Ruhe, verstanden?« Sie griff nach ihrer Handtasche und winkte ihm zum Abschied. »Und sag Mel, sie soll nachher noch zu mir rüberkommen, ja?«

Toni brummte zustimmend, trank einen Schluck aus seiner Flasche, sank zurück in den Liegestuhl und schloss die Augen. Adelheid hatte ihn in den wenigen Tagen, die er nun auf der Insel lebte, bereits zweimal beim Plündern ihres Kühlschranks ertappt. Seit Melanie sich vegetarisch ernährte, wollte sie keine Fleisch- oder Wurstwaren im Haus haben, was Toni zwar nachvollziehen konnte, ihn aber zum Kühlschrank seiner Schwiegermutter trieb.

Seine Frau hatte im Grunde ja recht. Auch für ihn wäre es gesünder, den Konsum tierischer Produkte einzuschränken. Doch wie sollte er von heute auf morgen seine Leidenschaft für ein saftiges Steak oder ein Brot mit Chorizo ablegen? Letztlich hatten sie einen Kompromiss gefunden: Zu Hause verzichtete er darauf, aber im Restaurant gönnte er sich seine Fleischrationen. Ein Deal, der für beide in Ordnung ging.

Das herrliche Sommerwetter versöhnte Toni mit diesem Tag, den er eigentlich mit Mel hatte verbringen wollen. Es würde schön werden, wieder in seiner alten Heimat zu wohnen. Gleich am nächsten Tag wollte er sich die Ermittlungsakte zum Fall seines Halbbruders besorgen. Mit dessen ungeklärtem Tod konnte er sich niemals abfinden. Möglicherweise Anabel auch nicht. Sie wollte bestimmt ihre Statistik an ungelösten Fällen minimieren, und Toni sah förmlich, wie seine neue Chefin ihre Finger nach dem nächsten großen Posten in Madrid ausstreckte.

3

»Schicker Wagen«, riss Mels Stimme Toni aus dem Nickerchen. »Deiner?«

»Sag nichts, okay?«, murmelte er schläfrig und zog sie zu sich auf die Liege, als sie ihn zur Begrüßung küsste. »Und, Frau Staranwältin, wartet dein erster Fall auf dich?«

Mel schmiegte sich in seine Arme. »Könnte man sagen. Wobei es eher in die Kompetenz meines Kollegen fällt. Doch die Klientin spricht kein Spanisch, deshalb hat man mich angerufen.«

»Und?«

»Sie hat nach dem Tod ihrer Eltern den Nachlass geregelt und ist dabei auf einen Brief gestoßen. Angeblich soll sie auf Mallorca adoptiert worden sein. Nun sucht sie nach ihren leiblichen Eltern.«

»Hört sich nach einem Riesenfall an«, scherzte Toni.

»Könnte durchaus sein.« Mel rückte von ihm ab und schob seine Beine beiseite, um sich aufzusetzen. »Mit den Dokumenten stimmt was nicht. Ich hatte dir ja von den alten Fällen erzählt, die aufgerollt und von meinem Kollegen Fernando vertreten werden. Sie könnte tatsächlich eines von diesen Babys sein, die sie während der Francodiktatur nach der Geburt verkauft haben.« Sie griff nach seinem Bier, trank einen Schluck und verzog das Gesicht. »Das ist ja warm.«

»Ich bin auch schon eine Weile zu Hause.«

Sie stellte die Flasche zurück auf den Boden. »Fernando und ich werden den Fall gemeinsam untersuchen. Das heißt dann wohl, sie haben mich endlich als qualifizierte Mitarbeiterin in ihrem erlauchten Kreis akzeptiert. Und damit das so bleibt, muss ich mich in die anderen Fälle einarbeiten. Die Gerichtsakten habe ich gleich in Kopie mitgenommen. Wir werden uns die kommenden Tage also eher selten sehen.«

Toni verstand die Umstände, dennoch hatte er gehofft, wenigstens für kurze Zeit die neue Zweisamkeit genießen zu können.

»Aber keine Arbeit am Wochenende«, wandte Toni ein. »Lass das heute eine Ausnahme gewesen sein, ja?«

»Ich bin gespannt, wie lange du selbst unsere Vereinbarung einhalten kannst.«

»Ach, was soll auf dieser Insel schon groß passieren?« Toni kannte die Statistiken. Auf Mallorca geschah wenig. Kein Vergleich zu seinem bisherigen Job, in dem er zwischen Madrid und Deutschland gependelt war. Er könnte eine ruhige Kugel schieben und sich mit Bedacht um die ungeklärten Fälle der letzten Jahre kümmern. Und genau so stellte er sich sein weiteres Leben vor.

In naher Zukunft konnte er sich durchaus auch vorstellen, mit Mel eine Familie zu gründen, nachdem er nun jeden Abend nach Hause kommen würde. Und das Reihenhaus wäre groß genug für Kinder.

Sein Handy klingelte. Nicht mal den späten Nachmittag konnte er ohne Störung genießen. »¡Diga!?«

»Comandante Morales?«

Toni setzte sich auf und verdrehte die Augen. Er erkannte die Stimme des Tenientes, mit dem er zuvor einen Kaffee getrunken hatte. »Ja, worum geht es?« Hätte er geahnt, dass der Kerl vom Dauerdienst sofort anhänglich wurde, hätte er das vorangegangene Gespräch abgekürzt.

»Wir haben eine Leiche.«

»Eine Leiche? Wo?«

»Eine Nonne ist die Treppe heruntergestürzt. Direkt bei der Stadtmauer. Nur eine Straße von deren Konvent entfernt.«

»Und was hat das mit mir zu tun?«

»Könnte sein, dass es kein Unfall war. Sie liegt schon in der Gerichtsmedizin. Die genauen Umstände werden gerade geklärt.«

»Es ist Sonntag.« Toni stand auf. »Rufen Sie mich an, sobald ein Unfall ausgeschlossen werden kann.«

»Befehl von oben. Wie die Kollegen im Konvent Bondad von der Vorsteherin erfahren haben, hielt sich die Schwester offenbar unter falschem Namen dort auf. Ihre wahre Identität ist unbekannt.«

»Eine Nonne in geheimer Mission?«, fragte Toni.

»Sieht so aus.«

»Wie spannend.« Toni gähnte.

»Coronel Anabel García lässt Ihnen ausrichten, der Fall gehe an Sie und Sie sollen ihn lückenlos aufklären. Der Gerichtsmediziner erwartet Sie.« Dann legte der Kollege einfach auf.

Toni fluchte. »Was bildet die sich eigentlich ein? Ich habe erst morgen Dienst!« Anabel zeigte also sofort, wie sie mit ihm künftig umspringen wollte.

Mel zog ihre Stirn in Falten. »Wen meinst du?«

»Meine neue Chefin.« Toni brummte. »Das fängt ja echt gut an in dem Laden.« Bevor er mit Mel über seine neue Vorgesetzte sprechen würde, musste er wissen, wie es mit Anabel lief. Mel kannte sie nur flüchtig, doch war es bei beiden Antipathie auf den ersten Blick gewesen. Mel schätzte Anabel eiskalt und berechnend ein, und für Anabel war Mel die Konkurrentin, die ihr den Mann ausgespannt hatte.

»Unser Deal hat ja lange gehalten.« Mel sah ihn nachdenklich an.

»Es tut mir leid«, entschuldigte sich Toni. »Ich muss los.«

Seine Frau nickte und lächelte ihn an. »Ich weiß. Und damit steht es heute schon 1:1.« Sie zog ihn zu sich. »Aber ich habe ja gewusst, auf was ich mich mit einem Polizisten einlasse.«

Erleichtert drückte er Mel an sich. »Du bist im Grunde selbst schuld. Du holst schließlich die bösen Jungs wieder aus dem Gefängnis, die ich mit unzähligen Überstunden endlich hinter Gitter gebracht habe.«

»Jeder hat ein Recht auf Verteidigung, Schatz«, sagte sie ihren Standardspruch, wenn er darüber klagte. »Und manches Mal irrt ihr euch eben.«

»Ich nicht«, verteidigte sich Toni und grinste.

»Nein, niemals. Du änderst nur manchmal deine Meinung. Das ist natürlich etwas ganz anderes.« Mels braune Augen funkelten vergnügt.

Er liebte diese kleinen Wortgefechte mit seiner Frau. »Ich bin hoffentlich bald wieder da.« Dann eilte er zur Tür. »Ach ja, die Lasagne steht im Ofen, und du sollst dich bei deiner Mutter melden. Ich werde wohl außer Haus essen.«

4

Catarina Pérez blinzelte in die Sonne und ließ ihren Blick über das glitzernde Meer schweifen. Sie genoss die freien Sonntage, die sie ungestört mit ihrem neuen Freund Mateo verbringen konnte. Da sie selbst in Palma wohnte und er schon seit fünf Jahren an der Ostküste in dem verschlafenen Ort Son Servera die Schreinerei seines Vaters führte, pendelten sie an den Wochenenden regelmäßig zwischen den beiden Wohnorten hin und her.

An diesem Sonntag hatte Mateo die Strecke auf sich genommen, und nach einem Bummel an der Hafenpromenade von Portixol saßen sie jetzt im Schatten bei einer Tasse Kaffee und lauschten den Möwen, die sich kreischend in die Luft schwangen und die Boote im Hafen von oben beäugten. Die Blätter der wenigen Palmen raschelten im lauen Sommerwind. »Irgendwann kaufen wir uns ein Boot, versprochen?«, bat Catarina, als sie eine Jolle in den sanften Wellen dümpeln sah.

»Du hast einen Segelschein?« Mateo blickte sie überrascht an.

Catarina lachte. »Du kennst eben noch nicht all meine Geheimnisse.«

»Das liegt nur daran, weil du mich ständig ausfragst, aber kaum etwas von dir erzählst«, beklagte sich Mateo. »Wir sind jetzt sechs Wochen zusammen, und ich kenne noch nicht mal deine Eltern.«

Catarina verzog das Gesicht. Das Verhältnis zu ihren Eltern konnte man als kritisch beschreiben. Sie hielten nichts davon, dass eine Frau bei der Polizei arbeitete. Als Sekretärin ging das in Ordnung, aber doch bitte nicht als Ermittlerin in der Abteilung für Schwerverbrechen. Für ihre Eltern ziemte es sich einfach nicht. Und sie vertraten die Meinung, dass Catarina mit ihren neunundzwanzig Jahren nur wegen ihrer schlechten Berufswahl noch unverheiratet war. Allein schon die zugehörige Militärausbildung hatte zu heftigen Diskussionen geführt, bis ihr Vater letztlich nachgab. Das war jedoch nur der Annahme geschuldet, die anstrengende Ausbildung würde Catarina wieder zur Vernunft bringen. Doch das Gegenteil war eingetreten. Sie arbeitete härter als alle anderen. Trainierte bis zur völligen Erschöpfung. Jedes freiwillige Schießtraining sowie jede Fortbildung absolvierte sie mit Ehrgeiz. Und ja, in einem Punkt behielten ihre Eltern recht: Nur wenige Männer kamen mit ihrem Beruf klar. Es stand außer Zweifel, dass Catarina niemals die Hausfrauenrolle übernehmen und sich nur um Ehemann und Kinder kümmern würde. Sicher, auch sie wünschte sich eine Familie, aber musste das zeitgleich bedeuten, sein eigenes Leben komplett aufzugeben?

»Mateo, irgendwann ergibt sich das schon«, wiegelte Catarina das leidige Thema ab.

»Das sagst du immer.«

Catarina betrachtete Mateo, der sich die Sonnenbrille auf die Nase schob und seinen Blick ebenfalls über den Hafen schweifen ließ. »Können wir es nicht langsam angehen lassen?«

Mateo brummte nur und strich sich seine dunklen Locken aus der Stirn. Catarina liebte sein markantes Kinn, die kräftige Nase und auch seine leichten Machoallüren, die für die spanischen Männer so typisch waren. Er genoss es sichtlich, wenn Catarina Zuspruch und Aufmunterung benötigte. In solchen Situationen merkte sie, wie stark und männlich er sich fühlte, und ginge es nach ihm, sollte sie sich viel häufiger an ihn anlehnen. Es bestätigte ihm, gebraucht zu werden. Das wusste sie. Aber sie war es gewohnt, Entscheidungen selbst zu treffen. Das führte regelmäßig zu Diskussionen. Aus diesem Grund wollte Catarina auch nichts in dieser Beziehung überstürzen.

»Natürlich können wir das«, versicherte Mateo. »Trotzdem möchte ich mehr von dir erfahren.«

»Du kannst mich doch alles fragen«, bot Catarina an.

Mateo holte Luft, wurde jedoch vom Klingeln ihres Telefons unterbrochen.

Catarina warf einen Blick auf das Display. Ihre Chefin. »Tut mir leid. Da muss ich drangehen.«

»Natürlich«, murrte Mateo und schluckte die Frage, die er ihr hatte stellen wollen, hinunter.

»¡Diga!?«, meldete sich Catarina knapp.

»Ein neuer Fall«, sagte Anabel García nach einer Begrüßung. »Ich weiß, du hast keine Bereitschaft. Trotzdem bitte ich dich, im Büro auf Antonio Morales zu warten. Ihr werdet den Fall zu zweit übernehmen.«

Antonio Morales sollte der Chef der UCO werden. Eine Position, die sie gerne übernommen hätte. Die Mitteilung, einen Neuen aus Madrid vor die Nase gesetzt zu bekommen, war ein herber Rückschlag für sie gewesen. Palmas Polizeichefin hatte Catarina jedoch versichert, dass sie die rechte Hand von Comandante Morales sein werde. Und zu gegebener Zeit, nach ihrer Beförderung vom Capitán zum Comandante, erhalte sie einen entsprechenden Posten. Doch für eine solche Position fehle es ihr noch an Erfahrung. Die solle sie in Zusammenarbeit mit Antonio Morales sammeln. Catarina sah das zwar anders, aber ihr blieb nichts weiter übrig, als sich zu fügen.

»Wann?«, fragte Catarina knapp. Sie hatte angenommen, ihren neuen Chef erst am kommenden Morgen kennenzulernen.

Catarina fing einen gekränkten Blick von Mateo auf.

Wenn sie es sich nicht mit ihren Vorgesetzten verscherzen wollte, musste sie gehen. Auf Mateo konnte sie keine Rücksicht nehmen.

»Comandante Morales ist schon in der Gerichtsmedizin. Er wird in dreißig Minuten im Büro sein. Schaffst du das?«

»Natürlich«, bestätigte Catarina.

»Danke. Und bis morgen«, verabschiedete sich ihre Chefin.

Catarina stand auf und hob entschuldigend die Hände. »Ich muss los. Es tut mir leid.«

»Treffen wir uns nachher? Wir wollten doch ins Kino.«

Sie reichte ihm ihren Haustürschlüssel. »Ich werde es versuchen.« Catarina beugte sich zu Mateo und küsste ihn zum Abschied.

5

Der beißende Geruch nach Desinfektionsmittel und Formalin in den Räumen der Gerichtsmedizin war wie üblich gewöhnungsbedürftig und schlug Toni auf den Magen. Es roch nach Tod.

Er fragte sich zur richtigen Stelle durch, klopfte an und trat ein. »Antonio Morales«, stellte er sich dem Forensiker vor. »Aber nennen Sie mich einfach Toni.«

»Doktor Jaume Álvarez«, grüßte der Arzt. »Und ich möchte auch so genannt werden. Den Titel habe ich mir hart erarbeitet.«

Toni hasste so ein Imponiergehabe. Ihm war der Rang eines Beamten gleichgültig. Was zählte, war die Leistung, weshalb er gerne seine militärische Bezeichnung wegließ. Doch in diesem Fall konnte er sich nicht zurückhalten. »Na, Comandante wird man auch nicht, weil man den ganzen Tag faul am Strand liegt und Bier trinkt.« Vermutlich verfügte der Arzt über einen ihm untergeordneten Dienstrang. Es war in dessen Beruf nicht von Bedeutung, ob er Capitán oder Comandante war. Seine Berufserfahrung als Forensiker sicherte ihm den Posten.

Der Arzt nahm seine Brille ab und sah ihn aus zusammengekniffenen Augen an. Offenbar hatte Álvarez ihn für einen Laufburschen von Anabel gehalten.

»Also, was haben wir hier?«, fragte Toni geschäftsmäßig. Die korrekte Anrede vermied er bewusst.

Doktor Álvarez räusperte sich und strich sich über sein schütteres Haar. »Weiblich, etwa neunzig, eins sechsundfünfzig groß, zweiundfünfzig Kilo schwer.«

Toni blieb reglos stehen und wartete darauf, dass der Arzt weitersprach.

»Genickbruch durch einen Sturz von der Treppe«, führte Álvarez weiter aus.

»Unfall?«, hakte Toni nach und freute sich, doch bald wieder zu Hause bei seiner Frau sein zu können.

»Schließe ich aus.« Álvarez trat auf den Leichnam zu und schob das Tuch über den Oberkörper hinab. »Sehen Sie hier, Einblutungen an beiden Schultern.« Der Arzt kam auf ihn zu, fasste Tonis Schultern und begann ihn zu schütteln. »Sie wurde so, vermutlich sogar noch kräftiger, geschüttelt und dann gestoßen oder in der Schüttelbewegung losgelassen, was zum Sturz geführt hat.«

»Sie können mich wieder loslassen«, bat Toni und sah auf den Mediziner hinunter. Álvarez maß gut fünfzehn Zentimeter weniger als er, hatte jedoch einen zupackenden Griff. Das hätte er dem alten Mann gar nicht zugetraut.

Toni betrachtete den knochigen und schlaffen Körper der Toten und fragte sich unweigerlich, wer etwas gegen eine so betagte Nonne haben könnte. So, wie sie schutzlos und nur noch als seelenlose Hülle vor ihm lag, regte sich sein Mitleid. Generell sollte man niemals eines gewaltsamen Todes sterben müssen, aber in diesem Alter? Da machte man sich doch keine Feinde mehr. Und in ihrer Tätigkeit als Nonne noch viel weniger. Bei einer Ordensschwester existierte kein Erbe, auf das die restliche Familie scharf sein könnte. Auch Eifersucht schied als mögliches Motiv aus.

Toni betrachtete die dunklen Hämatome an den Schultern. »Sonst noch etwas?«, fragte er.

»Die Nonne ist ganz klar durch Fremdeinwirkung gestürzt«, sagte Álvarez, begleitet von einem beschwichtigenden Nicken. »Und nennen Sie mich Jaume. Das geht schon in Ordnung.« Er rieb sich über die Nasenwurzel. »Nichts für ungut, ja?«

Toni nickte knapp. Er hatte den Gerichtsmediziner wohl doch falsch eingeschätzt. »War das alles?«

»Keiner weiß so genau, wer die Frau ist. Die Schwester lebte erst wenige Monate in dem Konvent. Faserspuren von ihrem Habit habe ich genommen, und ein braunes Haar konnte ich ebenfalls sichern. Bis die Proben aber aus dem Labor kommen, werden bestimmt drei Tage vergehen.«

»Und dafür hat man mir den Sonntag versaut«, murrte Toni.

»Willkommen in Palma«, sagte Jaume lapidar und wandte sich wieder der Leiche zu.

»Danke. Bis wann kann ich mit dem Obduktionsbericht rechnen?«

»Nicht vor morgen früh«, murmelte Jaume. »Ich beginne eben erst mit der inneren Untersuchung.« Er nahm ein Skalpell in die Hand und machte mit einer geschmeidigen Bewegung einen Y-Schnitt in die Brust der Toten. »Schicken Sie bitte meinen Kollegen herein. Er wollte sich nur schnell einen Kaffee und ein belegtes Brötchen holen.«

Toni wandte sich ab. »Alles klar. Und ich benötige auch ein brauchbares Foto der Toten«, sagte er und floh eiligen Schrittes vor dem Geräusch, das nun folgen würde, wenn Jaume das Brustbein mit der Knochensäge öffnete. Besagter Kollege kam ihm gerade entgegen. Er biss herzhaft in ein Brötchen, und Toni fragte sich, wie ein Opfer wohl zugerichtet sein musste, damit diesen Pathologen der Appetit verging.

Zum zweiten Mal an diesem Tag betrat Toni sein neues Büro. Doch diesmal war er nicht allein. Eine junge Frau in Jeans saß auf seinem Schreibtischstuhl. Die Füße hatte sie auf die Tischplatte gelegt, und auf dem Schoß hielt sie eine Akte.

Geräuschvoll warf Toni die Tür ins Schloss.

Die Frau zuckte zusammen, zog die Füße vom Tisch und sah ihn schuldbewusst an. »Entschuldigung. Ich sollte hier auf Sie warten. Ich bin Capitán Catarina Pérez. Coronel García hat mich Ihnen zugeteilt.«

Toni streckte seine Hand aus und stellte sich vor. »Und was haben Sie verbrochen, um am Sonntag antreten zu müssen?«

»Nichts«, sagte sie mit unschuldiger Miene und stand auf. »Aber irgendjemand sollte den Abteilungschef schließlich begrüßen, oder?«

Na, immerhin hatte man sie darüber informiert, dass er der neue Chef der UCO war. Er musterte die Frau einen Moment. Wie alt mochte sie sein? Ende zwanzig vielleicht, schätzte er. Etwas jung noch für einen Capitán. Das Haar trug sie zu einem straffen Pferdeschwanz zusammengebunden. Das leichte Make-up betonte ihre braunen Augen. Ihr Gesichtsausdruck verriet nur wenig, doch sie schien keinen übermäßigen Respekt vor ihm zu haben.

Bei dieser Einstellung und mit diesem Rang interessierte Toni zu sehen, was das Mädchen draufhatte. Wenn es zu unerfahren war, würde er sich einfach einen neuen Partner aus seiner Abteilung wählen und Catarina mit anderen Aufgaben betrauen. So schnell wollte er sich von Anabel nicht in die Suppe spucken lassen. »Okay, dann bringen Sie mich auf den aktuellen Stand. Was wurde bisher unternommen? Was muss noch getan werden?«

»Da der Obduktionsbericht erst morgen hier sein wird, habe ich nur die Aussagen der Schwestern aus dem Konvent. Die sind aber wenig hilfreich. Und die Tatortfotos geben gar nichts her. Das war an dieser Stelle auch kaum zu erwarten. Wer kann schon sagen, wie viele Touristen in der Zwischenzeit an der Stadtmauer entlanggegangen sind.« Catarina räusperte sich. »Die Kollegen sind ja zunächst von einem Unfall ausgegangen. Die Stelle blieb entsprechend ungesichert. Ich denke, wir sollten hinfahren und uns ein Bild von der ganzen Sache machen. Die Kollegen waren zwar gründlich, aber vielleicht haben sie einfach die falschen Fragen gestellt. Wer pinkelt schon gerne einer Nonne ans Bein?«

Toni grinste. Das könnte doch noch ganz amüsant werden. Ihr Vorschlag spiegelte jedenfalls genau das wider, was er selbst angeordnet hätte. Er sah sie fragend an, setzte sich auf seinen Schreibtischstuhl und wartete, was Catarina Pérez weiter zu berichten wusste.

»Alle haben gesehen, wie Schwester Clara mit der Frau, die sie zuvor vom Kloster Lluc mit in die Stadt genommen haben, in Richtung der Stadtmauer gegangen ist. Die Nonnen besuchten an dem Tag den Klostervorstand.« Catarina sah ihn stirnrunzelnd an. »Kennen Sie das Kloster überhaupt?«

»Ja, ich bin auf Mallorca aufgewachsen und kenne die Insel sehr gut.« Er fand es angenehm, dass sie ihn wenigstens gefragt hatte.

»Die unbekannte Frau hatte sich bei einer Wanderung oben beim Kloster Lluc den Knöchel verstaucht und bat die Gruppe, sie mit nach Palma zu nehmen, wo die Unbekannte eigentlich sofort zum Arzt wollte.« Catarina blätterte in den Notizen und zog die linke Augenbraue hoch. »Trotz ihrer Verletzung hat sie aber darum gebeten, noch kurz mit der Schwester zu sprechen. Das finde ich ein wenig merkwürdig. Die Oberin hat Schwester Clara sogar zu diesem Gespräch ermutigt und macht sich nun Vorwürfe. Sie hatte vermutet, dass die Fremde Hilfe benötigt, und eine solche Bitte lehnt man als Ordensschwester nicht ab.« Catarina tippte auf den Bericht. »So steht es hier.«

Wäre die verletzte Frau nicht auf direktem Weg zu ihrem Arzt oder ins Krankenhaus gefahren? Was könnte sie von der Nonne gewollt haben? Das galt es herauszufinden. »Gut. Also dann, fahren wir ins Kloster.«

»Jetzt gleich?«, fragte Catarina.

»Haben Sie etwa ein Privatleben?«

Catarina Pérez blickte mit zusammengekniffenen Augen zu Boden.

»Das war ein Scherz, Catarina«, sagte Toni und reichte ihr versöhnlich die Hand. »Und nenn mich einfach Toni, okay? Das erleichtert uns beiden die Arbeit.«

Sie ergriff seine Hand. Ihr Händedruck war kräftig.

»Und da Sonntag ist und wir nur in den Konvent Bondad fahren, genügt es, wenn du deine Dienstwaffe mitnimmst. Ich habe meine noch gar nicht ausgehändigt bekommen.«

»Dann hole ich meine Waffe aus dem Spind.«

»Ja, mach das und beeil dich, damit wir das schnell hinter uns bringen«, forderte Toni sie auf.

»Wir treffen uns vor dem Revier.« Catarina eilte los.

Toni schlenderte durch das Gebäude und überlegte, ob er Catarina die Fragen stellen lassen sollte. Dadurch würde er sie und ihre Arbeitsweise besser kennenlernen.

Zehn Minuten später hielt Toni vor dem Konvent Bondad, das östlich der Stadtmauer lag. »Hast du einen Ausweis?«

Catarina zog ihren Parkausweis aus der Handtasche und legte ihn aufs Armaturenbrett des Wagens. »Trotzdem ist hier Parkverbot. Du blockierst den Gehweg.«

»Siehst du hier irgendwo Parkplätze?«, fragte Toni und stieg aus. Er hatte keine Lust, eine halbe Stunde für die Parkplatzsuche aufzuwenden.

Catarina schwieg und folgte ihm zum Eingang.

Ein schwerer Türklopfer hing an der mächtigen Holztür. Toni betätigte ihn.

Grinsend drückte Catarina an der Seite auf die unauffällige Klingel. »Damit geht es wohl besser.«

Toni schluckte einen Kommentar hinunter.

Wenig später hörten sie Schritte. Das Portal schwang auf, und eine Nonne öffnete. Ihre klaren Gesichtszüge wirkten wie in Stein gemeißelt.

»Comandante Antonio Morales«, sagte er. »Und das ist meine Kollegin Capitán Catarina Pérez. Ich denke, wir werden erwartet.«

»Schwester Eulalia«, stellte sich die Nonne vor. »Ich bringe Sie zur Oberin.« Toni betrachtete die hübsche Frau. Da er nicht gottesfürchtig war, fragte er sich, was eine junge und attraktive Frau dazu brachte, ihr Leben der Kirche zu opfern.

Catarina ging neben der jungen Ordensschwester her. »Wie gut kannten Sie Schwester Clara?«

Erfreut registrierte Toni Catarinas beherzten Einsatz.

»Nicht sehr gut. Sie war schweigsam und erst wenige Monate bei uns.« Es schien der Frau unangenehm zu sein, auf Catarinas Fragen zu antworten.

»Warum kam sie zu Ihnen in den Konvent?«, hakte Catarina nach.

»Da bin ich überfragt. Wie gesagt, ich kannte sie nur flüchtig«, antwortete Schwester Eulalia. Ihren Blick hielt sie fest auf den Weg vor sich gerichtet. »Die Schwester Oberin kann Ihnen dazu sicherlich mehr sagen.«

Toni schien, als wüsste die verschlossen wirkende Frau durchaus etwas und wollte es nur für sich behalten.

»Aber Sie müssen doch mit ihr Kontakt gehabt haben«, bemerkte Toni und sah die Schwester aufmerksam an.

Sie folgten ihr durch einen säulengesäumten Innenhof.

Der Hof war mit Bananenstauden und Palmen sowie blühenden Frühlingsblumen bepflanzt. Der süße Duft der roten Trichterblumen stieg Toni in die Nase.

»Wir haben hier alle unsere Aufgaben. Privates bleibt privat. Vielleicht hat sie einfach das kalte Klima in Madrid schlecht vertragen. Sie ging oft vornübergebeugt. Ihr Rücken machte ihr offenbar zu schaffen. Außerdem arbeite ich in der Küche, und sie war in der Bibliothek tätig. Da gab es keine Berührungspunkte.«

Toni runzelte die Stirn. Nonnen waren auch nur Menschen. Und eine natürliche Neugierde gehörte zum Menschsein dazu. Da wäre es nur normal gewesen, nach dem Grund eines Wechsels zu fragen.

Schwester Eulalia klopfte an eine Tür.

»Herein«, erklang es leise, woraufhin die Schwester die Tür öffnete.

»Schwester Oberin, die Herrschaften von der Mordkommission sind hier.« Sie machte Platz und ließ die Beamten eintreten, bevor sie die Tür hinter sich schloss.

Der Tisch, an dem die Oberin saß, wirkte zu groß für die schmächtige Gestalt. Sie verschwand fast hinter dem hölzernen Schreibtisch. Ein Laptop und ein Drucker standen darauf. Die Regale an der Wand sahen abgenutzt aus. Nur die Aktenordner, die akkurat aufgereiht waren, knüpften gemeinsam mit dem Computer eine Verbindung zur Gegenwart.

Toni stellte sich und Catarina vor.

Im Raum roch es leicht muffig. Der Geruch erinnerte Toni an die ungeheizten Stadthäuser seiner Kindheit. Im Haus seines Onkels hatte es genauso gerochen. Eine Mischung aus alten Büchern und feuchten Wänden.

»Bitte nehmen Sie Platz«, bat die Oberin. »Es ist einfach furchtbar.«

Die Frau schien um die achtzig Jahre alt zu sein, doch

trotz ihres hohen Alters strahlte sie immer noch eine Tatkraft aus, die Toni beeindruckte.

»Was können Sie uns zu Schwester Clara sagen?«, fragte Toni ohne Umschweife.

Seufzend faltete die Oberin die runzligen Hände über einer Mappe. »Sie war schweigsam und zurückhaltend. Zudem lebte sie erst seit knapp vier Monaten bei uns. Wir warten auch immer noch auf ihre Akte. Ich habe sie heute nochmals angefordert, doch es scheint Schwierigkeiten damit zu geben.«

»Inwiefern?«, wollte Catarina wissen.

Die Oberin rieb sich über das Kinn. »Offenbar war Schwester Clara nicht die, für die wir sie hielten.«

»Und für wen haben Sie sie gehalten?« Toni beugte sich vor und beobachtete jede Reaktion der Oberin.

Die Frau schien sich unwohl zu fühlen. Ihr wacher Blick huschte unruhig von Catarina zu Toni. »Bis zu ihrem Tod für Schwester Clara aus dem Madrider Konvent. Ich wollte umgehend eventuelle Angehörige von ihrem Tod unterrichten. Doch die Schwester, die den Anruf im Madrider Konvent entgegengenommen hat, sagte mir, es habe dort gar keine Schwester mit diesem Namen gegeben. Ebenso wenig sei jemand aus ihrem Konvent in unseres gewechselt.«

Toni pfiff leise durch die Zähne. »Und das bedeutet?«

»Aus irgendeinem Grund hat der Konvent sie heimlich und unter anderem Namen zu uns geschickt. Und nun blockiert Madrid die Übergabe der Personalakte. Wir wissen also nicht, wer Schwester Clara tatsächlich war. Und das ist ein Punkt, der mich doch sehr verwundert. Aber das habe ich doch alles schon Ihren Kollegen erzählt.« Die Oberin zuckte mit den Schultern. »Weswegen kümmert sich die Mordkommission darum? Ich dachte, sie sei gestürzt?« Verwirrt runzelte die Oberin die ohnehin schon faltige Stirn. »Haben Sie die Frau gefunden, mit der Schwester Clara zuletzt gesprochen hat, nachdem wir sie mit nach Palma genommen haben?«

Toni schüttelte den Kopf. »Es gibt Anzeichen, dass der Sturz kein Unfall war. In dem Fall müssen wir ermitteln. Wenn also jemand die Schuld an dem Sturz trägt, ist es unumgänglich, die Personalakte aus Madrid einzusehen.« Nach einem Seitenblick zu Catarina setzte er seine Befragung fort. »Fällt Ihnen ein Grund ein, warum eine fremde Frau Schwester Clara die Treppe herunterstoßen sollte?«

Die Oberin massierte sich die Hände. »Wo denken Sie hin? Schwester Clara war erst seit kurzer Zeit bei uns. Außerdem engagieren wir uns für die Obdachlosen und helfen Bedürftigen. Wir haben keine Feinde!« Das Entsetzen in den Augen der Oberin schien aufrichtig zu sein.

»Um das herauszufinden, sind wir gekommen«, sagte Catarina. »Geben Sie uns bitte die genaue Personenbeschreibung der Frau. Eventuell kann sie uns weiterhelfen.«

Die Oberin nickte. »Die Frau war dunkelhaarig, mittelgroß, schlank und etwa Ende dreißig. Eine gut aussehende Frau. Das Haar trug sie offen. Es war glatt und reichte ihr bis zur Mitte des Rückens. Da sie sich oft gebückt hat, um ihren Knöchel zu betasten, habe ich das Gesicht nur kurz gesehen.«

Toni schrieb die Eckdaten mit. »Was hat sie getragen?«

»Jeans und eine dunkelgrüne Sweatshirtjacke.«

»Morgen schicken wir Ihnen einen Kollegen vorbei, um eine Phantomzeichnung anzufertigen. Und Ihre Beschreibung gleichen wir mit den anderen Ordensschwestern des Ausflugs ab. Wir müssen sowieso mit allen sprechen. Vielleicht fällt jemandem noch etwas dazu ein.« Catarina stand auf.

Toni zögerte. »Schreiben Sie uns bitte die Kontaktdaten zu dem Konvent in Madrid auf. Wir kümmern uns um die

Akte.« Damit erhob er sich ebenfalls. »Ach ja, noch eine Frage. Mit wem haben Sie im Kloster Lluc gesprochen?«

»Mit Padre Federico. Er hatte uns für diesen Sonntagmorgen eingeladen.« Die Oberin notierte die Namen und stemmte sich aus ihrem Schreibtischstuhl hoch. Es wirkte, als koste es sie ihre verbleibende Kraft.

Die Gespräche mit den anderen Ordensschwestern verliefen ergebnislos. Sie hatten die Frau im Bus zwar alle gesehen, aber bis auf eine junge Nonne, die der Fremden ihre Hilfe angeboten hatte, nicht weiter beachtet. Und auch die Befragung der Nonne, die Kontakt mit der Frau gehabt hatte, ergab keine neuen Erkenntnisse.

Auf der Straße vor dem Konvent Bondad fragte Toni: »Was hältst du von der ganzen Sache?«

»Ohne die Akte aus Madrid ist das schwer einzuschätzen. Doch wenn du glaubst, in der Kirche oder im Kloster ginge es immer christlich zu, dann irrst du dich. Dort wird genauso betrogen und gelogen wie in anderen Institutionen.«

Toni lachte. »Na, aus dem Sonntagsgottesdienst hat dich der Anruf heute jedenfalls nicht geholt.« Er schloss den Wagen auf und setzte sich hinter das Steuer.

Catarina stieg ebenfalls ein. »Fahren wir noch zurück ins Büro?«

»Die Personalakte fordere ich kurz telefonisch bei den Kollegen in Madrid an. Die sollen sie sich dort aushändigen lassen. Und anschließend könnte ich ein Steak vertragen. Meine Frau wird sowieso über ihren Akten sitzen, und was das Essen anbelangt, so wartet zu Hause nur kalte Gemüselasagne auf mich. Wie sieht es bei dir aus?«

Catarina sah auf ihre Armbanduhr. »De acuerdo«, stimmte sie zu. »Ich habe noch eine Stunde Zeit, bevor ich mit meinem Freund ins Kino gehe. Und gegen ein Steak habe ich selten was einzuwenden.«

Montag

6

Dreißig Minuten vor Dienstbeginn betrat Toni sein Büro. Von der Truppe war noch niemand anwesend, was er auch nicht erwartet hatte, denn aus genau diesem Grund war er früher gekommen. Er wollte an seinem ersten Tag bereits hinter dem Schreibtisch sitzen, wenn sein neues Team eintraf. Durch die Panoramaglasscheibe hatte er einen kompletten Überblick auf das vor ihm liegende Großraumbüro mit den fünf penibel aufgeräumten Arbeitsplätzen sowie auf die Eingangstür.

Vermutlich waren die Mitarbeiter nicht weniger gespannt auf ihn als er auf sie, und ganz offensichtlich wussten sie noch nicht viel über ihn. Zumindest hatte es sich noch nicht herumgesprochen, dass er keinen Wert auf übertriebene Ordnung legte. Wenn er einen Fall bearbeitete, breitete er immer alle Informationen auf seinem Schreibtisch aus. Jeder Blick auf Fotos oder Berichte konnte ihm neue Impulse geben. Zeitgleich pinnte er Kopien der Hinweise an eine Wand. Sein Vorgänger hatte wohl ähnlich gearbeitet, denn eine freie Korkfläche befand sich an der Stirnseite des Großraumbüros. So hatten alle Mitarbeiter direkten Zugriff auf die bisherigen Ermittlungsergebnisse.

Der Obduktionsbericht lag noch nicht auf seinem Tisch. Toni wählte die Nummer der Gerichtsmedizin und ließ sich mit Jaume verbinden. »Buenos días, Jaume. Ich brauche den Bericht.«

»Der liegt seit einer Stunde auf Anabels Tisch«, erklärte Jaume und gähnte. »Und jetzt mache ich Feierabend. Wenn Fragen auftauchen, kannst du mich gerne anrufen.« Dann gab er Toni seine Handynummer durch und legte auf.

Somit würde Toni wohl nichts anderes übrig bleiben, als die Akte bei Anabel abzuholen. Er musste sich sowieso wegen der Dienstwaffe und seiner Marke bei ihr melden.

Doch zuvor tippte er den Bericht zu den Zeugenbefragungen. Drei der Nonnen würden an diesem Vormittag aufs Revier kommen, um ihre Aussagenprotokolle zu unterschreiben. Da er für das Gespräch im Kloster kein Aufnahmegerät eingesteckt hatte, blieb ihm keine andere Möglichkeit, als diese lästige Aufgabe selbst zu übernehmen.

Eventuell hatte er bis zum Mittag sogar schon eine Phantomzeichnung der Frau, die vermutlich als Letzte mit dieser Schwester Clara gesprochen hatte.

Die Tür zum Großraumbüro schwang auf, und Catarina Pérez trat ein. »Faule Bande«, schimpfte sie und stemmte die Hände in die Seite, bevor sie durch die Panoramascheibe Toni hinter dem Schreibtisch entdeckte. »Guten Morgen, Chef. Kaffee?«

»Kann nicht schaden«, nahm Toni das Angebot an und überlegte, was ihr erster Ausbruch zu bedeuten hatte. Während des Abendessens hatte sie ihm kurz das Team beschrieben, und er war neugierig, ob er die einzelnen Kollegen aufgrund ihrer Charakterisierung würde erkennen können. Catarina war der einzige weibliche Capitán im Team, und vermutlich fluchte sie, weil sie den Kaffee aufsetzen musste. Toni hielt zwar nichts von der klassischen Rollenverteilung, aber als Chef der Abteilung konnte er keinesfalls für das Team den Morgenkaffee kochen. Danach würde ihm keiner der männlichen Kollegen mehr die notwendige Achtung entgegenbringen. Ein gleichberechtigtes Verhalten ließ der spanische Machismo einfach nicht zu – das wusste er aus der Vergangenheit. Zumindest nicht außerhalb der eigenen vier Wände.

Catarina betrat mit zwei Tassen sein Büro. »Ist der Obduktionsbericht schon da?«

»Hätte der also doch hier landen sollen?«

»Klar, wo sonst?« Catarina pustete in ihre Tasse, bevor sie einen Schluck trank.

»Der liegt bei Coronel García«, klärte er Catarina auf.

»Merkwürdig.« Sie setzte sich ungefragt auf den Stuhl gegenüber. »Zur Fallbesprechung hätten wir die Akte haben müssen. So stehen wir jetzt da wie die Vollidioten.«

In diesem Augenblick traten durch die Tür zum Gemeinschaftsbüro zwei Männer. Einer trug eine schwarze Lederjacke. Sein Haar war nach hinten gegelt, und seine mangelnde Körpergröße schien er mit einem leicht arroganten Gesichtsausdruck wieder wettmachen zu wollen. Sein Alter schätzte er auf Mitte zwanzig.

Catarina zeigte auf ihn. »Das ist David Zapatero. Wie ich gestern schon sagte, er ist manchmal ein wenig übereifrig.«

Catarina hatte ihren Kollegen David sehr gut beschrieben. Sie hatte ein Auge für Details. Denn auch Pedro Sanchez erkannte er direkt an der Hakennase und dem Kinnbart. Vielleicht hatte Anabel ihm Catarina nicht grundlos als Partnerin zugeteilt.

»Und der Große daneben ist Pedro Sanchez«, führte Catarina weiter aus. »Er ist dreiunddreißig, und seine Frau ist gerade hochschwanger mit ihrem ersten Kind. Pedro weiß jetzt schon nicht mehr, wo ihm der Kopf steht, obwohl das Kind noch nicht mal geboren ist.«

Pedro Sanchez überragte David Zapatero um einen halben Kopf, und seine Augen blickten wach zu Toni herüber. Sein Haar stand ihm verwuschelt vom Kopf ab, was den Eindruck erweckte, als wäre er frisch aus dem Bett gestiegen. Und wer konnte schon wissen, ob es nicht genau so war. Beide näherten sich Tonis Bürotür. Für einen Moment zögerten sie, bis Toni sie mit einer Geste hereinbat und sich vorstellte.

»Wir haben einen neuen Fall?«, fragte Pedro Sanchez und strich sich sein wirres Haar etwas glatt.

Catarina nickte. »Allerdings. Mehr erfahrt ihr in der Besprechung.«

»Seit wann hast du hier was zu sagen?«, murrte David Zapatero.

Interessiert beobachtete Toni diesen Schlagabtausch. Die beiden schienen sich nicht sonderlich zu mögen. Die Gründe würde er schon noch herausfinden.

Catarina musterte David mit einem kalten Blick. »Seitdem du zum Teniente degradiert worden bist.«

»Seit sie mit mir diesen Fall bearbeitet«, mischte sich Toni ein und hoffte, damit den drohenden Streit vermeiden zu können. Zeitgleich interessierte es Toni, warum David Zapatero wieder Teniente war. Normalerweise gab es pro Team nur einen Anwärter für den Rang des Capitáns. Und seines Wissens war das der noch junge Manuel Sastre.

Manuel Sastre betrat in genau diesem Moment das Gemeinschaftsbüro. Der hochgewachsene Festlandspanier schien durchtrainiert zu sein, sein Gang drückte Energie und Einsatzbereitschaft aus. Das halblange Haar war gepflegt. Er kam auf Toni zu und streckte ihm die Hand entgegen. »Buenos días. Ich bin Manuel.«

Toni begrüßte den Jüngsten aus seiner Truppe. Nun fehlte nur noch Bruno Martín, dann wäre sein neues Team vollständig zum Dienst angetreten.

Er blickte auf die Uhr. Noch drei Minuten. Toni überlegte, ob ein Teammitglied an seinem ersten offiziellen Arbeitstag zu spät erscheinen würde und wie er damit umgehen sollte. Aber kaum hatte er über mögliche Konsequenzen nachgedacht, tauchte ein leicht untersetzter, gemütlich dahinschlurfender Mann in den besten Jahren auf. Am auffälligsten waren die grünen Augen, die Toni sofort bemerkte. Die Farbe schien durch Brunos graues Haar noch extremer aufzuleuchten. Auch wenn Bruno Martín kurz vor der Pensionierung stehen musste, sah man deutlich an seinen Augen, dass sich hinter dem alten Körper ein junger und wacher Geist verbarg, den man besser nicht unterschätzen sollte. Auch er kam in Tonis Büro.

»Dann sind Sie sicherlich Bruno Martín«, begrüßte er Bruno.

»Volltreffer«, sagte Bruno und reichte ihm die Hand. »Freut mich, Sie kennenzulernen.«

»Bueno, guten Morgen allerseits. Nur ganz kurz zum offiziellen Teil«, begann Toni mit einer kleinen Ansprache. »Ich bin Antonio Morales und ab heute euer direkter Vorgesetzter. Meinen professionellen Hintergrund kennt ihr vermutlich, und wenn nicht, kann das jeder in der Datenbank nachlesen. Ich war jahrelang in Madrid und auch in Deutschland für Europol tätig und freue mich jetzt auf ruhigere Zeiten. Sollte einer von euch irgendwann ein Problem haben, erwarte ich, dass er zuerst zu mir kommt. Wir sind jetzt ein Team, und im Team lösen wir auch die Probleme.«

Toni lehnte sich an die Wand hinter seinem Schreibtisch und sah von einem zum anderen. »Vielleicht habe ich die Aufgaben hier unterschätzt, denn der erste Fall liegt bereits auf dem Tisch. Ich hoffe auf eure uneingeschränkte Unterstützung. Da ich auf Mallorca aufgewachsen bin, kenne ich die Insel und auch ein paar Leute. Dennoch bin ich gerade, was die politischen Strukturen angeht, nicht ganz auf dem Laufenden.« Toni hob seine Kaffeetasse an. »Auf gute Zusammenarbeit, und nennt mich bitte Toni.«

Zustimmendes Gemurmel ertönte.

»Und jetzt sollten wir gemeinsam zur Dienstbesprechung gehen. Coronel García erwartet uns in ihrem Büro.« Toni leerte seine Tasse, stellte sie ab und blickte Catarina auffordernd an. Ihren irritierten Blick ignorierte er. An seinem ersten Tag schien es ihm sinnvoll, nicht allein auf Anabel zu treffen. Und falls sie den Bericht auf ihrem Tisch hatte, wollte sie damit erreichen, dass er zu ihr kam. »Wenn du vorangehen würdest. Ich habe keinen Schimmer, wo sich Coronel Garcías Büro befindet.« Toni folgte Catarina. »Der Zeichner ist hoffentlich schon im Konvent Bondad.«

Catarina nickte. »Ich habe ihn noch gestern Abend informiert.«

Die Nachricht erleichterte Toni. Nun fühlte er sich auf das Treffen vorbereitet.

Catarina führte sie den Gang entlang und blieb vor der letzten Bürotür stehen. »Hier ist es.«

Toni klopfte an.

»Kommen Sie herein.« Toni erkannte Anabels Stimme auf Anhieb.

Er öffnete die Tür. »Guten Morgen, Coronel García. Ich habe mein Team gleich mitgebracht.«

»Warum wundert mich das nicht?«, fragte Anabel, und ihr Gesicht verriet keine Regung. »Ich hoffe, ich habe Ihnen nicht den Sonntag verdorben.«

Toni lächelte und schüttelte den Kopf. »Kann ich den Obduktionsbericht sehen?« Wenn Anabel glaubte, ihn vor seinem Team siezen zu müssen, konnte sie das haben. Es kam ihm jedoch kindisch vor, da es kein Geheimnis war, dass sie einige Fälle zusammen bearbeitet hatten.

Anabel García stand auf und reichte ihm den Bericht. »Was haben Sie bisher herausgefunden?«

Toni schlug ihn auf und las. »Catarina, würdest du Coronel García über den aktuellen Stand informieren?«

Catarina sah ihn überrascht an, doch dann begann sie, die bisherigen Ermittlungsergebnisse zusammenzufassen.

Der Obduktionsbericht ergab nichts Neues. Die Blutwerte waren normal, der Gesundheitszustand dem Alter entsprechend. Einzig die Hämatome an den Schultern wiesen auf Fremdeinwirkung hin.

»Haben Sie in Madrid die Akte dieser Nonne schon angefordert?«, fragte Anabel García.

»Selbstverständlich«, erklärte Toni. »Der Mörder wird in ihrem privaten Umfeld zu finden sein.«

»Ach?«, fragte Anabel spöttisch.

»Unfall oder Zufall können wir ausschließen«, fügte Catarina hinzu.

Das restliche Team stand schweigend im Raum.

»Und was werden Sie jetzt tun?«

Toni wandte sich an den vierundzwanzigjährigen Manuel Sastre. »Manuel, du sorgst bitte dafür, dass die Klosterfrauen aus dem Konvent Bondad ihre Zeugenaussagen unterschreiben.«

Anschließend drehte er sich zu David Zapatero. »Und David, du kümmerst dich um das Phantombild der Verdächtigen, sobald der Zeichner zurück ist. Vielleicht ist die Frau ja schon aktenkundig. Pedro soll dich unterstützen.« Catarina hatte erzählt, David und Pedro seien seit Jahren ein gutes Team, also teilte er die beiden zusammen für diesen Job ein.

Bruno Martín sah ihn aufmerksam an. Er wartete auf seine Aufgabe. »Bruno, du bleibst an der Akte aus dem Kloster dran. Ich gebe dir die Telefonnummer von meinem Kontakt in Madrid.«

Bruno nickte und schien zufrieden mit der wenig zeitaufwendigen Arbeitsanweisung.

»Catarina und ich werten die Daten aus und lassen, sobald die Akte vorliegt, das persönliche Umfeld dieser Nonne befragen. Irgendjemand muss etwas über sie wissen. Außerdem müssen wir überlegen, was wir an die Presse weitergeben, und auch zum Kloster Lluc hochfahren. Vielleicht hat dort jemand etwas beobachtet.« Toni freute sich, dass er die Namen seiner Teamleute behalten und ihnen hoffentlich die passenden Aufgaben zugewiesen hatte. Ihre echten Kompetenzen konnte er noch nicht einschätzen. »Bis wann benötigen Sie eine Rückmeldung?«, wandte er sich an Anabel, die er als Einzige siezte, nachdem sie es offenbar vorzog, diese Farce aufrechtzuerhalten.

Toni hoffte, das Team sah den lockeren Umgangston als Vertrauensvorschuss. Seiner Erfahrung nach arbeitete man besser zusammen, wenn man die Hierarchien flach hielt, allerdings ohne an Autorität einzubüßen. Doch bisher hatte er diese Gratwanderung immer problemlos gemeistert.

»Heute Abend. Außer es gibt wichtige Erkenntnisse.« Anabel García löste mit einer Handbewegung die Besprechungsrunde auf. »Und jetzt an die Arbeit. Comandante Morales, Sie bleiben noch.«

Toni nickte. So einfach ließ sie ihn also doch nicht gehen.

Kaum hatten seine Mitarbeiter das Büro verlassen, entspannte sich Anabels Haltung. »Und, wie geht es dir?«

»Du weißt, warum ich hier bin?«

»Natürlich«, sagte sie und öffnete ihre Schreibtischschublade. »Hier. Mir war klar, dass du deswegen irgendwann hier auftauchen würdest.«

Toni griff nach der Akte und spürte, wie seine Hand leicht zitterte. Anabel übergab ihm einen Schnellhefter.

Der Name Lucas Álvarez und die Aktennummer standen darauf. Er starrte einen Augenblick auf die Ermittlungsakte seines ermordeten Halbbruders. Dann blickte er auf. »Danke.«

»Nichts zu danken. Nur ob du etwas bewegen kannst, wage ich zu bezweifeln. Ich hatte unsere besten Leute an dem Fall.« Anabel setzte sich auf die Schreibtischkante. »Ich mochte deinen Bruder. Er war ein feiner Kerl, und er hätte es weit gebracht.«

Toni blickte irritiert auf. »Du hast ihn gekannt?«

»Natürlich. Ich leite seit drei Jahren das Revier.« Anabels Mundwinkel zuckten. »Ich habe mich absichtlich bedeckt gehalten.«

Und Toni wusste auch, warum. Beiden war klar, dass Toni sich sonst in die Ermittlungen eingemischt hätte, wenn er die Möglichkeit gehabt hätte. Und seine Bekanntschaft zu Anabel wäre eine solche Möglichkeit gewesen. »Weiß jemand hier über meine Verwandtschaft zu Lucas Bescheid?«

»Nein«, sagte Anabel und reichte ihm einen weiteren Stapel. »Ich habe aus diesem Grund auch die Anweisung herausgegeben, einige alte Fälle neu aufzurollen. Das muss sowieso gemacht werden, und da eignet es sich immer bestens, wenn jemand von außerhalb kommt und einen frischen und unverbrauchten Blick darauf wirft. Also jemand wie du.«

Anabel legte ihm demnach keine Steine in den Weg. »Ich werde mein Bestes geben.« Toni nahm den Stapel an sich. »Was kannst du mir über mein Team sagen?«

»Finde es selbst heraus. Die Beste habe ich dir gestern an die Seite gestellt.«

Er spürte, wie seine Mundwinkel zuckten.

»Oh, hast du gedacht, ich würde dich auflaufen lassen?«, mutmaßte Anabel.

»Nur für einen Moment. Catarina wirkt noch so jung.« Toni fühlte sich schuldig, weil er Anabel zugetraut hatte, ihm eine unfähige Kollegin zuzuteilen.

»Ich bin nicht so rachsüchtig, Toni. Du überschätzt deinen Wert als Mann«, sagte sie in ruhigem Ton.

Ihr letzter Satz ließ ihn trotzdem vermuten, wie sehr er sie damals verletzt hatte. »Es tut mir leid.«

»Das muss es nicht. Es wäre mit uns sowieso nicht gut gegangen«, erwiderte Anabel. »Wir sind uns zu ähnlich. Wir hätten uns gegenseitig nur fertiggemacht.«

Toni nickte. Sie waren beide ehrgeizig. Nur der Fall zählte. Das Privatleben wurde komplett ausgeblendet. Und da sie nur hin und wieder an einem gemeinsamen Fall gearbeitet hatten, war ihre Affäre eigentlich mehr eine Bettgeschichte als eine echte Beziehung gewesen. »Vermutlich hätten wir das.«

Tonis Einstellung zu seiner Arbeit hatte sich erst geändert, als er Mel kennengelernt hatte. Aber das musste Anabel ja nicht wissen.

Anabel zog ein Blatt Papier aus der Schublade und legte seine neue Dienstmarke und die Waffe auf den Schreibtisch. »Fehlt nur noch deine Unterschrift«, sagte Anabel. »Willkommen im Team.«

7

Melanie Morales parkte ihren Mazda MX-5 in der zugehörigen Tiefgarage der Kanzlei in der Altstadt, schnappte sich Handtasche sowie Aktenmappe und ging mit pochendem Herzen in Richtung Aufzug. Ihr erster Fall wartete auf sie.

Mel atmete nochmals tief durch, bevor sich die Fahrstuhltüren öffneten und sie das Büro im Erdgeschoss des aufwendig sanierten Stadthauses betrat. Den Fahrstuhl, der aus der Tiefgarage in die oberen Stockwerke führte, empfand sie in diesem alten Gebäude als Fremdkörper, der den eigentlichen Charme des Hauses störte. Doch was von außen gemütlich und ursprünglich anmutete, war von innen ein modern ausgestattetes Luxusdomizil über drei Etagen. Das Gebäude lag an der Stadtmauer im historischen Herzen Palmas und nur einen Steinwurf von der Kathedrale entfernt. In den oberen zwei Stockwerken lebten die Inhaber der Kanzlei. Und die liebten zwar die alten Fassaden, aber auch den Luxus, den ein neuwertiges Architektenhaus zu bieten hatte. Von den Terrassen der oberen Wohnungen blickte man über die komplette Bucht von Palma, und auf dem Dach befand sich ein kleiner Privatpool. Der Preis der Immobilie überstieg Mels Vorstellungskraft. Aber sie musste sich darüber auch keine Gedanken machen, da sie niemals in den Genuss solchen Reichtums käme.

Beatrice, ihre Teamsekretärin, saß an der Rezeption und lächelte Mel freundlich zu.

Mel wünschte ihr einen guten Morgen und warf einen kurzen Blick auf die Landschaftsbilder mit Mallorcas bekanntesten Sehenswürdigkeiten. Die Kunstdrucke brachten wenigstens etwas Farbe in die fast schon klinische Möblierung des Empfangsbereichs.

Mels Absätze klackten bei jedem Schritt auf dem beigefarbenen Marmorboden. Sie betrat ihr Büro, hängte die Kostümjacke an den Haken hinter der Tür und packte ihre Aktentasche aus.

Mel hoffte, gleich die Möglichkeit zu einem Gespräch mit ihrem Kollegen Fernando Matíz zu haben. Gestern, während Tonis Abwesenheit, hatte sie die Gerichtsakte durchgearbeitet. Der große Zusammenhang, wie viele Fälle in dieser Angelegenheit von Fernando vertreten wurden, fehlte ihr noch. Und das wollte sie ändern.

Mel klemmte sich die Akte unter den Arm und verließ ihr Büro. Vor Fernandos Büro blieb sie stehen und klopfte kurz an, bevor sie eintrat.

»Buenos días, Fernando.« Mel legte ihm die Unterlagen auf den Tisch. »Hast du Zeit?« Für Mel war es immer noch ungewöhnlich, wie schnell man hier vertraut miteinander umging. Eigentlich schon kurz nach der Vorstellung sprach man sich mit dem Vornamen an, wenige Sätze später wechselte man formlos von Sie auf Du. Mit vielen ihrer langjährigen Kollegen in Deutschland ging sie nicht so formlos um. Aber sie mochte die Eigenart der Einheimischen.

»José hat mich bereits informiert. Setz dich«, bat Fernando und nickte.

Also hatte ihr Chef José mit Fernando schon vor ihrer Ankunft die Zuständigkeiten geklärt, was Mel erleichterte. Sie wollte Fernando nicht das Gefühl vermitteln, ihm in seine Arbeit hineinreden zu wollen.

»Kaffee?«, fragte Mel, denn sie brauchte dringend eine weitere Tasse.

»Gerne.«

Mel streckte den Kopf nach draußen und gab den Kaffee bei Beatrice in Auftrag. »Und gerne auch ein paar Kekse. Ich kann noch etwas Zucker gebrauchen.«

»Hast du die Nacht durchgearbeitet?«, fragte Fernando. Er lehnte sich in seinem Bürostuhl zurück.

Mel verneinte.

»Ach so«, meinte Fernando grinsend. »Dein Mann ist ja wieder auf der Insel. Das habe ich ganz vergessen.«

Mel bedachte ihn mit einem vernichtenden Blick und überging den Kommentar. Es ging ihn nichts an. Nicht jeder breitete sein Privatleben so offen vor allen aus wie Fernando. Er war attraktiv und intelligent, und das kam bei den Frauen an. Festlegen wollte er sich offenbar noch nicht, und so erzählte er von seinen zahlreichen Eroberungen, obwohl Mel kaum noch zuhörte. Es lohnte sich einfach nicht, sich die Namen der Frauen zu merken, da sie fast wöchentlich wechselten.

Beatrice brachte ein Tablett mit Kaffee und Gebäck.

Mel bedankte sich und schenkte beiden ein. »Okay, bring mich bitte auf den aktuellen Stand. Was hast du?«

Geräuschvoll verrührte Fernando den Zucker in seiner Tasse. »Ich habe hier vierundzwanzig Fälle, die wir überprüfen. Wir haben die auch mit den Kollegen in Madrid abgeglichen. Das Vorgehen war jedes Mal das Gleiche.«

»Wer hat den Stein ins Rollen gebracht?« Mel ging gemächlich im Zimmer auf und ab. Bewegung half ihr immer dabei, sich besser zu konzentrieren.

»Eine Familie, die vor etwa vierzig Jahren darauf bestand, ihre im Krankenhaus verstorbene Tochter nun doch im neuen Familiengrab zu beerdigen. Als sie damals das Grab des Babys vier Jahre nach dessen Tod öffneten, lag da jedoch keine Babyleiche, sondern nur eine Kiste, vollgepackt mit Stoffbündeln. Die Eltern hatten die Leiche ihres Kindes nie gesehen. Man hatte sie erfolgreich davon überzeugt, das Mädchen für forensische Untersuchungen freizugeben, um anderen Babys helfen zu können. Anschließend sollte das Mädchen sofort beigesetzt werden. Die Eltern sollten den Leichnam nicht mehr sehen. Es sei besser für sie. Zumindest hat der Arzt das den Hinterbliebenen eingeredet. Als der Fall vor einigen Jahren erneut öffentlich wurde, begannen viele Eltern, an den damaligen Todesfällen ihrer frisch geborenen Kinder zu zweifeln. Früher hat man den Ärzten und Hebammen blind vertraut. Zudem konnten die Eltern zu dieser Zeit kaum etwas unternehmen. Wer Franco-Gegner war, konnte damals nur den Mund halten.«

»Wie grausam«, entfuhr es Mel.

Fernando zog eine Schublade auf und zeigte auf die Hängeregister. Dann nahm er eines heraus.

»Hier«, sagte er und reichte ihr eine Akte. »Das Kind wurde 1971 mit 4,5 Kilogramm geboren und nach wenigen Stunden im Son-Dameto-Krankenhaus für tot erklärt. Das zuständige Personal bot der Familie an, sich um den Papierkram und die Beerdigung zu kümmern.« Fernando holte eine Packung Zigaretten aus dem Schreibtisch, ging zum Fenster und zündete sich eine an.

Mel sah ihm an, wie sehr ihm die Fälle zusetzten, und unterließ es, ihn auf das Rauchverbot im Gebäude aufmerksam zu machen.

»Die Versicherung sagte damals, sie wüssten gar nichts von der Existenz des Babys. Außerdem findet sich in den Unterlagen von Son Dameto kein Hinweis darauf, dass das Baby überhaupt dort geboren worden ist.« Fernando kehrte zu seinem Schreibtisch zurück und zog eine weitere Akte heraus. Er reichte sie Mel, bevor er wieder ans Fenster trat und tief inhalierte.

»Ein Fall aus dem Jahr 1967. Die Geburt in einer katholischen Privatklinik. Auch hier der gleiche Ablauf. Man hat die schockierten Eltern einfach mit der Nachricht überfahren und schnell alles abgewickelt. Nun sucht ihre elf Jahre ältere Schwester nach dem Mädchen.« Er löschte die Zigarette in einer angebrochenen Wasserflasche und holte noch eine Akte heraus. »Egal, welchen Fall ich hernehme, sie ähneln sich alle.«

Fassungslos starrte Mel Fernando an. In der Gerichtsakte gab es nur Vernehmungsprotokolle zu einigen Fällen sowie die Genehmigung zu einer Exhumierung eines Babys vor zwei Jahren.

Fernando zündete sich eine zweite Zigarette an. »Ich könnte hier ewig so weitermachen.«

»Und wie reagieren die Behörden?«, hakte Mel nach. »Die müssen doch bei so vielen Fällen aktiv werden.«

»Es geht zögerlich. Da es kaum Dokumente gibt, ist es schwer, die Verantwortlichen ausfindig zu machen. Zudem ist die Regierung wenig an diesem Skandal interessiert. Das ist seit Jahren ein Thema. Das Amnestiegesetz von 1977 wird großzügig ausgelegt. Alle politischen Verbrechen vor dieser Zeit können offiziell nicht mehr verfolgt werden. Damals kamen sogar alle Verbrecher frei, ganz egal, wie viele Menschenrechte sie gebrochen haben. Richter Garzón ist einer, der versucht hat, den Opfern trotzdem Gerechtigkeit zukommen zu lassen.«

»Und dafür hat er einen hohen Preis bezahlt«, sagte Mel. »Ich erinnere mich daran. Er wurde selbst angeklagt und seiner Ämter enthoben.«

»Und so leben alle straffrei weiter.«

Mel schüttelte unwillig den Kopf. »Aber die Ärzte, Schwestern und Sozialhelfer fallen doch nicht unter dieses Gesetz. Oder irre ich mich da?«

»Nein, das nicht, und es gibt auch Fälle, in denen es

nach über dreißig Jahren zu einer Aufklärung kommt. Aber wie willst du ohne Dokumente herausfinden, welches Kind zu welcher Mutter gehört? Es gibt natürlich die DNS-Datenbank, doch sind dort noch längst nicht alle registriert. Zudem wurde da bereits geschlampt. Die Opfer trauen den Auswertungen nicht. Ich würde das auch nicht tun.«

Niedergeschlagen ließ sich Mel auf einen Stuhl fallen. Wie sehr müssen die Mütter unter diesem Verlust gelitten haben und immer noch leiden. Und die Kinder? Jeder verdiente es, seine Herkunft zu kennen. Aber die hatten einige regimetreue Subjekte, *Menschen* wollte sie diese Verbrecher nicht nennen, so sehr verschleiert, dass die Lösung einem unendlich großen Puzzle ähnelte.

»Und was ist mit dem Prozess in Madrid?«, fragte Mel leise.

»Viele haben ausgesagt, doch die Sozialhelferin, die ein führender Kopf der ganzen Schweinerei war, ist vor ihrer Anhörung verstorben. Ihr Wissen hat sie mit ins Grab genommen. Es gibt Hinweise, dass sie nicht nur auf dem Festland gearbeitet hat, sondern auch auf Mallorca. Wir haben damals einen Antrag gestellt, sie hier zu befragen, aber das hat sich dann leider zerschlagen.« Fernando sah Mel an. »Ein Scheißfall. Ein Fass ohne Boden. Und jetzt hast du sogar noch eine aus Deutschland, die glaubt, Opfer dieser illegalen Adoptionen zu sein.«

8

Emilia Delgado Cano setzte sich in ihrer Pause auf die Terrasse und genoss die Sonne, die ihr ins Gesicht schien. Die Küchenarbeit im Altersheim fiel ihr an diesem Tag schwer, und der Küchenchef hatte sie mehrfach ermahnt. Ihre Gedanken kreisten ständig um die Informationen, die sie gestern erhalten hatte. Was sollte sie nur damit anfangen? Wie weitermachen?

»Alles in Ordnung?«

Emilia zuckte zusammen und blickte hoch. Adelheid stand vor ihr und lächelte sie freundlich an. Emilia war ihr Lieblingsobjekt, wenn es darum ging, Adelheids Spanischkenntnisse anzuwenden. Normalerweise genoss sie die Unterhaltungen mit dieser verrückten Deutschen, die das Altersheim ordentlich aufmischte. Doch an diesem Tag war alles anders. »Ja, alles okay«, log sie.

»Du siehst so nachdenklich aus«, meinte Adelheid und setzte sich zu ihr. »Kann eine alte Frau vielleicht weiterhelfen?«

»Es ist nichts«, wich Emilia aus und bemühte sich um ein Lächeln. »Ich bin nur müde.«

»Ich überlege gerade, ob ich der Heimleitung ein neues Projekt vorschlagen soll. Einige von den alten Herrschaften kommen ja kaum unter die Leute. In einer Bar in der Nähe veranstalten sie dienstags immer einen Kaffeeklatsch, und ich könnte die Senioren begleiten. Was denkst du?«

»Gute Idee«, stimmte Emilia ihr zu. Sie fand es beeindruckend, wie viel Engagement Adelheid freiwillig aufbrachte, um den alten Menschen, die fern ihrer Heimat den Lebensabend verbrachten, etwas Gutes zu tun. Sonntags veranstaltete sie den Bingoabend, und dreimal die Woche las sie einer kleineren Gruppe Gedichte vor. Einmal hatte sie sogar anzügliche Literatur mitgebracht. Zumindest hatte Adelheid das behauptet. Den geröteten Gesichtern der deutschen Heimbewohner nach zu urteilen, hatte sie damit aber die Wahrheit gesagt. »Ich finde es toll, was du hier leistest.«

»Ach, das mache ich doch gerne. Ich habe ja sonst nichts mehr zu tun«, wiegelte Adelheid das Lob ab. »Meine Tochter und ihr Mann sind froh, mich beschäftigt zu wissen. Dann mische ich mich wenigstens nicht in ihr Leben ein.« Sie lachte. »Und das ist auch gut so. Und du? Hast du zwischenzeitlich einen Freund?«

Emilia schüttelte den Kopf. Danach stand ihr zurzeit nun wirklich nicht der Sinn.

»Eine hübsche Frau wie du sollte nicht allein sein«, schimpfte Adelheid liebevoll.

»Such du dir doch einen der rüstigen Rentner hier, dann weißt du bald, warum ich lieber ohne Mann durchs Leben gehe.« Emilia stand auf. Sie mochte es nicht, wenn andere zu neugierig waren. Adelheid fragte ständig nach ihrer Familie, und Emilia wusste sich kaum mehr zu helfen. Ihr war klar, warum Adelheid sich um sie kümmerte und ihr freundschaftlich begegnete. Sobald diese Frau spürte, jemand könnte Hilfe oder ein offenes Ohr gebrauchen, bot sie sich selbstlos an.

Emilia fühlte sich oft einsam und allein. Trotzdem durfte sie es nicht zulassen, dass ihr jemand zu nahe kam. Aus diesem Grund hielt sie sich von anderen Menschen fern und hatte sich Arbeit in einer deutschen Altersresidenz auf der Insel gesucht. Sie durfte niemandem im Gedächtnis bleiben. Noch nicht.

Wie gerne hätte sie sich jemandem anvertraut. Aber das konnte sie nicht riskieren. Schon gar nicht mehr nach dem gestrigen Tag.

»Meinem verstorbenen Mann kann keiner das Wasser reichen«, sagte Adelheid etwas traurig. »Eine solche Liebe gibt es nur einmal im Leben.«

»Wenigstens hast du deine getroffen. Das ist viel wert.« Emilia hörte an ihrer eigenen Stimme, dass sie ein bisschen wehmütig klang. Höchste Zeit zu gehen. Zudem musste sie zurück an die Arbeit, wenn sie ihren Chef nicht noch mehr verärgern wollte.

In der Küche dudelte das Radio, während Emilia sich wieder dem Schälen der Kartoffeln zuwandte. Als die Elfuhrnachrichten liefen, weckte eine Meldung ihre Aufmerksamkeit. Sie rutschte mit dem Messer ab, als der Nachrichtensprecher vom Tod einer noch unbekannten Nonne berichtete. Blut quoll aus ihrem Daumen, und Emilia wurde schwarz vor Augen. Sie musste sich verhört haben. Der Sprecher gab die Meldung unerbittlich weiter. Der Sturz von einer Treppe an der Stadtmauer wurde als absichtlich herbeigeführt bezeichnet. Reglos stand Emilia da und hielt sich an der Küchentheke fest, um nicht umzukippen. Die Dunkelheit wich zwar, dennoch fühlte sie sich nicht in der Lage, sich zu bewegen. Ihr Blut tropfte auf die geschälten Kartoffeln. Die Frau durfte nicht tot sein! Wie hatte das nur geschehen können?

Emilia sammelte sich, atmete tief ein und aus. Dann ging sie zum Spülbecken und wusch sich das Blut von der Hand. Im selben Augenblick betrat ihr Chef Ricardo die Küche und sah die ganze Bescherung.

»Was ist denn mit dir heute los?«, fragte er. Sie hörte die Verärgerung in seiner Stimme.

»Es tut mir leid«, murmelte Emilia, die den Schmerz in ihrer Hand kaum spürte.

»Lass mal sehen«, bat Ricardo. Behutsam untersuchte er den Daumen. »Ist nicht tief. Ich mache dir einen Druckverband. Das habe ich schon hundertmal gemacht. Und wenn du weiterarbeiten willst, ziehen wir dir einen Fingerling aus Gummi darüber.«

Emilia nickte. »Ich bleibe natürlich und arbeite weiter.«

Ricardo holte Verbandszeug und machte sich an die Arbeit.

»So, fertig«, sagte er. »Und wirf die blutverschmierten Kartoffeln weg.«

»Danke«, flüsterte Emilia und konzentrierte sich darauf, einen normalen Anschein zu erwecken.

9

Toni legte die Ermittlungsakten über seinen Halbbruder in die Schreibtischschublade. Catarina wartete bereits auf ihn, und der aktuelle Fall hatte Vorrang.

Mit so viel Entgegenkommen hatte er bei Anabel nicht gerechnet. Er hoffte nur, dass es ehrlich gemeint war und sie ihn nicht bei Gelegenheit doch auflaufen lassen würde.

»Und was machen wir jetzt?«, fragte Catarina und lehnte sich an den Türrahmen zu seinem Büro.

»Ist das Phantombild schon da?«

Catarina drehte sich auf dem Absatz um und ging zu ihrem Kollegen Pedro. Der reichte ihr ein Blatt. Nachdenklich kehrte sie zurück und gab Toni das Bild. »Sieht so eine Frau aus, die eine Nonne ermordet hat? Ich weiß nicht …«

»Wie sieht denn eine Mörderin aus? Alt, schiefe Zähne, schlechte Frisur?« Toni begutachtete die Zeichnung. »Ja, sie könnte hübsch sein, wenn man mehr von ihrem Gesicht erkennen würde.«

Toni stand auf und ging zu Pedro. »Mehr war nicht rauszuholen?«

»Leider nicht«, gab Pedro zu. »Im Prinzip konnten sie sich nur auf die Nase, die Augen und den Mund einigen, die Wangenpartie wurde von den langen Haaren verdeckt. Wir müssen also mit dem Bild hier arbeiten.«

»Mist«, fluchte Toni und kehrte in sein Büro zurück.

Catarina presste die Lippen aufeinander. »Warum sollte eine junge Frau eine alte Nonne getötet haben?«

»Wenn sie es war, werden wir es herausfinden«, antwortete Toni. »Ich rufe mal kurz in Madrid an.« Dann tippte er die Nummer in das Telefon.

Sein Kollege ging direkt an den Apparat.

»Hola, Alberto, gibt es Neuigkeiten zur Akte der Nonne?«

»Leider nicht«, erklärte Alberto ihm. »Wir waren gestern und heute bei der Klostervorsteherin und baten um Akteneinsicht auf dem kleinen Dienstweg. Du hättest die Frau erleben sollen. Sie hat uns quasi vor die Tür gesetzt. So viel zum Thema christliche Nächstenliebe. Mir kommt es so vor, als wollten sie den Tod dieser Frau gar nicht aufklären, sonst würden sie kooperieren.«

Toni räusperte sich. »Habt ihr schon einen richterlichen Beschluss beantragt? Wir müssen herausfinden, wer die Frau wirklich war. Die Klostervorsteherin hier zweifelt zu Recht an der Identität dieser Schwester Clara.«

»Schon in Arbeit. Ich dachte, dass du nicht lockerlassen wirst. Außerdem bin ich nun selbst neugierig geworden.«

»Danke, Alberto. Und halt mich auf dem Laufenden.« Nachdem er aufgelegt hatte, rieb er sich das Kinn.

Catarina sah ihn erwartungsvoll an.

»Da stinkt was zum Himmel!« In knappen Worten fasste er zusammen, was er eben erfahren hatte.

»Sag Bruno, er soll weiterhin dranbleiben, damit die Akte dieser Schwester Clara auch tatsächlich bei uns landet.« Nachdenklich lehnte er sich in seinem Stuhl zurück. »Was könnte eine Nonne zu verbergen haben?«

»Eine Affäre? Auch Nonnen werden manchmal schwach«, mutmaßte Catarina. »Wäre allerdings schon eine Weile her. Und wer weiß? Vielleicht hat sie ja sogar ein uneheliches Kind.«

»Fantasie hast du, das muss ich dir lassen.« Toni lachte. »Lass uns ins Kloster Lluc hochfahren. Im Moment können wir hier nichts ausrichten. Und sag den Jungs, wenn sie auf Grundlage des Phantombilds was in der Datenbank finden, sollen sie sich sofort melden. Sollte nichts dabei herauskommen, müssen wir uns an die Presse wenden.«

Catarina gab die Anweisungen an die Kollegen weiter, während Toni schon die Treppen zum Ausgang nahm.

Abhängig davon, ob seine Kollegen aus Madrid die Akte dieser ominösen Nonne bekamen, mussten sie sich eine Strategie für die Presse überlegen.

Toni nahm die Autobahn in Richtung Inca. Die Strecke war er schon seit Jahren nicht mehr gefahren. Die Serra de Tramuntana lag zu seiner Linken. Sein Blick glitt über die noch sattgrünen Wiesen hin zum zerklüfteten Gebirgszug, der sich deutlich vom stahlblauen Himmel abzeichnete. Dann wandte er sich Catarina zu. »Erzähl mir doch mal, wie ihr bei solchen Fällen vorgeht.«

»Inwiefern?«

»Wie arbeitet ihr mit der Presse zusammen? Angenommen, das Opfer bleibt wie auch die Zeugin beziehungsweise die mutmaßliche Täterin unbekannt, dann müssten wir spätestens morgen ein Foto der Toten und das Phantombild veröffentlichen. Gebt ihr das direkt an die Presse raus?«

»Sobald es mit dem Coronel abgesprochen ist, ja«, bestätigte Catarina.

Anabel hatte er vergessen. Bisher hatte er solche Entscheidungen allein und selbstständig getroffen. Daran würde er sich erst wieder gewöhnen müssen.

»De acuerdo. Ich hoffe nicht, dass es so weit kommen wird, doch wir sollten vorbereitet sein. Die Pressestelle hat sich schon bei mir gemeldet. Die Zeitungen wollen den Namen der toten Nonne wissen. Da wir den aber noch nicht kennen, halten wir uns im Moment bedeckt. Zuerst müssen wir die Angehörigen informieren, sollten noch welche am Leben sein.« Toni scherte auf die Überholspur aus und gab Gas. »Wie zuverlässig arbeitet die Presseabteilung?«

»Was meinst du?«

Toni warf ihr einen spöttischen Blick zu. »Was werde ich wohl meinen? Gibt es da jemanden, der Informationen weiterverkauft?«

»Bei uns?«

Toni gab vor, husten zu müssen, um das aufkommende Lachen zu vertuschen. »Entschuldige. Aber auch in unserer Truppe sind die Westen nicht alle blütenweiß.«

Catarina runzelte die Stirn, zwischen ihren Augen bildete sich eine steile Falte. »Mit der Einstellung wirst du dich schnell unbeliebt machen. Für heute behalte ich das für mich, doch wenn du weiter so über Kollegen sprichst, kannst du dir eine andere Partnerin suchen.«

»Sei nicht so empfindlich. Wir wissen beide, wie unterbezahlt die meisten sind. Da kann man durchaus in Versuchung geraten, wenn man die Hypothek nicht mehr bedienen kann.« Toni schwieg einen Augenblick, bevor er fortfuhr: »Ich wünschte, es wäre nicht so, aber ich habe zu viel Scheiße gesehen, auch unter den Kollegen, um mir solche Fragen nicht zu stellen.«

Abwehrend verschränkte Catarina die Arme vor der Brust. »Hier läuft alles sauber. Ich bin seit sieben Jahren auf dem Revier und drei davon in der UCO.«

Toni musterte sie aufmerksam. »Und nie hat es Gerede oder Anschuldigungen gegeben? Die Internen sind euch nie auf die Pelle gerückt?«

Seine Partnerin verzog den Mund. Das war ihm Antwort genug.

Es war Zeit, ihr auch noch die eine Frage zu stellen, die

ihm unter den Nägeln brannte. »Was läuft da zwischen David und dir?«

Catarina sah ihn überrascht an.

»Bueno, ich habe Augen im Kopf«, erklärte er seine Mutmaßung.

»Das ist vorbei. Schon seit drei Monaten.«

Toni spürte, wie unangenehm ihr dieses Thema war. »Nimm es nicht so persönlich. Ich will nur wissen, was im Team läuft. Gibt es zwischen euch Probleme?«

»Nein«, knurrte Catarina.

»Hörte sich heute Morgen nicht so an. Warum wurde David überhaupt degradiert?

»Das sage ich dir, wenn du vergisst, dass ich für ein paar Wochen etwas mit ihm hatte. Sonst musst du es in seiner Akte nachlesen.«

Toni legte den Kopf schräg und zog die Augenbrauen hoch. »Vale, schon vergessen.«

»Gut«, lenkte Catarina ein. »David hat während eines Einsatzes einen Verdächtigen zusammengeschlagen. Er war für einige Zeit suspendiert und durfte dann mit einem Rang niedriger wieder in die Truppe zurück.«

»Warum?«

»Warum er zugeschlagen hat?«

Catarina deutete seine Frage richtig.

»Der Kerl hat sich an kleinen Mädchen vergriffen. Er wurde auch verurteilt.«

»Okay. Hat er seither seine Aggressionen im Griff?«

»Ich denke schon. Der Fall hat uns aber allen schwer zugesetzt. Jeder hätte dem Scheißkerl gerne die Fresse poliert. David hat es getan.« Damit schien für Catarina das Thema erledigt zu sein.

Toni verließ die Autobahn und fuhr durch die Innenstadt von Inca Richtung Norden. Die für Lederwaren bekannte Stadt hatte sich kaum verändert. Die Fensterläden der straßenzugewandten Häuser waren alle verschlossen, um den Lärm und die Hitze des Tages auszusperren. Nur wenige Fußgänger waren auf dem Marktplatz oder auf der mit Palmen gesäumten Allee unterwegs. Vor einer spartanischen Bar saßen einige alte Männer auf roten Plastikstühlen bei ihrem Bier, und Toni bemerkte, wie sich sein Magen lautstark meldete.

Er hielt an einer Panadería. »Willst du auch einen Bocadillo?«

»Gute Idee«, stimmte ihm Catarina zu. »Mit Käse bitte.«

Toni besorgte in der Bäckerei die belegten Brötchen und zwei kleine Flaschen Wasser.

Zurück im Wagen, breitete er eine Serviette auf seinem Schoß aus, biss in sein Schinkenbrötchen und dachte über Catarina nach. Sie war offensichtlich loyal. Die Frage war nur: wem gegenüber? Auch wenn sie das Gegenteil behauptete: Er war seit Lucas Ermordung überzeugt davon, dass auch in Palma nicht alles so sauber ablief, wie Catarina ihm versichern wollte.

Seine Kollegin sah immer wieder zu ihm herüber. Sie schien ihn etwas fragen zu wollen, kaute aber schweigend weiter. »Was ist?«, wollte er wissen und schob sich den Rest des Brötchens in den Mund.

»Nichts«, antwortete Catarina ausweichend.

Toni zuckte die Schultern, startete den Wagen und fuhr los.

Es herrschte kaum Verkehr auf der Passstraße. Das Auto schraubte sich unter den langen Schatten der Aleppokiefern die Serpentinen hinauf ins Tramuntanagebirge.

Die raue Berglandschaft bildete einen ungewohnten Kontrast zu der flachen Ebene, die sie bis Inca durchfahren hatten. Toni genoss es, die engen Kurven zu nehmen und die immer wieder atemberaubenden Blicke ins Tal zu erhaschen. Mallorca hatte ihm mit diesen kontrastreichen Landschaften mehr gefehlt, als er bisher angenommen hatte. Sobald er die Zeit fand, würde er mit seinem neuen Motorrad eine Tour durch die kurvenreiche Bergwelt unternehmen.

Fünfzehn Minuten später parkte er auf dem Parkplatz des Klosters Lluc unter einer Aleppokiefer. Auf dem großzügigen Parkbereich gab es nur noch wenige freie Plätze. Schon beim Aussteigen roch er die würzige Frische der Nadelbäume.

Am Eingang zum Kloster entdeckte Toni Wandergruppen, die sich fröhlich plaudernd zwischen andere Besucher mischten. Als Kind hatte Toni mit seiner Familie vor knapp dreißig Jahren in einer der Klosterzellen übernachtet. Das war im Winter gewesen, und er erinnerte sich noch sehr gut daran, wie bitterlich er gefroren hatte.

Damals waren die angebotenen Zimmer an diesem Wallfahrtsort noch nicht mit Heizung, Fernseher und eigenem Bad ausgestattet gewesen. Spartanisch traf die Beschreibung besser. Trotz der Kälte war ihm der Familienausflug als großes Abenteuer im Gedächtnis geblieben.

Bereits im Vorhof erkannte er, wie sehr sich dieser Platz verändert hatte. Rechts und links des Hauptplatzes gab es Souvenirläden und Cafés. Trotzdem hatte dieser herrlich gelegene Ort nichts von seiner spirituellen Wirkung verloren.

»Wie hieß der Padre?«, riss ihn Catarina aus seinen Kindheitserinnerungen.

»Federico«, sagte Toni und ging den Schildern folgend zur Information, um nach Padre Federico schicken zu lassen.

Wenig später erschien ein Mann in den Fünfzigern, dem man seine Vorliebe für gutes Essen ansah. Seine Soutane spannte über dem prallen Bauch, und auch sein rundes

Gesicht ließ nichts von kargem Leben erkennen. Mit erschrockenem Blick kam er auf Toni und Catarina zu. »Sie sind von der Polizei? Was kann ich für Sie tun?«

Toni zeigte ihm das Foto der toten Nonne. »Ein ungeklärter Todesfall, in dem wir ermitteln. Diese Frau war gestern mit einer Gruppe Ordensschwestern hier. Sie haben ihnen eine Führung gegeben, richtig?«

Er nahm das Foto und schluckte. »Die Schwester ist tot?«

»Bedauere.« Toni ließ dem Padre einen Moment, um sich zu sammeln. »Kannten Sie sie gut?«

»Nein.« Padre Federico gab ihm das Bild zurück. »Aber ich habe mit ihr gesprochen und ihr auch die Beichte abgenommen.«

»Hatte sie denn viel zu beichten?«, erkundigte sich Catarina.

»Ähm, Sie wissen doch«, wand sich der Padre.

»Beichtgeheimnis«, sagte Toni und beobachtete sein Gegenüber. »Sie müssen ja nicht ins Detail gehen. Wir wollen nur wissen, ob jemand Grund hatte, die Frau zu ermorden.«

»Kommen Sie mit«, bat Padre Federico und ging durch die Klosteranlage zur Kapelle. »In der Sakristei sind wir ungestört. Es gab gestern auch hier einen kleinen Zwischenfall.«

Toni und Catarina folgten ihm in die Kapelle. Tonis Augen benötigten einen Moment, um sich an die dunklen Lichtverhältnisse zu gewöhnen. Die Kapelle verfügte über mehrere Seitenaltäre. Die Schwarze Madonna stand auf einem Podest in einer Nische hinter dem Hauptaltar. Die Statue der Gottesmutter Maria hielt das Jesuskind im linken Arm. Der Padre ging durch die Bankreihen, blieb kurz vor dem Altar stehen, um sich zu bekreuzigen, und bog dann ab in die Sakristei. Er schloss die dunkle Holztür und seufzte. »Das ist nicht für neugierige Ohren bestimmt«, begann Padre Federico leise. »Meine Schwester hat schwere Schuld auf sich geladen. Nachdem es mir nicht vorkam, als würde sie wirklich bereuen, konnte ich nichts für sie tun. Nur wer seine Sünden aufrichtig bereut, dem kann vergeben werden.«

»Geht es etwas weniger kryptisch?«, verlangte Toni.

»Wir versuchen hier, einen Mord aufzuklären«, drängte Catarina. »Gibt es jemanden, der ihren Tod hätte wünschen können?«

Padre Federico bekreuzigte sich mehrfach. »Gott allein weiß, wie viele Menschen sie ins Unglück gestürzt hat.«

»Sie hatte also Feinde«, mutmaßte Catarina. »Wen?«

»Unzählige.« Der Padre schüttelte den Kopf. Sein Gesicht wirkte plötzlich verschlossen. »Tut mir leid. Ich kann Ihnen nicht weiterhelfen.«

»Sie erwähnten einen Zwischenfall. Um was ging es dabei?«, hakte Toni nach.

»Das war merkwürdig und passte eigentlich gar nicht zu Schwester Clara. Also nicht, nachdem ich ihre Beichte zu hören bekommen habe. Aber die Menschen sind vermutlich eben nicht nur böse oder gut, sondern ... Ach, ich sollte mich auf Ihre Frage konzentrieren.« Padre Federico lehnte sich an den Tisch und schien sich mühevoll zu konzentrieren. Offenbar hatte die falsche Schwester Clara mehr schwarze Flecken auf ihrer Seele als so mancher Verbrecher, der hinter Gittern über seine Sünden nachdenken konnte. Dann sprach er endlich weiter: »Schwester Clara hat sich trotz ihres hohen Alters in einen Streit eingemischt. Ein junges Paar ist heftig aneinandergeraten, und sie ist dazwischengegangen, als der Mann die Frau schlagen wollte.«

»Interessant.« Catarina schrieb fleißig mit. »Und was ist weiter passiert?«

»Der Mann hat Schwester Clara bedroht, weil sie sich eingemischt hat.«

Catarina runzelte die Stirn und sah von ihrem Block auf. »War die Drohung ernst zu nehmen?«

»Ich hätte es nicht geglaubt. Aber jetzt ist die Schwester tot.«

»Können Sie das Paar beschreiben?«

»Natürlich. Die zierliche Frau war so um die vierzig. Das dunkle Haar trug sie kurz, und die Kleidung bestand aus einem roten Pullover und Jeans, dazu Sneaker. Ich denke, die beiden wollten ein Stück wandern. Hinter dem Kloster führt ein Wanderweg ins Gebirge.«

»Und der Mann? Wie sah der aus?«

»Er war kleiner als die Frau, ich würde sagen, eins fünfundsechzig. Seine Augen wirkten kalt, was aber vermutlich an seiner Wut lag. Auch er war sportlich gekleidet.«

»Könnten Sie mit unserem Zeichner ein Phantombild erstellen?«

»Ja, sicher, aber vielleicht kann Ihnen diese Nati Forteza ja sagen, wo der Mann wohnt.«

»Sie kennen ihren Namen?«, rief Toni aus. »Kennen Sie die Frau?«

»Nein, aber sie hat sich vorgestellt. Und ihr Freund hieß irgendwas mit H… Hugo, ja, so hat sie ihn genannt.«

Toni kam eine Idee. War der Streit nur eine Inszenierung gewesen, um sich das Vertrauen von Schwester Clara zu erschleichen? War diese Nati Forteza anschließend mit den Nonnen nach Palma gefahren? Er zog die Phantomzeichnung aus seiner Hosentasche. »War es diese Frau?«

»Bedauere. Diese Frau habe ich noch nie gesehen.« Der Padre zuckte kurz die Schultern. »Ich bin mir auch sehr unsicher, ob das Paar überhaupt etwas damit zu tun hat. Dieser Hugo schien mir ein Heißsporn zu sein, und diese Nati machte einen recht vernünftigen Eindruck. Die beiden kannten sich noch nicht lange. Zumindest hat sie das behauptet.«

»Vielen Dank. Wir schicken unseren Zeichner hoch, sollten wir die beiden über den Namen Nati Forteza nicht ausfindig machen können.« Toni verabschiedete sich von dem Geistlichen.

Catarina folgte ihm hinaus und fluchte. »Warum haben wir ihn nicht weiter bedrängt? Er weiß was.«

»Und trotzdem werden wir es von ihm nicht erfahren.« Toni kannte die Verschlossenheit der Katholiken. Der Padre hatte schon mehr gesagt, als er erhofft hatte. »Immerhin wissen wir nun, dass die tote Nonne keine Heilige war. Dafür spricht auch die unter Verschluss gehaltene Personalakte mit all den Informationen, die wir ganz offensichtlich nicht bekommen sollen. Morgen früh geben wir das Foto der toten Nonne an die Presse. Auf die Hinterbliebenen können wir nicht ewig Rücksicht nehmen. Irgendjemand wird sie wiedererkennen. Und sobald wir ihre Identität festgestellt haben, erhalten wir Informationen über ihren Hintergrund und dadurch vielleicht auch einen Hinweis auf das Motiv.«

»Und dieses Pärchen?«

»Das gehen wir über die Datenbank der Sozialversicherung suchen. Nati wird eine Abkürzung sein. Aber wir werden die Frau schon finden. Und sie kann uns den Namen des Mannes nennen.«

Zurück auf dem Revier ging Toni zu Pedros und Davids Schreibtischen. Die beiden Ermittler saßen sich gegenüber. David schien immer noch vertieft, um die Datenbank mit dem Phantombild abzugleichen und so eventuell einen Hinweis auf die Frau zu bekommen.

»Und? Was gefunden?«, wandte er sich an David.

Pedro sah entschuldigend auf. »Cariño, ich muss Schluss

machen.« Zwei Sekunden später legte er auf. »Meine Frau«, begann er, »ich darf nachher wieder einkaufen gehen. Was diese Frau isst, seitdem sie schwanger ist … da wird mir ganz übel.«

Toni grinste. »Schon okay. Und? Habt ihr was?«

»Nichts«, antwortete David.

»Dann bleibt uns nur der Presseaufruf. Wir müssen diese Frau dringend finden. Und es muss so klingen, als sei sie nur eine wichtige Zeugin, verstanden?«

David nickte. »Ich bereite alles vor. Morgen liegt das Bild jeder Zeitung und auch jedem Fernsehsender vor.«

»Danke.« Toni wandte sich an Bruno. »Gibt es bei dir was Neues?«

»Der richterliche Beschluss ist durch, und die Unterlagen liegen vor. Die Vorsteherin hat Alberto eine Akte ausgehändigt, die so dünn ist wie der Kaffee hier. Er schickt sie jeden Moment elektronisch zu uns. Doch wir sollen uns nicht zu viel versprechen. Schwester Clara war laut der Akte seit ihrem achtzehnten Lebensjahr nur in diesem Kloster tätig. Sie wird als ruhig, gottesfürchtig und hilfsbereit beschrieben.«

Toni schüttelte den Kopf. »Und wer soll glauben, dass sie nun mit fast neunzig nach Mallorca wechselt? Warum sollte sie?«

»Das milde Klima vielleicht?«

Toni lachte. »Seit wann ist ein Winter auf Mallorca in ungeheizten Gebäuden gut gegen Rheuma?«

Grinsend strich sich David über sein gegeltes Haar. »Das habe ich eben auch gesagt. Sehr unwahrscheinlich.«

»Ich telefoniere mal selbst mit den Jungs vom Festland«, sagte Toni. »Catarina, erzähl du, was wir von Padre Federico erfahren haben. Und gib dringend die neue Suche in Auftrag. Wir müssen dieses Paar finden.« Dann ging er in sein Büro und schloss die Tür.

»Hola, Toni«, meldete sich Alberto. »Ich dachte eigentlich, du willst es ruhiger angehen lassen.«

»Wollte ich auch. Wie geht es deiner Frau? Und den Kindern? Treiben sie dich immer noch in den Wahnsinn?« Toni wusste um Albertos Ruhebedürfnis, wenn er von der Arbeit kam. Doch mit drei Kleinkindern glich sein Zuhause eher dem personifizierten Chaos.

»Auch die werden irgendwann größer«, sagte Alberto.

Toni rief seine Mails ab und klickte auf die Akte, die eben in seinem Account angekommen war. »Du weißt schon, was man so sagt: kleine Kinder, kleine Sorgen, große Kinder, große Sorgen.« Toni lachte.

»Hör mir auf!«, stöhnte Alberto. »Daran will ich nicht mal denken!«

»Apropos denken, was hältst du von der Sache?« Toni sah die dünne Akte durch. Er hatte Alberto bereits am Morgen ein Foto der Toten per WhatsApp geschickt, auf welchem die Vorsteherin beim Aushändigen der Akte die Tote definitiv als Schwester Clara identifiziert hatte.

»Wenn ich ein Jugendfoto meiner Mutter nehme, um es mit dem Foto aus der Obduktionsakte zu vergleichen, könnte ich dasselbe behaupten. Keiner könnte bei der schlechten Bildqualität widersprechen. Es ist unmöglich, eine Neunzigjährige anhand des unscharfen Fotos einer Achtzehnjährigen zu identifizieren. Mehr Fotomaterial lag der Akte nicht bei. Und beim Zahnarzt soll die Frau auch nie gewesen sein?«

»Tja, hat sie denn Füllungen?«

Toni las im Obduktionsbericht. »Sie hat sogar mehrere Kronen, und die muss jemand gemacht haben.«

»Leider ist auch hier nicht mehr herauszufinden. Die Klostervorsteherin hat sich zwar mehrfach für die lückenhafte Akte entschuldigt, aber im Grunde konnte man ihr die Erleichterung ansehen, als wir abgezogen sind.«

»Und Feinde?«

»Hat sie selbstverständlich auch keine gehabt.«

»Das ist gelogen. Der Priester im Kloster Lluc sagte, sie hätte unzählige Feinde gehabt und viele Menschen ins Unglück gestürzt.«

»Mehr hast du nicht?«

»Nur noch einen kleinen Zwischenfall, doch dem messe ich kaum Bedeutung zu. Wir verfolgen die Spur aber trotzdem.« Toni legte die Füße auf den Tisch und lehnte sich im Stuhl zurück. »Leider wird auch das nicht einfach werden. Gibt es Unregelmäßigkeiten in dem Kloster in Madrid?«

»Bisher unauffällig, obwohl ich jetzt tiefer graben werde«, sagte Alberto. »Ich lasse mich ungern verarschen.«

Sein alter Freund und Kollege hatte sich festgebissen. Vielleicht würde er tatsächlich noch auf etwas stoßen. »Danke, Alberto. Wir bleiben in Kontakt.«

Toni verschränkte die Arme hinter dem Kopf und drückte kurz den Rücken durch. Hier wurde eindeutig etwas vertuscht. Und er hätte liebend gerne gewusst, was.

Catarina klopfte kurz an und betrat das Büro. »Wir haben weiter geforscht, aber die Frau ist ein Geist.«

»Ich weiß«, brummte Toni unzufrieden. »Das stinkt gewaltig zum Himmel.«

»Was unternehmen wir jetzt?«

»Im Moment können wir nicht viel ausrichten. Erst müssen wir diese Zeugin aus dem Bus finden.« Toni stand auf und ging in das Gemeinschaftsbüro. »Gibt es irgendetwas Neues?«

Verneinendes Gemurmel von allen Seiten. »Okay, Manuel, haben die Nonnen alles unterschrieben?«

»Ja, haben sie. Die Protokolle liegen in der Akte«, erklärte der Jüngste aus dem Team und zeigte auf eine blaue Mappe.

»Dann gib die Suchmeldung an die Presseabteilung. Die

sollen die lokalen Fernsehstationen bitten, doch noch heute einen Bericht zu senden.«

»Klar, Chef«, stimmte ihm Manuel zu, stand auf und verschwand mit dem Foto der Toten und dem Phantombild der Zeugin aus dem Büro.

David erhob sich. »Wir haben auch immer noch nichts. Laut den Zeugenaussagen der Nonnen soll die Frau aus dem Bus etwa vierzig Jahre alt sein. Wir haben nun alle auf Mallorca straffällig gewordenen Frauen von dreißig bis fünfzig in unseren Dateien gecheckt. Sie ist bei uns nicht aktenkundig. Sonst hätten wir sie gefunden.«

»Vale. Dann macht Pause, bis die Nachrichten laufen. Bruno, kannst du Dienst schieben und alle informieren, sollte sich etwas tun?« Toni wusste, sobald sie ausreichend Informationen hätten, würden Überstunden anstehen, da wäre es gut, wenn seine Leute ausgeruht wären. »Und kümmere dich bitte auch um die Personenfeststellung des streitenden Paars. Die sollten wir auch vernehmen, auch wenn ich mir nichts davon verspreche.«

Bruno nickte. »Mache ich gerne.« Er klopfte auf eine Akte auf seinem Tisch. »Das wollte ich mit der Akte hier sowieso noch abgleichen.«

»Danke. Und richte Manuel nachher aus, er soll ebenfalls Pause machen. Wir treffen uns dann alle um zwanzig Uhr, bevor die Nachrichten ausgestrahlt werden.«

Toni fuhr noch seinen Rechner herunter. Als er gehen wollte, saß nur noch Bruno im Gemeinschaftsbüro.

Den rechten Ärmel seines Hemdes hatte er hochgekrempelt, und seinen Oberarm zierte die Manschette eines Blutdruckgeräts. Das leise Brummen des Messgeräts war deutlich zu hören.

»Ist alles in Ordnung?« Erst jetzt fiel Toni auf, wie rot Brunos Gesicht leuchtete. Das war am Morgen noch nicht so gewesen.

Bruno hob die freie Hand und schwieg, bis das Gerät automatisch die Luft aus der Manschette ließ.

»Lo siento, während der Messung keine Gespräche.« Bruno blickte auf die Werte und seufzte. »Immer noch zu hoch. Der Fall schafft mich mehr, als ich dachte.«

Toni trat zu seinem Kollegen. »Und das bedeutet?«

»Wenn ich trotz der Betablocker den Wert nicht in den Griff bekomme, schicken sie mich vermutlich beim nächsten Check in Frührente. Und was das für meine Pension bedeutet, kannst du dir ja vorstellen.«

»Hört sich übel an. Was sagt dein Arzt?« Toni lehnte sich an die Schreibtischkante und verschränkte die Arme. »Das sollte sich doch ordentlich einstellen lassen.«

»Meine Werte waren bisher in Ordnung.« Bruno verstaute das Gerät wieder in seiner Schreibtischschublade. »Es liegt daran.« Er klopfte auf die Akte zu seiner Rechten. »Ich habe da einen Verdacht, und sollte ich richtigliegen, ist die Frau, die sich beim Kloster mit dem Mann gestritten hat, in Gefahr.«

»Warum hast du nichts gesagt? So etwas muss ich doch wissen.«

»Es ist ja noch unklar. Lass mich das überprüfen, dann sage ich dir Bescheid, ja?«

Toni nahm die Akte in die Hand. »Der Fall ist doch abgeschlossen.«

»Schon.« Bruno kratzte sich am Kopf.

»Wann ist dein nächster Check-up?« Toni blätterte durch den abgeschlossenen Fall. Es handelte sich um einen geklärten Mord. Der Täter würde noch drei Jahre im Gefängnis verbringen. Toni klappte den Deckel zu und warf die Akte zurück auf Brunos Schreibtisch.

»In zwei Wochen.«

»Dann solltest du schleunigst zum Arzt gehen, damit bis dahin deine Werte in Ordnung sind.«

»Der wird meinen Blutdruck nicht in den Griff bekommen, nicht, bis dieser Scheißkerl wieder im Gefängnis sitzt.« Bruno schlug die Akte auf.

»Ich dachte, der sitzt noch.« Toni runzelte die Stirn.

»Er wurde früher entlassen.« Mit zusammengekniffenen Augen fixierte er das Foto, das der Akte beilag. »Und wenn ich verdammt viel Glück habe, ist der Hugo, den ihr sucht, der Hugo, den ich wieder ins Gefängnis bringen will, bevor ein weiteres Unglück geschieht.«

»Okay.« Nun war Toni neugierig geworden und setzte sich Bruno gegenüber. »Um was geht es?«

Bruno seufzte. »Ich denke, jeder hat irgendeinen Fall, den er nie mehr vergisst.«

Toni nickte. Das war nicht von der Hand zu weisen. Im Normalfall waren es sogar mehrere, je nach Abteilung und Einsatz.

»Meiner heißt Mar Costello.« Bruno legte kurz seinen Kopf in den Nacken und massierte zeitgleich seine Schulterpartie. »Ich hatte damals Bereitschaft. Das war 1999. Die Gerichte waren wie üblich gründlich überfordert. Akten und Anzeigen blieben liegen, wurden nicht weitergeleitet, na, das Übliche eben. Ende der Neunziger erfolgte die Anzeigenerfassung noch nicht automatisch elektronisch. Man konnte also nicht alles direkt abrufen.«

»Das kann ich mir gar nicht mehr vorstellen«, wandte Toni ein. Allein der Gedanke daran, Berichte noch mit der Schreibmaschine zu tippen, sie dann von einem Schreibtisch zum anderen zu tragen, nahm irrsinnig viel Zeit in Anspruch. Heute war es für alle völlig normal, einfach einen kurzen Blick in den Rechner zu werfen und die Datenbank abzurufen.

»Es waren einfach andere Zeiten. Stalking war damals noch gar kein Straftatbestand. Das nannte man eben Streitereien unter Paaren. Ich hatte damals eine lange Doppelschicht hinter mir, als das Mädchen aufs Revier kam. Völlig hysterisch. Sie fühlte sich von ihrem damaligen Ex-Freund bedroht, ernsthaft bedroht. Er würde sie ständig verfolgen, anrufen und Nachrichten schreiben. Man solle ihn endlich in seine Schranken weisen, bevor es zu spät sei.« Bruno rieb sich heftig über das Gesicht. »Es gab dazu keine Akte. Die lag bei einem Kollegen, der wohl tatsächlich etwas dagegen machen wollte. Für mich war es also die erste Anzeige, und ich habe sie beruhigt und der Frau gesagt, sie könne mich jederzeit anrufen, wenn sie sich wieder verfolgt fühle. Ich würde dann mit dem Kerl Klartext reden. Solange er ihr nicht körperlichen Schaden zugefügt hatte, konnte ich ja nichts gegen ihn unternehmen.«

»Und was ist geschehen? Hat sie dich angerufen?«

Pedro verneinte. »Der Scheißkerl hat sie zwei Tage später auf brutalste Weise umgebracht. Einem gemeinsamen Bekannten sagte er, er wolle Mar einen Heiratsantrag machen und er bräuchte seine Hilfe, um sie damit zu überraschen. Unter einem Vorwand lockte dieser Freund Mar Costello zu einem etwas abgelegenen Treffpunkt.«

»Welche Frau geht da einfach los?«, fragte Toni verwundert.

»Mar hat dem gemeinsamen Freund vertraut. Es sollte sich um einen Job handeln. Also ging sie frühmorgens noch vor Sonnenaufgang los. Hugo wartete am vereinbarten Treffpunkt mit einem gemieteten Pick-up auf Mar, schlich sich an sie heran und stach mehrfach auf das arglose Mädchen ein, bevor er sie in den Wagen zerrte, mit ihr auf ein entlegenes Gelände fuhr und sie dort erst halb totschlug, nochmals auf sie einstach und sie letztlich erwürgte.«

Toni presste die Lippen aufeinander. Diese Schlamperei, die mangelnde Technik und die Überlastung der Kollegen hatte eine Frau das Leben gekostet, und Pedro gab sich die Schuld daran. »Das tut mir sehr leid.«

»Es war die größte Schlamperei, die ich jemals erlebt habe. Man könnte es eigentlich einen Mord auf Ankündigung nennen. Und wir haben nichts unternommen. Niemand hat das. Das arme Mädchen war völlig allein mit dieser ausweglosen Situation.« Tränen schimmerten in Brunos Augen. Er wischte sich kurz darüber. »Mar Costello hatte innerhalb von vier Wochen fünfzehnmal Anzeige erstattet. Und nichts geschah. Niemand nahm sie ernst, weil keiner von der Häufigkeit wusste. Während des Dauerdienstes wechselten wir doch ständig. Die Anzeigen wurden weitergeleitet, aber teilweise einfach wegen Geringfügigkeit abgelegt. Hätte nur ein einziger Hugo Alonso früher überprüft, wäre dieses Verbrechen gar nicht geschehen.«

»Er war vorbestraft?« Toni zog die Augenbrauen hoch. »Und er wurde von niemandem überprüft? Es wurde nie mit ihm gesprochen?«

»Es war Freitagabend. Der Kollege wollte sich am Montag darum kümmern.« Bruno schüttelte den Kopf. »Hätte ich an diesem Freitagabend meine Arbeit ordentlich gemacht, wäre ich nicht so überlastet gewesen oder hätte ich wenigstens die Notlage dieser Frau richtig eingeschätzt … sie wäre noch am Leben.«

Das konnte einen Menschen natürlich ein Leben lang begleiten. Auch wenn es eine Verkettung widriger Umstände gewesen war, verstand Toni genau, was Bruno in einsamen Nächten heimsuchte. Diese Schuld wurde man nie mehr los.

»Hätte nur einer von uns nachgesehen, ob Hugo Alonso einschlägig vorbestraft war, wäre er sofort wieder eingefahren. Nur wegen einer Begnadigung war der Kerl auf freiem Fuß. Man hat das damalige Urteil von Mordversuch auf versuchten Totschlag reduziert, weil er sich im Gefängnis wie ein Musterknabe aufgeführt hat. Dabei schoss er viermal auf seine schwangere Freundin, die ihn verlassen hatte. Mit dieser Schmach konnte er nicht umgehen. Sie hat den Anschlag überlebt. Ich habe die Akte gelesen.« Er klopfte auf die Unterlagen auf seinem Tisch. »Auch damals ist er heimtückisch vorgegangen.«

»Wie lange hat er gesessen?«

»Vier lausige Jahre«, sagte Bruno kopfschüttelnd. »Und Mar Costello hat er keine drei Monate nach seiner frühzeitigen Entlassung getötet. Sie hatte den Grund seiner Inhaftierung erfahren und bekam Angst vor ihm. Also trennte sie sich von ihm, bevor es zu spät für einen Abbruch der aufkeimenden Beziehung war. Zu diesem Zeitpunkt waren sie nur einige Male miteinander ausgegangen. Doch das reichte Hugo, um sich erneut in seinem Stolz gekränkt und zurückgewiesen zu fühlen. Er machte ihr das Leben zur Hölle, nahm es ihr sogar, und wir sahen zu und kapierten nichts. Das werde ich kein zweites Mal zulassen!«

»Und seit wann ist der Kerl wieder draußen?«

»Seit vier Monaten. Er hat seine Strafe fast abgesessen, und die Psychologen geben ihm mal wieder eine gute Prognose. Also wurde die Reststrafe von zwei Jahren zur Bewährung ausgesetzt. Dabei ist er eine tickende Zeitbombe.«

»Und du glaubst tatsächlich, dieser Hugo ist der Hugo, der diese Nati Forteza und anschließend unsere Nonne bedroht hat?« Toni rieb sich über das Kinn. »Das wäre ein großer Zufall. Und noch größer wäre der Zufall, wenn wir so einfach den Mörder der Nonne festnehmen könnten.«

»Man darf auch mal Glück haben, oder?«

Brunos Gesicht leuchtete noch rötlicher. Toni machte sich ernsthaft Sorgen um ihn. »Das wäre jedenfalls ideal für deinen Blutdruck.«

»Ich werde erst wieder Ruhe finden, wenn Hugo Alonso erneut im Gefängnis sitzt. Denn er wird wieder töten.« Bruno stand auf und ging zum Kopierer. »Ich werde zum

Padre ins Kloster Lluc hochfahren und ihm ein Bild von Hugo zeigen.«

»Wir könnten es noch schneller erfahren«, wandte Toni ein. »Wir besorgen uns die Handynummer von Padre Federico und schicken ihm ein Foto per WhatsApp. Kümmerst du dich darum? Und melde dich, sobald wir Antwort haben, ja? Wenn der Mann tatsächlich Hugo Alonso ist, wird er uns sagen, wo wir Nati finden können. Und wenn er tatsächlich handgreiflich gegen eine Frau geworden ist, fährt er wieder ein.«

Bruno nickte. »Ich kümmere mich um alles.«

»Danke.« Toni stand auf. »Ich fahre nur kurz heim. Auf eine Dusche freue ich mich schon seit einer Stunde. Und wenn du Neuigkeiten hast, sag sofort Bescheid.« Tonis Blick ruhte auf seinem ältesten Kollegen. »Bruno?«

»Ja, Chef?«

»Keine Alleingänge, verstanden?« Toni klopfte ihm aufmunternd auf die Schulter. »Wir agieren hier immer im Team.« Bruno brummte zustimmend, und Toni hoffte, er würde sich auch tatsächlich an die Absprache halten.

10

Als Toni auf seinen Parkplatz in Santa Ponsa fuhr, sah er bereits Mels Sportwagen vor der Garage stehen. Damit hatte er nicht gerechnet. Immerhin hatte sie inzwischen ihre erste Klientin.

Vor einem Berg Papiere und tief in Gedanken versunken, entdeckte er Mel auf der Terrasse. »Vaya, du bist ja auch schon da«, sagte er und küsste sie zur Begrüßung.

»Die Gerichtsakten kann ich hier genauso durchsehen wie im Büro. Nur habe ich hier mehr Ruhe«, erklärte Mel und sah zu ihm hoch. Ihr Blick wirkte bedrückt.

»Was ist los?«, fragte Toni ohne Umschweife.

»Es ist einfach so traurig.« Sie zeigte auf die Akten vor sich. »Was sich in den Siebzigern abgespielt hat, war eine Riesensauerei. Fernando hat mir von ein paar Fällen erzählt, und aus den Akten kann ich entnehmen, dass die Schuldigen bisher ungestraft davonkommen oder sterben, bevor man sie zur Rechenschaft ziehen kann.« Mel schob ihm ein Foto zu. »Würdest du dieser Frau zutrauen, Dutzende oder vielleicht sogar Hunderte Babys illegal zur Adoption freigegeben zu haben? Offenbar hat sie auch noch Geld dafür genommen. Sozialbetreuerin nannte sich das damals. Sie hat den Müttern vorgegaukelt, die Kinder wären gestorben, dabei hat sie die Babys eiskalt weiterverkauft. Angeblich soll sie sogar eine Liste geführt haben und den erfolgreichen Adoptiveltern jedes Jahr

Weihnachtskarten geschrieben haben. Einfach widerlich.«

Toni trat hinter sie und strich ihr tröstend über das Haar. »Das ist also eine, die du mal nicht verteidigen würdest?«

»Nein, das könnte ich nicht. Für kein Geld der Welt. Nicht, seitdem ich weiß, was diese Frau getan hat.« Mel lehnte sich an ihn. »Sie hat so viel Unglück über die Menschen gebracht. Und wenn ich das Foto betrachte, sehe ich nichts weiter als eine alte Frau. Ihre Augen wirken eher traurig als böse.«

Toni nahm das Foto auf und erstarrte. »Wer soll das sein?«

»Sie hieß Schwester Beate. Vor vier Monaten ist sie gestorben, bevor sie im Prozess aussagen konnte. Bei ihrer ersten Vernehmung hat sie die Aussage verweigert. Und bei den späteren Verhandlungstagen war sie dem Protokoll nach nicht mehr verhandlungsfähig. Sie starb an einem Lungenleiden.« Mel blickte zu ihm auf und sah ihm seine Bestürzung an.

»Schwester Beate«, flüsterte er und schüttelte den Kopf. »Mel, das ist die Nonne, die gestern auf den Treppenstufen zur Stadtmauer ums Leben kam. Heute Abend wäre ihr Foto an die Presse gegangen, um an weitere Informationen zu ihrer Person zu kommen.«

Mel sprang auf. »Das kann nicht sein!«

»Wenn ich es dir sage!« Toni sah Mel an. »Das Foto brauche ich. Und ich muss auch gleich wieder los. Der Konvent in Madrid hat uns eine gefälschte Akte gegeben. Die müssen ihren Tod vorgetäuscht und sie aus der Schusslinie gebracht haben.«

»Scheiße«, fluchte Mel. »Entschuldige. Aber für die Opfer wäre ihre Aussage wichtig gewesen. Diese Nonne kannte alle Namen, die der Mütter und die der Adoptiveltern. Und sie hat wirklich noch gelebt?«

»Ja, und irgendjemand hat sie nun umgebracht.« Toni setzte sich an den Terrassentisch. »Das Motiv findet sich vielleicht in deinen Gerichtsakten. Kannst du mir davon eine Kopie ziehen?«

»Der Dienstweg dauert dir wohl wieder zu lange«, mutmaßte Mel und nahm die Akte. »Das bleibt eine Ausnahme. Und auch nur, weil die Akte schon lange offiziell freigegeben ist. Gib mir eine halbe Stunde, ja?«

»Danke, Mel. In der Zwischenzeit rufe ich meine Jungs und die in Madrid an. Und mit etwas Glück reicht mir die Zeit noch für eine rasche Dusche.«

Mel schnupperte. »Stimmt, die könnte dir wirklich nicht schaden.«

Toni hob den Arm und roch unter der Achsel. Als er protestieren wollte, sah er Mels amüsiertes Lächeln. »Das zahle ich dir heim.«

Mels Lachen wurde mit jedem Schritt in Richtung Büro leiser. Toni wählte auf seinem Handy die Nummer des Reviers. Er ließ sich zu seiner Abteilung durchstellen, nachdem er vergessen hatte, sich die direkte Durchwahl zu notieren.

»UCO, Bruno Martín«, meldete sich sein Mitarbeiter.

»Toni hier. Trommel das Team wieder zusammen. Sie sollen in einer Stunde im Büro sein. Und keine Ausflüchte. Wir brauchen jeden Mann.«

»Chef, ich glaube, ich weiß, wer die tote Nonne ist«, sagte Bruno. »Ihr Bild ging damals durch die Presse, allerdings ...«

»... müsste sie längst tot sein. Das weiß ich inzwischen auch. Danke, Bruno, gute Arbeit. Und jetzt hol alle ins Büro, ja?«

Ohne auf Brunos Antwort zu warten, legte Toni auf, nur um im nächsten Moment seinen ehemaligen Kollegen Alberto in Madrid anzurufen.

Mit knappen Worten brachte Toni ihn auf den aktuellen Stand. »Wir wissen also, wer die Ermordete tatsächlich ist.«

»Wie bist du darauf gekommen?«, fragte Alberto.

»Das wüsstest du gerne«, scherzte Toni. »Ich bin einfach gut«, stichelte er weiter. Dann lachte er. »Vermutlich habe ich aber einfach nur die richtige Frau geheiratet.« Er beendete das Telefonat und sprang unter die Dusche.

Nach einer knappen halben Stunde trat Mel mit den Kopien der Akte wieder auf die Terrasse. »Der Toner muss nachgefüllt werden. Und das Internet geht im Büro auch immer noch nicht. Bedingung für meinen Chef war ein Raum, den ich abschließen kann. Sonst darf ich wegen deines Jobs keine Unterlagen mit nach Hause nehmen.«

»Als ob ich ungefragt in deinen Akten stöbern würde«, wich Toni aus. Er fuhr sich durch das noch feuchte Haar und küsste Mel auf die Stirn. »Ich muss los. Warte nicht auf mich. Es kann spät werden.«

Mel setzte sich auf den Terrassenstuhl. »Lass dir dein Steak schmecken.«

Toni grinste immer noch in sich hinein, als er vor dem Revier parkte. Auch wenn er an diesem Tag unmöglich die Zeit für einen Restaurantbesuch hätte, so hatte Mel den Grund für seine späte Rückkehr gestern durchschaut. Seiner Frau konnte er nichts vormachen.

11

Pünktlich waren Tonis Teammitglieder im Revier erschienen. Catarina drückte Toni eine Kaffeetasse in die Hand. »Und, was gibt es? Jetzt mach es nicht so spannend.«

Er reichte ihr die Gerichtsakte. Dann brachte er sein Team aufs Laufende. Als er mit seinen Ausführungen endete, fragte er noch: »Hat jemand von dem Fall eine Ahnung?«

»Vor Jahren wurde eine SOKO dafür eingerichtet, aber viel tun können die ohne Hinweise auch nicht. Die Anzeigen werden gesammelt und miteinander verglichen. Das System war wohl immer dasselbe. Vielen Frauen hat man sofort nach der Geburt die Kinder weggenommen und ihnen mitgeteilt, dass das Baby gestorben sei. Wenn ein Ehepaar den Tod des Säuglings anzweifelte, hat man ihnen offen gedroht, ihre Existenz zu zerstören. Von heute aus betrachtet, waren die Opfer alle gegen das Franco-Regime. Es wurde also alles unter der Hand gutgeheißen, und kein Schwein hat sich dafür interessiert.« Bruno Martín machte in seiner Erklärung eine kleine Pause. »Soweit ich weiß, ist alles schon vor über dreißig Jahren aufgeflogen, als eine Familie ihr Baby ins Familiengrab umbetten wollte und im Sarg nur eine Kiste mit Stoffresten vorgefunden wurde. Doch machen konnten sie damals gar nichts. Ich weiß nicht, wie viele Fälle auf Mallorca angezeigt wurden. Landesweit spricht man von etwa dreihunderttausend Kindern, die ihren Müttern weggenommen wurden. Auch die, die wegen ihrer politischen Einstellung im Gefängnis waren, durften ihre Kinder nicht behalten. Und kurz vor deinem Anruf habe ich diese Nonne erkannt.«

Catarina sog die Luft ein. »Ich hatte zwar am Rande was mitbekommen, aber dass es so viele sind ...«

»Ich checke mal unsere Datenbank«, schlug Manuel Sastre vor. Toni musterte ihn. Er trug noch immer seine Sportkleidung. Vermutlich hatte er ihn aus dem Fitnessstudio geholt. Sein jüngster Mitarbeiter musste sofort losgefahren sein, was Toni freute. Es zeigte Manuels Einsatzbereitschaft. »Es muss ja eine zentrale Datei geben. Wie hieß die Schwester?«

»Beate«, antwortete Pedro Sanchez. Er sah immer noch so aus, als wäre er eben erst aus dem Bett gekrochen. Offenbar war das sein Look. »Das wird hart. Bei so vielen Opfern hat doch jedes einzelne ein Motiv.«

»Die Frage ist nur, wenn sie offiziell für tot gehalten wurde, wie konnte sie jemand vier Monate später auf Mallorca finden? Der Fall wurde doch in Madrid verhandelt«, schaltete sich David Zapatero ein. »Hat sie auch mal auf Mallorca gelebt und hier Babys verschoben?«

»Das gilt es herauszufinden«, sagte Toni. »Versucht alle, mehr über diese Schwester Beate zu erfahren. Ebenso will ich eine Liste mit allen Personen, die solch einen Fall auf Mallorca zur Anzeige gebracht haben. Ich bringe unseren Coronel auf den neuesten Stand. Ruft außerdem das Foto zurück. Den Aufruf für das Opfer benötigen wir nicht mehr.« Dann wandte er sich an Bruno. »Hast du schon Antwort von Padre Federico? Denn wer weiß, womöglich hat diese Nati Forteza die Nonne wiedererkannt und ist ihr gefolgt.«

»Das wäre ja ein Ding«, meinte Bruno kopfschüttelnd. »Ich versuche, den Padre endlich ans Telefon zu bekommen. Es gibt zu viele Fortezas auf der Insel, und Nati ist nur eine Abkürzung.«

»Endlich geht es voran!«, rief Toni.

Er ging zu Anabels Büro, klopfte an und trat ein. »Wir wissen nun, wer die tote Nonne ist.«

»Ach, und ich dachte schon, du legst den Fall einfach zu den Akten und gehst heim zu deiner Frau«, erwiderte Anabel zynisch. »Wenn du deine Abteilung um drei in den Feierabend schickst, sprichst du das künftig mit mir ab.«

Toni riss sich zusammen. Er wollte keinen Streit beginnen, den er nur verlieren konnte. »Mir war klar, dass wir die Identität irgendwann herausfinden und dann Überstunden anfallen. Was spricht also dagegen, wenn ich zu diesem Zeitpunkt ein fittes Team zur Verfügung haben möchte?«

Anabel grinste und lehnte sich in ihrem Stuhl zurück. »Dann ist das entschuldigt, aber falls du mich nicht auf dem Laufenden hältst und mir deine Beweggründe nicht mitteilst, könnte ich das als mangelnden Einsatz werten.«

»Können wir jetzt den Fall besprechen?«

»Setz dich«, forderte Anabel ihn auf.

Toni nahm ihr gegenüber Platz und berichtete, was sie herausgefunden hatten. Dabei musste er Mel erwähnen, was in Anabels Gesicht keine Gefühlsregung erzeugte, auch wenn er davon überzeugt war, dass ihr die Umstände, die zu der neuen Information geführt hatten, gegen den Strich gingen.

»Jetzt müssen wir jede einzelne Anzeige prüfen, mit den Opfern sprechen und deren Alibis überprüfen. Hoffentlich bleiben dann nicht mehr so viele mögliche Täter übrig. Außerdem müssen wir dieses Pärchen finden, um keine Spur außer Acht zu lassen.« Toni hatte alles gesagt. Er stand auf und ging zur Tür. »Habe ich freie Hand, oder muss ich über jeden Schritt Rechenschaft ablegen?«

»Ich will zweimal am Tag den Ermittlungsstand wissen. Sonst überlasse ich alles dir. Wenn du es vermasselst, wird dein Kopf rollen. Die Presse wird sich auf den Fall stürzen, und besser, ich bin dabei aus der Schusslinie.«

»Wie großzügig«, sagte Toni gönnerhaft. »Dein neuer Hang zur Feigheit passt nicht zu dir.«

Anabels Augen verengten sich. »Übertreib es nicht, Toni.«

Grußlos verließ Toni ihr Büro. Anabel wusste, wie er arbeitete und wie er mit seinem Team umging. Ihm vorzuwerfen, er würde der Freizeit zuliebe einen Fall zu den Akten legen, hatte ihn getroffen. Es war richtig, dass er einige schwere Fälle nicht mehr übernommen hatte, seitdem er mit Mel verheiratet war, doch das hatte nichts mit Faulheit zu tun. Er wollte seine Ehe nicht dem Polizeidienst opfern. Mel war großzügig und nachsichtig, aber überreizen wollte er es keinesfalls.

Zurück in seinem Büro summte es wie in einem Bienenstock. Erleichtert stellte er fest, ein eingespieltes Team unter seinem Kommando zu wissen. Niemand wartete auf Anweisung, wenn es darum ging, die Fakten zu sammeln.

»Und, wie sieht es aus?«, fragte er Catarina.

»Siebzehn Anzeigen auf Mallorca. Die Liste mit den Daten und den Adressen kommt gleich aus dem Drucker«, antwortete sie. »Wie wollen wir die Vernehmungen aufteilen?«

»Bruno? Hast du den Padre erreicht?«

»Ja, endlich. Ich habe ihm eben das Foto rübergeschickt.« Bruno rutschte unruhig auf seinem Stuhl hin und her. Er konnte wohl kaum noch die Antwort abwarten.

»Macht Bruno noch Außendienst?«, fragte Toni Catarina flüsternd. Der Mann stand dem Aussehen nach kurz vor der Rente, und bisher wusste Toni nichts über die einzelnen Zuständigkeiten. Zudem wollte er nicht schuld sein, wenn Brunos Blutdruck durch die Decke ging. Andererseits war Toni klar, dass Bruno bei der Vernehmung von Hugo Alonso und Nati Forteza dabei sein wollte. Das war sein Fall.

»Klar, er ist Manuels großes Vorbild. Die beiden ziehen zusammen los. Ein weiteres Team bilden David und Pedro. Außer du möchtest nicht mit mir die Befragungen vornehmen.« Unsicher sah sie ihn an.

»Wir haben den Fall gemeinsam begonnen, und wir bringen ihn auch als Team zu Ende«, versicherte er.

Irgendwie sah Catarina erleichtert aus.

»Hast du mit einem vom Team Probleme?«

Catarina schüttelte den Kopf.

»Ärger mit David?«

Nun wurde sie rot. »Nein. Na ja, vielleicht ein wenig. Seitdem er weiß, dass ich einen neuen Freund habe, reagiert er ziemlich gereizt auf alles, was ich sage.«

»Klärt das.« Toni machte sich nichts vor. Wenn man viele Stunden an einem Fall zusammenarbeitete, konnte man sich durchaus näherkommen. So war es bei ihm und Anabel auch gewesen. Sie hatten zusammen an einem großen Fall gearbeitet, in dem ihre und seine Abteilung involviert gewesen waren. Nach einer nächtlichen Observation war es dann passiert: Sie waren letztlich zusammen im Bett gelandet. Er selbst musste zusehen, mit Anabel gut auszukommen. Die gemeinsame Vergangenheit durfte nicht zwischen ihnen stehen, wenn sie einen guten Job machen wollten.

Toni sah sich die Liste an. »Dann haben wir insgesamt achtzehn Verdächtige. Diese Adriana steht noch nicht darauf. Sie ist seit gestern eine Klientin meiner Frau. Allerdings weiß ich nicht, wo die Frau wohnt.«

»Aber du wirst es schnell herausfinden«, warf David ein und kassierte sofort einen warnenden Blick von Toni.

»Comandante«, begann Bruno und sah unsicher auf die Unterlagen.

»Was gibt es?«, fragte Toni.

Das Klingeln einer eingehenden Nachricht ließ Brunos Blick von den Unterlagen zum Handy huschen. Schnell griff er zu, starrte auf die Nachricht, und Toni erkannte bereits an seinem Gesichtsausdruck, wie die Antwort lautete: Natis Hugo war Hugo Alonso.

»Hol ihn dir«, gab Toni ihm die direkte Genehmigung.

Bruno sah auf und nickte mehrfach. »Dieses Mal werde ich nicht zu spät kommen.«

Manuel kannte den Fall offensichtlich auch, denn er schenkte Bruno ein zuversichtliches Lächeln. »Wir werden nicht zu spät kommen«, bot er ihm seine Hilfe an.

»Bevor ihr beiden loszieht, was wolltest du vorher noch sagen, Bruno?«

»Oh ... ja ... die Geburtsdaten.« Es dauerte einen Moment, bis Bruno sich wieder auf das vorangegangene Thema konzentrieren konnte. Dann zeigte er aber auf die Liste. »Sie reichen bis in die Achtzigerjahre.«

»Und?« Toni wusste nicht, was Bruno daran so spannend fand.

»Wenn die Zwangsadoptionen nur unter Franco stattgefunden haben, hätte es 1975 enden müssen.« Bruno sah von Toni zu Catarina. »Die Schweinerei muss anschließend noch weitergegangen sein. Und das könnte für die Ermittlungen wichtig werden.«

Catarina lachte bitter auf. »Das würde bedeuten, die Kirche hätte weiterhin in die eigene Tasche gewirtschaftet. Babyhandel. Ein sehr lukratives Geschäft.«

»Und ein möglicher Grund, warum die Vorsteherin in Madrid schützend die Hand über Schwester Beate hält.« Toni nickte bekräftigend. »Das erklärt natürlich einiges. Was unter Franco als Strafmaßnahme begann, hat sich zu einem profitablen Geschäft entwickelt, und als Franco starb, haben sie einfach weitergemacht.«

»Sieht fast so aus«, stimmte Bruno zu. »Die katholische Kirche war damals so mächtig wie Franco selbst. Und auf diese Spezialeinkommen wollte sie wohl nicht mehr verzichten.«

Der Fall wurde immer brisanter. »Wenn wir das aufdecken wollen, müssen wir das fundiert beweisen können, sonst fliegt uns das Ganze um die Ohren. Lasst uns also loslegen.« Toni sah sich die Listen an. »Ihr zwei«, wandte er sich an Pedro und David, »übernehmt die Inselmitte.« Dann reichte er die zweite Liste an Manuel und Bruno. »Und ihr den Inselosten. Dort ist auch die Meldeadresse von Hugo Alonso.«

Bruno nickte lächelnd. »Danke.«

»Catarina und ich fahren in den Südwesten. Sobald sich was ergibt, rufen wir uns zusammen, verstanden? Und Manuel, zieh dir vorher was anderes an.«

Manuel grinste. »Schon klar, Chef. Ich hatte nicht vor, im Trainingsanzug loszuziehen.«

Fünf Minuten später waren die drei Zweierteams unterwegs. Der Kriminaldauerdienst sollte die noch eingehenden Anrufe annehmen und wichtige Informationen ohne Verzögerung an Toni weiterleiten.

12

Emilia saß unter einer Platane und versuchte, die Adresse des Arztes herauszufinden. Er wüsste mit Sicherheit mehr als die Entbindungsschwester, die Schwester Beate ihr ebenfalls genannt hatte. Der Arzt hatte keine eigene Praxis mehr, und es würde schwer werden, an die Anschrift zu kommen. Für den Privatdetektiv, mit dem sie vor einigen Monaten zusammengearbeitet hatte, wäre es vermutlich eine Sache von wenigen Stunden. Sie musste ihm allerdings vormachen, nicht auf Mallorca zu sein. Aber das sah sie jetzt nicht als Problem an. Auf ihr Bankkonto konnte sie online zugreifen, und er würde es nicht erfahren, solange sie ihm nichts sagte.

Emilia blätterte in ihrem Handy nach dessen Nummer und drückte die Anwähltaste, ohne die Rufnummer zu unterdrücken.

»Emilia«, meldete er sich direkt. »Wie geht es dir?«

»Sehr gut, vielen Dank. Und dir, Adam?«, fragte Emilia höflich. Sie hatte Adam Tejada schon einmal beauftragt, um jemanden ausfindig zu machen. Sie hatte ihm von einer alten Ferienbekanntschaft erzählt, die sie aus den Augen verloren hatte und nun gerne zu ihrer Hochzeit einladen wolle. Eine simple und harmlose Lüge.

Aber sie hatte mehr über diese Frau herausfinden wollen, die sie zufällig getroffen hatte. Deshalb hatte sie Adam beauftragt, wenn auch die Kosten der Recherche ihre gesamten kümmerlichen Ersparnisse aufbrauchten. Adams Nachforschungen hatten sie letztlich nach Mallorca geführt. Ihre vermeintliche Freundin war auf der Insel geboren und lebte immer noch dort. Und an diesem Ort würde sie auch die Schuldigen finden. Davon war Emilia überzeugt.

Lange hatte sie überlegt, ob sie sich sofort zu erkennen geben sollte. Doch das wäre der leichte Weg gewesen. Sie hätte die Vergangenheit einfach ruhen lassen und versuchen können, glücklich zu werden. Aber dann hatte sie beschlossen, es erst zu tun, wenn sie alles lückenlos aufklären konnte. Die Täter durften nicht einfach so davonkommen. Sie mussten bestraft werden für das, was sie ihr angetan hatten, und wenn Emilia dafür das Gesetz brechen musste, dann wollte sie es tun, ohne Unschuldige in die Sache zu verwickeln. Nur so könnte sie am Ende ihre Wut und ihren Hass überwinden und inneren Frieden finden.

»Emilia, was kann ich diesmal für dich tun?«, fragte Adam. »Wieder eine Freundin?«

Emilia lachte, obwohl ihr nicht zum Lachen zumute war. Doch Adam hatte einen Witz machen wollen, und sie musste entsprechend reagieren, um unauffällig zu bleiben. »Nein, dieses Mal ist es ein Wunsch meiner Mutter. Sie wurde vor knapp vierzig Jahren ins Hospital Son Dameto eingeliefert. Starke Wehen. Und es gab bei meiner Geburt Komplikationen. Sie denkt oft daran. Ohne den Einsatz von Doktor Pedro Gúzman und der Entbindungsschwester Candela Costa hätten es wohl weder sie noch ich geschafft. Und da ich bald meinen vierzigsten Geburtstag feiere, wollte sie den beiden eine Dankeskarte schicken. Sie hat sie nämlich nie vergessen.«

Adam schwieg einen Moment. »Nach vierzig Jahren?«

»Genau. Sie hat sogar im Krankenhaus angerufen, aber dort sind die beiden natürlich nicht mehr beschäftigt«, fügte Emilia erklärend dazu.

»De acuerdo, ich telefoniere mal ein wenig. Und du brauchst nur die Wohnanschrift?«

»Ja, das genügt. Es geht um eine Karte und einen Blumenstrauß. Meine Mutter war traurig, als sie im Krankenhaus keine Auskunft bekam«, sagte Emilia und kontrollierte, ob sich ihr jemand genähert hatte. Doch in ihrer Nähe war niemand. »Und da ich eine liebe Tochter bin, will ich sie mit den Adressen überraschen.«

»Ich mache ein paar Anrufe und melde mich bei dir«, versicherte Adam ihr.

13

Während der Fahrt hakte Toni im Geiste die bisherigen Personen auf ihrer Verdächtigenliste ab. Die Befragung von den beiden Müttern, die nach ihren Kindern suchten, hatte nichts ergeben. Sie hatten beide ein Alibi. Sonntags fand in fast jeder mallorquinischen Familie traditionell ein gemeinsames Mittagessen statt. Jede der Frauen konnte mehr als zehn Zeugen benennen. Und im Grunde traute er es keiner dieser betagten Frauen zu. Wobei er sich da nicht täuschen lassen durfte. Auch eine Siebzigjährige wäre durchaus in der Lage, jemanden eine Treppe hinunterzustoßen.

Das Alibi des Mannes, der den Fall für seine verstorbene Mutter weiterverfolgte und nach seiner Schwester suchte, musste erst noch überprüft werden. Er hatte angegeben, in einem Fitnessstudio gewesen zu sein.

Alle hatten Schwester Beates Bild erkannt. Sie war eine der Frauen, von der sich viele Opfer Namen erhofft hatten. Denn sie hatte dieses Adoptionssystem mit Sicherheit nicht allein aufgebaut. Doch keiner wusste bisher, ob Schwester Beate auch in den frühen Siebzigern auf Mallorca gewesen war. Das konnte nur die echte Personalakte klären. Toni versprach sich von der Durchsuchung nicht allzu viel. Denn da die Vorsteherin schwieg, hatte sie die Akte mit Sicherheit vernichtet. Wahrscheinlich hatte sie das bereits nach Schwester Beates Umzug nach Mallorca getan.

»Wer kommt als Nächstes auf unserer Liste?«, fragte Toni.

»Luisa Cordalis«, sagte Catarina. »Wohnhaft in Calviá. Arbeitslos. Sie soll 1975 adoptiert worden sein, aber die Akte ist unvollständig. Vermutlich hat sie den Fall angezeigt und anschließend die Hoffnung verloren.« Sie zog eine weitere Akte hervor. »Dann noch Carmen Santana aus Bonanova. Sie arbeitet in einem Restaurant in Puerto Portals und sucht nach ihrer jüngeren Schwester, die offenbar 1988 adoptiert worden ist.«

»Dann fahren wir zuerst nach Calviá«, beschloss Toni und bog in Richtung Norden ab. »Vermutlich erfahren wir auch dort nichts Neues.« Die drei Gespräche in Santa Ponsa hatten sie nicht weitergebracht.

»Vielleicht haben wir ja Glück, und diese Luisa Cordalis passt vom Aussehen her perfekt zu unserem Phantombild.« Catarina öffnete das Wagenfenster und ließ frische Luft herein. »Das Alter würde passen.«

Toni verzichtete auf einen Kommentar. Der Zufall wäre zu groß. Keiner konnte wissen, ob die unbekannte Frau überhaupt jemals in diesem Zusammenhang eine Anzeige gemacht hatte. Sicherlich hatte man manchmal auch Glück. Aber darauf baute Toni nicht.

Fünfzehn Minuten später parkte er vor einem alten Stadthaus. »Hier muss es sein.«

Er klingelte. Kurz darauf hörte er Schritte, und die Tür schwang auf.

Eine etwa vierzigjährige Frau mit braunem Pagenschnitt öffnete. »Ja?«, fragte sie verwundert.

Sie stellten sich vor. »Sind Sie Luisa Cordalis?«

Die Frau nickte.

»Wir hätten ein paar Fragen an Sie«, begann Catarina. »Können wir reinkommen?«

»Bitte.« Luisa Cordalis gab den Weg frei und bat sie ins

Wohnzimmer. »Worum geht es?« Auf der Couch lag eine getigerte Katze, die sie misstrauisch beäugte.

»Um Ihre Anzeige«, sagte Toni.

»Ach, nach drei Jahren meldet sich mal jemand.« Ihre Stimme klang vorwurfsvoll. »Gibt es endlich Neuigkeiten?«

»Nicht in dieser Angelegenheit«, antwortete Toni und reichte ihr das Foto von Schwester Beate. »Kennen Sie diese Frau?«

Sie sah sich das Bild an. »Natürlich. Sie ist seit vier Monaten tot und hat ihre Geheimnisse mit ins Grab genommen. In der Hölle soll sie dafür schmoren. Was hat das aber mit mir zu tun?«

Die Katze spürte die Missstimmung und verkroch sich unter das Sofa.

»Wo waren Sie gestern gegen vierzehn Uhr?«, fragte Catarina, ohne ihre Frage zu beantworten.

»Wandern. Mit Freunden.«

»Wo genau?«, fasste Toni nach.

»Am Kloster Lluc«, antwortete Luisa Cordalis. »Warum wollen Sie das wissen?«

Toni blickte alarmiert auf. Konnte es Zufall sein, dass sich diese Frau genau zu dieser Zeit im Kloster Lluc aufgehalten hatte? »Schwester Beate ist erst gestern Nachmittag in Palma zu Tode gekommen. Wir untersuchen den Fall.«

»Was? Das ist unmöglich!«

Toni beobachtete Luisa Cordalis' Reaktion. Sie schien aufrichtig entsetzt zu sein.

»Zuvor hielt sie sich im Kloster Lluc auf.«

»Das ergibt doch gar keinen Sinn.« Luisa Cordalis runzelte zuerst die Stirn, bevor ihr Gesichtsausdruck wütend wirkte. »Ach, jetzt verstehe ich! Weil eine Verbrecherin zu Tode gekommen ist, belästigen Sie jetzt deren Opfer? Sie hat den Tod verdient!«, spie sie aus.

»Das mag sein, aber Mord bleibt Mord«, sagte Catarina.

»Und Kindesraub bleibt Kindesraub«, erwiderte Luisa Cordalis. Auf ihrem Gesicht erschienen hochrote Flecken.

Ihr Zorn und ihre Abscheu waren geradezu greifbar.

»Auch das wird weiterhin verfolgt.« Catarina sah sie mitfühlend an. »Es tut mir leid, was Sie durchmachen mussten. Und ich wünschte, ich könnte Ihnen gute Nachrichten bringen.«

»Das tun Sie aber nicht. Im Gegenteil. Sie kommen in mein Haus und bezichtigen mich eines Mordes!«, schrie sie.

»Vielleicht wäre es besser, wenn wir uns setzen«, schlug Toni vor. »Und wir verdächtigen Sie nicht«, versuchte er sie zu beruhigen, auch wenn er keinesfalls vergessen hatte, dass die Frau zur selben Zeit denselben Wallfahrtsort aufgesucht hatte. »Dennoch müssen wir diese Fragen stellen. Denn irgendjemand hat Schwester Beate getötet.«

»Derjenige verdient eine Auszeichnung«, sagte Luisa Cordalis und setzte sich tatsächlich.

Toni zog das Phantombild der unbekannten Frau heraus, die mit den Nonnen zurück nach Palma gefahren war. »Kennen Sie diese Frau?«

In Luisa Cordalis' Augen erschien ein Funkeln. »Nein. Hat sie die Teufelsnonne umgebracht?«

»Sie ist eine Zeugin«, führte Toni aus.

»Ich kenne sie nicht«, wiederholte Luisa Cordalis und betrachtete das Bild nochmals. »Wobei? Das könnte Marla sein. Sie war auch mit in den Bergen, hat sich aber den Fuß verstaucht und ist früher zurückgefahren.«

»Haben Sie ihre Telefonnummer?« Endlich ein erster Hinweis. Toni setzte sich in einen der Sessel. »Ihre Adresse?«

»Wir sind nur ein lockerer Zusammenschluss aus einer gemeinsamen Facebook-Gruppe. Sie hat mich zweimal mit unterdrückter Nummer angerufen. Wo sie wohnt, weiß ich nicht.« Luisa Cordalis kratzte sich am Kopf. »Ob sie sich noch mal meldet, kann ich auch nicht sagen.«

»Wenn sie es tut, richten Sie ihr aus, dass wir sie als Zeugin suchen und sie sich bei uns melden soll. Sie hat nichts zu befürchten. Aber sie könnte die Letzte gewesen sein, die Schwester Beate lebend gesehen hat.« Toni beobachtete Luisa Cordalis, wie sie sich immer wieder mit den Fingern durch ihr Haar fuhr. Die Frau wirkte aufgeregt. Doch das war nicht weiter verwunderlich.

Er gab Catarina ein Zeichen. Sie verstand und reichte Luisa Cordalis ihre Visitenkarte. »Könnten wir eine Liste mit den Namen bekommen?«, fragte Catarina mit ruhiger Stimme. »Wir müssen Ihre Angaben überprüfen.«

»Damit Sie anschließend auch die anderen Opfer belästigen können?« Luisa Cordalis verschränkte die Arme vor der Brust, und ihre Wut brandete erneut auf. »Zum Teufel mit Ihnen«, sagte sie, stand auf und holte einen Zettel, auf den sie vier Namen schrieb. »Die können bezeugen, dass ich in den Bergen war.« Mit einer unwirschen Handbewegung ließ sie den Zettel auf den Tisch gleiten. Toni fing ihn auf, bevor er zu Boden segelte.

»Danke.« Toni nickte zur Tür. »Und entschuldigen Sie die Störung.«

»Wir finden allein hinaus«, sagte Catarina und folgte ihm.

Im Wagen schüttelte Catarina den Kopf. »Irgendwie hat sie recht. Die Opfer von damals wollen Antworten. Und wir untersuchen den Tod einer Frau, die diese Antworten hatte und sich der Justiz entzog, indem sie ihren Tod vorgetäuscht hat.«

»So läuft das Spiel. Wir können es nicht ändern.« Toni überflog die Namen der Wandergruppe. »Carmen Santana war ebenfalls in den Bergen. Check mal die Liste mit den

Opfern auf Mallorca.« Er startete den Motor. »Sag den anderen Bescheid. Und wenn sie die Frauen schon befragt haben, will ich die Aussagen auf dem Tisch haben, sobald wir bei Carmen Santana waren. Wo arbeitet sie noch mal?«

»In diesem schicken Restaurant im Hafen von Portals. Und vielleicht hat eine der anderen Frauen eine Idee, wie wir diese Marla kontaktieren können«, meinte Catarina und legte den Zettel mit den Kontaktdaten zu ihren Unterlagen.

Toni fuhr über die Autobahn bis zur Abfahrt nach Portals. Catarina berichtete ihm nach ihrem Telefonat mit den Kollegen, dass Marina Sola und Sara Alfaro beide schon vernommen worden waren und ebenfalls ausgesagt hatten, mit den bereits genannten Frauen beim Wandern gewesen zu sein. Valeria Luengo, die ein Agrotourismushotel in Santa María betrieb, war auf ihrem Besitz nicht angetroffen worden. »Ich habe ihnen gesagt, dass wir nachher hinfahren.«

»Und Bruno?«, hakte Toni nach.

»Hugo Alonso war nicht zu Hause, und er hat die Kollegen von der Lokalpolizei informiert. Die bringen ihn zu uns, sobald sie ihn finden.«

»Gut«, sagte Toni und sah auf die Uhr. »Und in einer Stunde laufen die Nachrichten.« Er war neugierig, ob sie auf diese Weise die unbekannte Zeugin finden konnten und ob ihr Name Marla lautete.

Toni passierte die Schranke zum Hafen und steuerte auf die imposanten Jachten zu, die hell in der Sonne leuchteten und den Reichtum ihrer Besitzer widerspiegelten. Manche waren größer als Tonis Reihenhaus. »Hier möchte ich gerne mal die Steuerfahndung vorbeischicken«, brummte er.

Catarina lachte. »Ach, Geld macht doch auch nicht glücklich.«

Gemächlich fuhr er an den exklusiven Ladenlokalen entlang, bis er das Schild des Restaurants entdeckte. Er stellte den Wagen ins Halteverbot und stieg aus.

Ein Porschefahrer hupte ihn sofort an, und Toni hätte dem arroganten Kerl gerne die edle Karre auseinandergenommen, nur um den Fahrer ein wenig zu ärgern.

In all den Jahren, die er nicht mehr dort gewesen war, hatte sich nichts verändert. Immer noch traf sich hier der Jetset oder die, die dazugehören wollten. Diese Menschen glaubten, der Nabel der Welt zu sein. Beeindruckend waren die Jachten dennoch, und auch Toni wäre einer Spritztour sicherlich nicht abgeneigt. Allein eine Tankfüllung würde seinen Monatssold bei Weitem übersteigen.

»Dann wollen wir mal.« Er ging über die offene Terrasse, auf der einige Damen bei einem Glas Champagner saßen und den Ausblick auf die Reichtümer der Ehemänner genossen.

»Warst du schon mal hier essen?«, fragte Catarina.

»Nein«, gab Toni zu, der die letzten Jahre aber auch nur selten seine Familie auf der Insel hatte besuchen können. »Und du?«

»Zu Weihnachten.« Catarina grinste. »Hat David damals eine Stange Geld gekostet.«

Toni nickte und schmunzelte. Ja, das war der passende Ort, um seine Herzdame zu beeindrucken. Vielleicht sollte er Mel einmal hierher ausführen.

Ein Kellner betrachtete sie neugierig. »Ein Tisch für zwei?«

»Danke«, lehnte Toni ab. »Wir würden gerne mit Carmen Santana sprechen.«

»Worum geht es?«, fragte der Kellner.

»Eine Zeugenbefragung«, erklärte Catarina vage. »Wenn Sie so freundlich wären ...« Sie wollte eben ihre Marke zücken, als der Kellner entsetzt die Hand hochhielt.

»Bitte, setzen Sie sich dort hinten an den Tisch«, bat er. »Sie erschrecken sonst unsere Gäste. Ich werde Carmen holen.«

Toni ging zu dem Tisch in der Ecke. Er lag etwas abseits von den Gästen, die bereits das Restaurant besuchten. »Ob sie uns wohl zum Essen einladen?«, flüsterte Toni und zwinkerte Catarina zu. Das Tischtuch aus edlem Damast und die funkelnden Gläser luden förmlich dazu ein, nicht nur ein Gespräch zu führen, sondern die vermutlich vorzügliche Küche auszuprobieren.

Eine zierliche Frau kam auf sie zu. Ihr Blick wirkte schüchtern. Immer wieder senkte sie auf dem Weg zu ihnen den Kopf. Das Haar hatte sie sich im Nacken zu einem Zopf geflochten, und die blütenweiße Schürze bildete einen starken Kontrast zur schwarzen Kleidung. »Sie wollen mich sprechen?«

»Setzen Sie sich bitte«, schlug Toni vor. »Wir müssen ein Alibi überprüfen.«

Unsicher setzte sich Carmen Santana auf die Kante eines Stuhls. »Mein Chef wird es nicht gutheißen.«

»Darauf können wir leider keine Rücksicht nehmen«, erklärte Toni. »Wo waren Sie gestern um vierzehn Uhr?«

»Beim Wandern«, sagte sie, ohne nachzudenken. »Worum geht es denn?

»Eine Frau kam in Palma ums Leben«, blieb Toni vage. »Und jemand nannte Ihren Namen als Alibi. Mit wem waren Sie wandern?«

Catarina blickte auf ihre Unterlagen, während Carmen Santana antwortete. Von allen Frauen nannte sie Vor- und Nachnamen, nur bei Marla nicht. »Ist das Marla?«, fragte sie und zeigte der Zeugin das Phantombild.

Carmen Santana nahm es in die Hand und betrachtete es. »Ja, das könnte Marla sein. Wobei man ihr Gesicht ja kaum erkennen kann.«

»Was können Sie uns über die Frau sagen?«, fragte Toni.

»Eigentlich nichts«, antwortete sie. »Sie war nicht lange dabei.« Carmen Santana deutete auf ihren Knöchel. »Marla konnte nicht weiter, nachdem sie umgeknickt ist.«

Toni sah sie auffordernd an.

»Marla ist sehr schweigsam und zurückhaltend. Vor allem, wenn ich eine persönliche Frage gestellt habe, ist sie ausgewichen.«

»Wieso haben Sie sich dieser Gruppe angeschlossen?«, wollte Catarina wissen.

»Eine lange Geschichte«, antwortete Carmen Santana. Nachdem Toni und Catarina schwiegen, sprach sie weiter: »Ich will meine jüngere Schwester finden. Jeder von uns ist auf der Suche nach einem Familienmitglied, und nachdem ...«, sie machte eine abwertende Handbewegung, »... die Polizei nichts unternimmt ...«

»... nehmen Sie das selbst in die Hand?«, mutmaßte Catarina.

»Wir tauschen uns aus«, sagte Carmen Santana. »Das Thema ist allen bekannt, doch keiner will etwas davon wissen. Man schiebt alles auf die Franco-Diktatur, über die Untersuchungen sowieso unerwünscht sind. Doch dass sich die katholische Kirche in Zusammenarbeit mit Ärzten und Hebammen bis in die Neunziger durch Kinderraub bereichert hat, wird unter den Teppich gekehrt. Keiner will sich mit der Kirche anlegen. Denn was nicht sein darf, kann auch nicht sein, nicht wahr?«

»Und diese Marla?« Toni stützte die Ellbogen auf dem Tisch ab und wartete.

»Sucht ebenfalls ihre Schwester. Sie ist neu in der Gruppe. Ich wollte gestern mit ihr zurückgehen, aber das wollte sie nicht. Marla ist wirklich nett, hat jedoch vermutlich sehr viel mitgemacht. Meine Neugierde hat sie eher genervt. Sie war auch nur dreimal bei unseren Treffen.«

»Erzählen Sie mir mehr von den Treffen«, verlangte Catarina und ließ ihren Blick zu den neuen Gästen schweifen, die sich in die unmittelbare Nähe ihres Tisches setzten. Carmen Santana sah es und schien aufstehen zu wollen.

»Wir sind gleich fertig. Also?«, forderte Toni.

»Wir alle vermissen ein Familienmitglied. Und da die Polizei nichts unternimmt«, dabei verzog sie unwillig das zart geschnittene Gesicht, »haben wir uns zusammengeschlossen und versuchen es über Privatdetektive und eigene Recherche. Marla kam vor ein paar Wochen dazu. Mit Luisa hat sie sich öfter getroffen. Luisa achtet darauf, dass neue Mitglieder auch zu unserer Gruppe passen.«

Toni beobachtete, wie Carmen Santana sich gedankenverloren eine gelöste Locke hinter das Ohr strich. Die Frau klang frustriert, was er nachvollziehen konnte. Aber sie antwortete schnell und ausführlich. »Und Marla passte?«

Carmen Santana nickte. »Wer war die Frau, die umgekommen ist?«

Catarina zog das Foto aus ihren Unterlagen und reichte es ihr. »Sie kennen sie, richtig?«

Carmen Santana zog die Augenbrauen zusammen. »Natürlich.« Sie gab ihr das Foto zurück. »Aber ich verstehe nicht ganz. Sie ist doch schon vor ein paar Monaten gestorben.«

»Das dachten alle«, wandte Catarina ein.

Carmen Santana ließ die Schultern hängen. »Wie ist das möglich?«

Toni blickte in das blasse Gesicht der jungen Frau. »Das werden wir herausfinden. Und wir werden unsere Erkenntnisse auch an die zuständige Stelle weiterleiten, die sich mit Ihren Fällen befasst.«

»Tun Sie das.« Ein dünnes Lächeln umspielte ihre Mundwinkel. »Es wird nur nichts ändern. Ich habe die Hoffnung längst aufgegeben. Kann ich jetzt zurück an meine Arbeit?«

Toni nickte und erhob sich. »Natürlich. Aber halten Sie sich für weitere Fragen oder für eine Gegenüberstellung zur Verfügung.«

Carmen Santana eilte in den Innenraum des Lokals.

»Sie wirkte nervös.« Toni blieb an der Speisekarte stehen und warf einen Blick darauf. Die Preise waren gehoben, dennoch beschloss er, Mel an ihrem nächsten Hochzeitstag hierher auszuführen.

»Vermutlich hatte sie Angst vor ihrem Chef«, mutmaßte Catarina. »Sie ist laut Akte alleinstehend und hat keine Verwandten mehr. Also niemand, der sie unterstützen könnte.«

»Und ihre Eltern?«

»Sind bei einem Autounfall ums Leben gekommen«, erklärte Catarina.

Manuel Sastre erledigte seinen Job gut. Die Informationen über die einzelnen Frauen waren vollständig. »Manuel hat offenbar einen guten Draht zur Sozialversicherung«, bemerkte Toni und nickte zufrieden.

Catarina grinste. »Seine Schwester arbeitet dort.«

Das war natürlich ein entscheidender Vorteil. Dennoch hatte Manuel auch den kompletten familiären Hintergrund recherchiert. Diese Arbeit schien ihm zu liegen. »Was hältst du von Carmen Santana?«

»Schwer zu sagen«, antwortete Catarina. »Sie ist verzweifelt und wütend.«

»Wie auch Luisa Cordalis«, sagte Toni. »Bei ihr ist es nur nicht so offensichtlich.«

»Dann fahren wir jetzt nach Santa María?«

Toni nickte, stieg in den Wagen und warf noch einen letzten Blick auf die edlen Jachten. Aus dem Augenwinkel sah er Carmen Santana, wie sie die Bestellung einiger Gäste aufnahm. Es musste hart für sie sein, nach der Hauptsaison um den Job fürchten zu müssen, mit all dem Luxus anderer Leute vor der Nase. Vermutlich wurde auch in diesem Restaurant, wie überall im Winter, die halbe Belegschaft vor die Tür gesetzt.

Toni fuhr zurück auf die Autobahn, wechselte auf die Vía Cintura, die um Palma herumführte, und bog fünfzehn Minuten später auf die MA13 Richtung Santa María ab. Nach der Abfahrt führte der Weg durch ein Weinanbaugebiet. Die weit gestreckten Weinfelder wurden nur von einigen Grundstücken unterbrochen, auf denen knorrige Oliven- oder Mandelbäume wuchsen. Die allgegenwärtigen Schafherden, die auf den trockenen Feldern im Schatten standen, machten die Idylle perfekt. Valeria Luengo hatte sich eine wundervolle Umgebung für ihr Fincahotel ausgesucht. Toni konnte sich gut vorstellen, wie beliebt es vor allem bei Stadtmenschen war, die sich nach Nähe zur Natur sehnten.

Er bog in einen schmalen Feldweg ein, der ihn weiter an Feldern entlangführte, bis ein Pfeil ihn zu seinem Ziel wies. »Hoffentlich ist sie jetzt auch da. Sonst haben wir den Weg umsonst gemacht.«

»Wir hätten anrufen sollen«, gab Catarina zu bedenken.

Das wäre eine Möglichkeit gewesen, doch Toni wollte das Überraschungsmoment nutzen. David und Pedro hatten bei ihrem Besuch nur nach der Chefin gefragt und waren anschließend unverrichteter Dinge zur nächsten Befragung weitergefahren.

Toni stellte den Wagen auf einem Wendehammer ab und stieg aus. Valeria Luengo nahm die Auflagen für Agrotourismus offenbar sehr ernst, denn Toni sah auf einer eingezäunten Weide drei Pferde stehen. Dahinter war eine engmaschige Abzäunung für die Enten und Hühner. Und es würde ihn nicht wundern, noch weitere Tiere auf dem weitläufigen Gelände zu entdecken.

»Schön hier draußen«, sagte Catarina. »Obwohl ich mehr der Stadtmensch bin.«

Sie folgten dem Schild, das den Weg zum Empfang wies. Er lag verlassen da.

»Hallo?«, rief Catarina.

Ein Holztisch mit sechs Stühlen stand neben einem Kaffeetresen. An den Wänden hingen die Bilder von mallorquinischen Malern. Zumindest zeigten sie Landschaften der Insel.

Wenig später hörten sie Schritte. Eine Frau wischte sich die nassen Hände an einer fleckigen Schürze ab und musterte sie neugierig. »Entschuldigen Sie meinen Aufzug.«

Das dunkle Haar hatte sie mit einem Kopftuch modisch aus dem Gesicht gebunden. Die Frau war das Sinnbild einer jungen und modernen Bäuerin, die gerade erst die frischen Zutaten für das Abendessen vom Feld geholt hatte. »Sind Sie Valeria Luengo?«, fragte Toni, obwohl er eigentlich sicher war, die Eigentümerin des Hotels vor sich zu haben.

»Ja. Was kann ich für Sie tun?« Valeria Luengo kam auf sie zu und reichte ihnen die Hand.

Toni stellte sich vor.

»Polizei? Ist einem meiner Gäste etwas geschehen?« Die schlanke Frau sah ihn erschrocken an.

Catarina schüttelte den Kopf. »Keine Sorge.« Anschließend erklärte sie ihr die Gründe für ihren Besuch. »Kennen Sie diese Frau?«

Wie auch die anderen Frauen erkannte Valeria Luengo die tote Nonne. Nachdenklich ließ sie sich auf einen Stuhl fallen. »Wie kann das sein?«

»Das ermitteln wir gerade.« Toni zog sich ebenfalls einen Stuhl heran und fragte Valeria Luengo nach ihrem Alibi. Auch sie bestätigte, auf der Wanderung mit den Frauen der Facebook-Gruppe gewesen zu sein. »Dann kennen Sie Marla, richtig?«

»Ja, eine verschlossene und ernste Frau.« Valeria Luengo spielte mit einem herumstehenden Salzstreuer. »Natürlich ist unsere Situation nicht leicht, aber mit Verbissenheit ändern wir auch nichts daran. Dadurch finde ich meinen älteren Bruder jedenfalls nicht früher.«

»Durch die Gruppe erhoffen Sie es sich aber dennoch, oder?«, hakte Toni nach.

Valeria Luengo seufzte. »Zu Beginn schon. Doch nach drei ergebnislosen Jahren …« Sie schüttelte den Kopf. »Es ist mehr das Gemeinschaftsgefühl. Die Behörden unternehmen doch nichts. Dieser Richter, Baltasar Garzón, der hat sich wirklich Mühe gegeben, wenigstens einen Teil der Verbrechen während der Franco-Zeit aufzudecken, und was haben die offiziellen Stellen getan? Ihm Berufsverbot erteilt.« Valeria Luengo zuckte mit den Schultern. »Sie messen mit zweierlei Maß. Erst haben sie Garzón belobigt, weil er viele Verbrechen unter Pinochet in Chile aufgeklärt und die Schuldigen vor Gericht gebracht hat, doch als er in Spanien aufräumen wollte, hat man ihn mundtot und handlungsunfähig gemacht. Und die Kanzlei, die unsere Fälle untersucht, hat bisher nicht viel erreicht. Papiere sind verschwunden. Anzeigen werden nicht weiter beachtet. Es ist aussichtslos. Ich bringe es eigentlich nur nicht übers Herz, die anderen einfach hängen zu lassen, obwohl mir meist die Zeit für die Treffen fehlt.«

Für Toni waren diese Informationen neu. Sicher, er hatte von Garzón gehört, aber die genauen Hintergründe zu seiner Suspendierung kannte er nicht. Und wenn die zuständigen Stellen einen Mann wie Garzón kaltstellen konnten, was würden sie dann erst mit ihm anstellen, wenn er in dieser Sache ermittelte?

»Haben Sie Marlas Telefonnummer oder ihre Adresse?«, fragte Catarina und zog die Phantomzeichnung hervor. »Das ist sie doch, oder?«

»Ja, die Ähnlichkeit ist frappierend«, bestätigte Valeria Luengo. »Da fällt mir ein, sie ist früher zurückgefahren.«

»Deshalb wollen wir mit ihr sprechen. Vielleicht hat sie etwas gesehen oder bemerkt, was uns weiterhelfen kann.« Toni stand bereits auf und steckte das Bild wieder in die Akte.

»Tut mir leid«, verneinte Valeria Luengo. »Ich weiß nur, dass sie gerne kocht.«

Toni bedankte und verabschiedete sich. Auch hier waren sie keinen Schritt weitergekommen. Hoffentlich brachte die Veröffentlichung des Phantombilds etwas.

14

Auf dem Revier traf Toni auf Bruno und Manuel, die bereits wieder an ihren Schreibtischen saßen. Toni berichtete, was er herausgefunden hatte, während Bruno mit einer entschuldigenden Miene seinen Blutdruck maß. Nach einem Blick auf die Werte nickte Bruno zufrieden. »Schon viel besser.«

»Dann bringen deine neuen Tabletten wenigstens was«, meinte Manuel lächelnd. »Oder liegt es doch eher am bevorstehenden Verhör von Hugo Alonso und der Vorfreude, ihn wieder einzubuchten?«

»Es wird eine Mischung aus beidem sein«, scherzte Bruno. Doch Toni sah ihm an, wie sehr er diesem Verhör entgegenfieberte.

»Wenigstens eine gute Nachricht«, sagte Toni, bevor er fragte: »Habt ihr sonst noch was?«

»Nichts«, murmelte Bruno. »Sara Alfaro und Marina Sola haben ebenfalls angegeben, beim Wandern gewesen zu sein. Sie haben die Frau auf dem Phantombild erkannt. Doch mehr als deren Vornamen wissen sie nicht. Marla. Auch die Nonne erkannten sie.«

»Und eine Marla ist bisher nirgendwo aufgetaucht«, warf David ein. »Ich checke gerade, ob eine Frau mit diesem Namen woanders in Spanien eine Anzeige aufgegeben hat.«

»Mehr haben wir auch nicht«, erklärte Catarina.

»Und die Aussagen stimmen alle überein?«, fasste Toni nach.

»Hm«, brummte Bruno. »Es passt fast zu gut.«

Toni überlegte laut. »Wenn alle übereinstimmend diese Frau erkannt haben, dann werden wir sie auch finden.« Anschließend wandte er sich an Bruno: »Warum zweifelst du an den Aussagen der Frauen?«

»Immer, wenn etwas zu stimmig ist, ist die Möglichkeit groß, dass wir dabei etwas übersehen. Und es ist nur ein Bauchgefühl.«

»Zu viel Kaffee«, konterte Pedro trocken.

Bruno ignorierte den Einwand. »Vielleicht hoffe ich aber auch nur, dass Nati Forteza nichts mit der Sache zu tun hat und mir dabei hilft, Hugo Alonso wieder dorthin zu bringen, wo er hingehört.«

Toni stimmte Bruno zu. Auch ihm wäre wohler, einen Mann wie diesen Hugo nicht mehr auf den Straßen der Insel zu wissen.

Und er wollte Brunos Einwand im Hinterkopf behalten. Auch wenn alles fast zu stimmig war, im Moment gab es keinen Anlass, an den Aussagen der Frauen zu zweifeln.

»Nichts«, unterbrach Manuel Tonis Gedanken. »Keine Marla darunter. Wobei, stimmt nicht. Es gibt eine, doch die ist über sechzig Jahre alt. Die kann es nicht sein.«

»Dann hoffen wir, dass die Ausstrahlung der Zeichnung etwas in Bewegung setzt.« Toni ging zur Kaffeemaschine und schenkte sich eine Tasse ein. »Die lokalen Sender müssten das Bild gesendet haben. Es steht also Telefondienst an. In der Zwischenzeit bringe ich Coronel García auf den aktuellen Stand der Ermittlungen.«

15

Emilia verließ das Altersheim, ging an den Strand von Santa Ponsa und setzte sich auf eine Bank. Noch immer kein Anruf von Adam.

Die Wellen rollten langsam am Ufer aus. Vereinzelt lagen Badegäste auf Strandliegen in der milderen Abendsonne, und für einen Moment überlegte Emilia, wie schön es sein müsste, einfach unbeschwert den bevorstehenden Sonnenuntergang zu genießen, ein Glas Wein zu trinken und anschließend nach Hause zu seiner Familie zu gehen, um gemeinsam zu Abend zu essen.

Und was tat sie? Überlegen, ob es nach ihrem Treffen mit Schwester Beate nicht besser Zeit für eine Typveränderung wäre, um ihr altes Leben endgültig hinter sich zu lassen und nicht mit dem Tod dieser Frau in Verbindung gebracht werden zu können, falls sie jemand bei ihrem Gespräch gesehen hatte.

Die Nonne hätte nicht sterben dürfen. Noch nicht. Nicht, bevor Emilia wusste, ob die Informationen stimmten, die sie ihr gegeben hatte.

Emilia blickte auf die Uhr. Die Geschäfte hatten noch geöffnet. Also fände sich ein Friseur, der sie auch ohne Termin umstylen würde. Sie schlenderte den Boulevard entlang, bis sie einen Laden fand.

»Ich brauche eine Typveränderung. Heute noch«, sagte Emilia.

Eine Frau in den Zwanzigern mit blond gefärbtem Haar sah zu ihr, während sie einer anderen Kundin den Spiegel hinter den Kopf hielt, damit diese im Rundumblick ihre Frisur bestaunen konnte.

»Ich bin gleich bei dir«, sagte die Friseurin und wandte sich an ein junges Mädchen. »Kassierst du hier, bitte?«

Die Kundin erhob sich zufrieden und ging zu dem jungen Mädchen an die Kasse.

»So, Typveränderung, ja?«, wiederholte die Friseurin. »Dann setz dich mal.«

Emilia nahm Platz.

Die Friseurin griff in ihr volles Haar. »Es wäre eine Schande, dein Haar abzuschneiden.«

»Ja, das sagt mein Freund auch immer. Und da er mich betrogen hat, kommt die Mähne ab«, log Emilia mit fester Stimme.

»Bist du dir sicher, dass der Kerl das wert ist?« Sie trat einen Schritt zurück. »Ich würde töten, um dein volles Haar zu haben. Besser, du wirfst den Kerl raus.«

»Das folgt, sobald ich kurze Haare habe«, beharrte Emilia auf ihrer Lüge. »Und das möchte ich noch dunkelblond haben.«

»Deine Entscheidung.« Sie schob ihren Stuhl an das Haarwaschbecken und machte sich an die Arbeit.

Weniger als fünfundvierzig Minuten später trat Emilia aus dem Friseursalon und hätte sich mit dem stoppeligen Kurzhaarschnitt selbst nicht wiedererkannt. Es hatte sie zwar Mühe gekostet, die Friseurin so weit zu bringen, bis es wirklich ein gefärbter Kurzhaarschnitt war, doch als Emilia sie dankbar angestrahlt hatte, nickte die Frau nur und meinte, der neue Schnitt stehe ihr sehr gut und betone ihr zartes Gesicht. Auch die Aufhellung verfremdete ihr Aussehen ungemein. Ihre Augen wirkten viel größer und dunkler als zuvor.

Emilia fuhr sich durch die Haare. Die Typveränderung schmeichelte ihr ausgesprochen, und niemand würde sie mit ihrem alten Aussehen in Verbindung bringen. Davon war sie überzeugt.

Als ihr Handy summte, zog sie es mit einem Griff aus der Handtasche. Es war Adam. »Du bist ja mal schnell«, lobte sie ihn, um ihm zu schmeicheln.

»War ein Kinderspiel«, erklärte Adam. »Soll ich dir die Adressen aufs Handy schicken?«

»Das wäre super, denn ich komme gerade vom Friseur und habe nichts zu schreiben parat«, sagte Emilia.

»Es wird also schon alles für das große Fest vorbereitet?«, fragte Adam, wobei die Frage eher höflich als interessiert klang.

»Genau und mit den Adressen kann es dann am Samstag starten«, blieb Emilia bei ihrer Geschichte. »Vielen Dank für den schnellen Service.«

16

Eine Stunde später wertete Toni die eingegangenen Anrufe aus. Die meisten von ihnen ergaben keine Spur. Die üblichen Spinner, die sich wichtigmachen wollten.

Das Telefon klingelte pausenlos.

Trotzdem ging kein vielversprechender Hinweis ein.

Bis David die Hand in die Luft reckte. Toni eilte zu ihm und stellte den Lautsprecher an.

»Ich bin mir sicher«, sagte die Anruferin. »Es ist Alba Ruíz Cabra, meine Nachbarin. Und ich werde doch meine Nachbarin erkennen.«

»Sind Sie sich ganz sicher?«, hakte David nach.

»Wenn ich es Ihnen doch sage.« Die Frau klang nun etwas verärgert. »Ich habe doch Augen im Kopf.«

»Dann geben Sie mir bitte Ihre Adresse und die Ihrer Nachbarin«, bat David und notierte die beiden Anschriften.

»Manuel, check mal die Datenbank, ob gegen die Frau etwas vorliegt«, flüsterte Toni.

Manuels Finger flogen geradezu über die Tastatur. »Nichts, keine Aktenvermerke. Die Frau zahlt sogar pünktlich ihre Steuern.«

»Gar nichts?«, fasste Toni nach.

»Nicht mal ein unbezahlter Strafzettel.«

»Tja, dann werden wir dieser Frau mal einen Besuch abstatten.« Toni ging in sein Büro, steckte die Waffe ins Holster und holte den Dienstausweis aus der Schublade.

»Catarina«, forderte er seine Kollegin auf. »Wir gehen.« Er warf einen Blick in die Runde. »Und ihr meldet euch, sollten die Anrufe noch etwas ergeben.«

Zustimmendes Gemurmel erklang, während erneut die Telefone klingelten. Toni wusste, dass die Auswertung der Anrufe keine angenehme Aufgabe war, dennoch musste sie erledigt werden.

Catarina sah ihn dankbar an. Offenbar war sie froh, dem Telefonmarathon zu entkommen. Sie ging zu Manuel und holte sich den Zettel, auf dem er die Adresse der Frau notiert hatte.

»Ach ja«, rief Toni noch in das Büro. »Kann mal jemand nachfragen, wie weit sie mit der DNS-Analyse des gefundenen Haares sind? Macht ein wenig Druck.« Anschließend verließ er das Büro und folgte Catarina nach unten. Sie stand an seinem Wagen und sah auf die Uhr.

»Es ist kurz nach neun«, sagte Catarina.

»Dann stehen die Chancen gut, dass sie wenigstens zu Hause ist«, wandte Toni ein. Es hätte ihn auch nicht gekümmert, wenn es zwei Stunden später gewesen wäre. Höflich war ein unangekündigter Besuch um diese Uhrzeit nicht mehr, aber da in der Regel kaum ein Spanier vor Mitternacht ins Bett ging, war es auch nicht wirklich tragisch.

»Vermutlich sitzt sie gerade beim Abendessen«, meinte Catarina und nahm auf dem Beifahrersitz Platz.

Toni stieg ebenfalls ein und startete den Motor. »Oder sie packt ihre Koffer, falls sie schuldig ist und die Nachrichten gesehen hat.«

Auch wenn er das nicht ernst gemeint hatte, setzte er das Blaulicht auf das Dach seines Fahrzeugs, um so schnell wie möglich zu ihrer Verdächtigen zu kommen.

Toni drückte nach wenigen Straßen zum ersten Mal auf die Hupe, um einen Autofahrer zur Seite zu scheuchen, der wohl vergessen hatte, dass sein Fahrzeug einen Rückspiegel hatte; denn er ignorierte Tonis Wagen, bis er versuchte, den Fahrer laut hupend an den Rand zu drängen. Bis der begriffsstutzige Kerl sein Auto endlich an den Straßenrand fuhr, war Toni kurz davor, auszusteigen und ihm einen Strafzettel zu verpassen wegen Behinderung bei einem Polizeieinsatz. Als er einen Blick zum Fahrer hinüberwarf, schüttelte er nur den Kopf. Der betagte Mann war vermutlich genauso taub wie blind und sollte gar nicht mehr Auto fahren. Wahrscheinlich hatte er seinen letzten Eignungstest vor mehr als zehn Jahren absolviert. Darum sollten sich aber die Kollegen von der Verkehrspolizei kümmern. Der Weg war nun frei, und Toni trat aufs Gas.

»Du glaubst doch nicht ernsthaft, dass die Frau türmt, oder?«

Er lenkte den Wagen zackig um eine Ecke. Catarina hielt sich am Sitz fest, um ihm durch die Zentrifugalkraft nicht auf den Schoß zu kippen.

Toni lachte. »Na, wenn wir schon einen Einsatz fahren, warum soll ich nicht alle mir erlaubten Mittel nutzen, um schnell am Ziel zu sein?«

»Weil du damit eine Verkehrsgefährdung darstellst?«, erwiderte Catarina. Doch ihr breites Grinsen zeigte Toni deutlich, dass sie nichts gegen seinen Fahrstil einzuwenden hatte.

»Sieh es besser als Verkehrserziehung. Im Ernstfall machen sie uns dann hoffentlich frühzeitig Platz.« Toni drosselte das Tempo. »Hier muss es irgendwo sein.«

Sie befanden sich im Norden von Palma, unweit des Klinikums Son Dameto. Im Stadtteil Es Secar de la Real wohnten Familien in hübschen Einfamilienhäusern, die zwar etwas außerhalb des Zentrums lagen, dafür jedoch bezahlbar blieben. Einige von Tonis Klassenkameraden hatten in dieser Ecke von Palma gewohnt. Nach all den Jahren hatte sich nur wenig verändert. Die Gegend hatte etwas von gemütlicher Vorstadt. Parks, Wiesen, Felder mit Mandelbäumen. Ein kleines Idyll in Stadtnähe. Hier wohnten Menschen, die ihrer Arbeit nachgingen und sich um ihre Nachbarn kümmerten. Aber Toni kannte die Abgründe der Menschen. Geheimnisse wurden gut gehütet, und man konnte eben nur vor die Stirn einer Person sehen. Das war in diesem Vorstadtgebiet genauso wie überall auf der Welt.

»Hier ist es«, sagte Catarina und zeigte auf ein gepflegtes Einfamilienhaus. Der zartrosa Anstrich war frisch, und die braunen Fensterläden schienen ebenfalls neu zu sein.

Kaum hatte Toni die Klingel gedrückt, wurde die Haustür aufgerissen. Ein Teenager verzog enttäuscht das Gesicht. Offenbar hatte das Mädchen mit einem anderen Besucher gerechnet. »Können wir deine Mutter sprechen?«, erkundigte sich Toni.

»Klar. Mama!«, brüllte das Mädchen und kickte ihnen die Haustür vor der Nase zu.

»Wir hätten uns vorstellen sollen«, kommentierte Catarina das Verhalten des Mädchens.

Die Tür öffnete sich wieder, und eine attraktive Frau um die vierzig sah sie neugierig an. »Ja? Wer sind Sie?«

Catarina stellte sich und Toni vor. »Wir haben ein paar Fragen an Sie.«

»An mich?«, wiederholte die Frau verwundert und zog die Tür weiter auf. »Ich kann mir zwar nicht vorstellen, was Sie von mir möchten, aber kommen Sie doch herein.« Sie ließ die beiden eintreten und ging ins Wohnzimmer voran.

Toni bemerkte an dieser Frau kein Humpeln. Doch die angebliche Verletzung hätte auch nur ein Vorwand gewesen sein können, um mit den Nonnen ins Gespräch zu kommen.

»Bitte«, bot sie ihnen Platz an.

Alba Ruíz Cabra setzte sich ebenfalls und sah sie unsicher an.

»Kennen Sie diese Frau?« Toni reichte ihr das Foto von Schwester Beate.

»Nie gesehen«, sagte sie nach wenigen Augenblicken. »Wer soll das sein?«

Toni räusperte sich. Vorerst wollte er Alba Ruíz Cabra nicht alle Details nennen. »Haben Sie Geschwister?«

»Einen Bruder. Er lebt seit zehn Jahren auf dem Festland.« Alba löste ihren Pferdeschwanz und band sich das Haar gleich daraufhin wieder zusammen. »Würden Sie mir bitte sagen, worum es hier geht?«

»Wo waren Sie am Sonntag gegen vierzehn Uhr?«, setzte Toni die Befragung weiter fort, ohne auf ihre Frage zu antworten.

»Joggen. Warum wollen Sie das alles wissen?« Alba verschränkte abwehrend die Arme vor der Brust.

»Kann das jemand bezeugen?«, hakte Catarina nach.

»Wenn Sie mir nicht sagen, worum es hier geht, rufe ich meinen Anwalt an.« Alba sah von Catarina zu Toni.

»De acuerdo. Die Frau auf dem Foto, Schwester Beate, wurde am Sonntag gegen vierzehn Uhr getötet.« Er zog das Phantombild hervor und legte es auf den Wohnzimmertisch. »Diese Frau hat zuletzt mit ihr gesprochen. Und diese Frau sind allem Anschein nach Sie.«

Alba nahm die Zeichnung auf. Einige Sekunden starrte sie auf das Bild. Ihr Gesicht versteinerte. »Das könnte tatsächlich ich sein. Aber ich habe diese Schwester Beate nie gesehen. Ich kenne die Frau überhaupt nicht. Es muss sich um einen Irrtum handeln.«

Tonis Bauchgefühl nach sagte die Frau die Wahrheit. Dennoch blieb ihm nichts anderes übrig, als ihre Aussage anzuzweifeln. Ihre Nachbarin hatte sie erkannt. Und wenn er selbst das Phantombild mit dieser Frau verglich, war eine Verwechslung nahezu ausgeschlossen. »Wir werden eine Gegenüberstellung machen müssen. Und vielleicht ist es tatsächlich besser, wenn Sie Ihren Anwalt hinzuziehen.«

»Was soll das alles?« Die vormals ablehnende Haltung wich einer ersten Verzweiflung. »Ich war am Sonntag joggen.«

»Wo?«, fragte Catarina.

»Auf der Landstraße bis nach Esporles«, antwortete Alba. Anschließend stützte sie ihr Kinn auf die Hände und bedeckte mit den Fingern ihre Augen. »Ich hatte mich mit Xisco gestritten. Er ist dann mit meiner Tochter zu seinen Eltern zum Mittagessen gefahren, und ich wollte mich abreagieren. Deshalb bin ich einfach losgelaufen.«

»Worum ging der Streit?« Toni musste die Hintergründe erfahren, um Albas Aussage einschätzen zu können.

Alba blickte wieder auf. »Ach, seine Mutter mischt sich zu sehr in unsere Hochzeitsvorbereitungen ein. Sie will alles in die Hand nehmen, dabei möchte ich nur eine kleine Hochzeit. Es ist schließlich meine zweite Ehe. Zudem habe ich eine fünfzehnjährige Tochter. Wie sähe es denn aus, wenn ich in einem weißen Kleid heiraten würde?« Mit ihrem Mittelfinger strich sie sich über die Nasenwurzel bis hoch zur Stirn, fast so, als wollte sie aufsteigende Kopfschmerzen wegmassieren. »Xisco versteht das nicht. Er ist nur froh, dass er mit der Planung nichts zu tun hat, bis er dieses leidige Projekt abgeschlossen hat.«

»Ein Streit also«, murmelte Catarina. »Und jetzt?«

»Ist alles wieder in Ordnung. Die Nerven lagen einfach blank. Kennen Sie das nicht?« Alba griff nach einer Wasserflasche auf dem Wohnzimmertisch, drehte sie auf und trank einige Schlucke daraus. »Wir haben uns abends versöhnt, nachdem die Gemüter wieder etwas abgekühlt waren. Und Xisco hat mit seiner Mutter gesprochen, dass sie nichts mehr ohne meine Einwilligung plant.«

»Und keiner hat Sie am Nachmittag gesehen?« Toni

konnte sich das nicht vorstellen. Immerhin kannte man sich im Ortsteil.

Alba zuckte die Schultern. »Ich habe mit niemandem gesprochen. Ich war nicht in der Stimmung dafür. Und ob mich jemand gesehen hat? Es sind einige Autos an mir vorbeigefahren. Das schon, aber woher soll ich wissen, ob es jemand war, der mich kennt?«

»Und Sie haben wirklich keine weiteren Geschwister als Ihren Bruder?« Es musste eine Verbindung zu dieser Nonne geben.

»Nein«, wiederholte Alba.

»Auch keine verstorbenen Säuglinge in der Familie?«, fragte Toni noch deutlicher nach.

Alba runzelte die Stirn und verneinte.

»Wären Sie mit einem DNS-Test einverstanden?« Toni glaubte nicht an eine Verwicklung von Alba Ruíz Cabra mit diesem Fall. »Es wurde ein Haar am Tatort gefunden, und wenn Sie nicht am Tatort gewesen sind, könnten wir Sie dann trotz des Phantombilds ausschließen.« Das war zwar nicht ganz die Wahrheit, aber immerhin würde er so herausfinden, ob noch jemand anderes am Tatort gewesen war.

Alba stand auf. »Ich rufe meinen Anwalt an. Bitte klären Sie alles Weitere mit ihm. Ich sagte Ihnen bereits, dass ich die Frau nicht kenne, sie niemals gesehen habe und sie folglich auch nicht getötet habe. Und jetzt bitte ich Sie zu gehen.«

Die Haustür schwang auf, und ein hochgewachsener Mann trat ein. »Was ist denn hier los?«

»Das erzähle ich dir gleich, Xisco«, entgegnete Alba und sah Toni eindringlich an. »Die Herrschaften wollten sowieso gerade gehen.«

Toni erhob sich ebenfalls. »Gut. Aber Sie hören von uns. Und ich bitte Sie, die nächste Zeit nicht zu verreisen.«

»Das habe ich auch nicht vor.« Alba ging durch das Wohnzimmer voraus zur Eingangstür. »Sie hören von meinem Anwalt.«

Toni zog eine Visitenkarte aus der Hosentasche. »Er soll sich direkt morgen früh bei mir melden. Sonst sehe ich mich gezwungen, Sie vorladen zu lassen.«

»Vorladen? Anwalt? Alba, was ist hier los?«, mischte sich Xisco ein.

»Ich soll am Sonntag eine Nonne ermordet haben«, presste Alba hervor. »Es kann sich nur um eine Verwechslung handeln. José wird sich darum kümmern.«

Catarina sah die Frau mitleidig an. »Es wird sich alles klären. Für die Gegenüberstellung werden Sie dennoch aufs Revier kommen müssen.«

Und eine Speichelprobe wird sie auch abgeben müssen, fügte Toni im Geiste hinzu.

»Das werden wir ja noch sehen«, sagte Xisco.

Zurück in ihrem Wagen, sah Toni zu Catarina. »Was hältst du von ihr?«

»Schwierig zu sagen. Ihre Aussage ist schlüssig, und sie schien überrascht. Dass sie irgendwann dichtgemacht hat, ist nur verständlich.« Catarina gähnte. »Fahren wir noch ins Büro?«

Toni nickte. »Mal sehen, was die weiteren Anrufe ergeben haben.«

Zurück auf der Wache, informierte Bruno ihn, die Anrufe seien, bis auf den Hinweis auf Alba Ruíz Cabra, ins Leere gelaufen. Toni beantragte die Genehmigung für eine DNS-Analyse beim zuständigen Richter. Zudem beauftragte er Manuel damit, dafür zu sorgen, dass Alba Ruíz Cabra am kommenden Nachmittag zu einer Gegenüberstellung auf das Revier kam. Zusammen mit den Nonnen, die während des Ausflugs im Bus gesessen hatten. Vielleicht würde sie das weiterbringen.

Toni blickte in die müden Gesichter seiner Mitarbeiter. »Okay, Leute, es ist spät geworden. Die restlichen Anrufe kann der Dauerdienst übernehmen. Geht nach Hause, und schlaft euch aus. Morgen früh sehen wir dann weiter. Bleibt aber auf Bereitschaft, ja?«

»Bin ich hier richtig?«, fragte ein Mann in Uniform der Lokalpolizei, dem Toni bisher noch unbekannt war. »Ich soll Hugo Alonso überstellen. Er ist unten bei meinem Kollegen.«

17

Toni warf Catarina einen entschuldigenden Blick zu, als er mit Bruno zusammen das Büro verlassen wollte. Es ging bisher nur um eine erste Befragung. Und in diesem Fall nutzte ihm Bruno mit seinem Hintergrundwissen deutlich mehr. »Der Rest geht nach Hause. Ich brauche euch so fit wie möglich«, befahl er. Als sich keiner regte, sah er von einem zum anderen. »Seid vernünftig, Leute, es bringt nichts, hier auf uns zu warten. Dieser Hugo Alonso hat mit diesem Fall vermutlich sowieso nichts zu tun.«

Catarina stand auf und streckte ihren Rücken durch. »Ihr habt gehört, was der Chef gesagt hat. Und ein paar Stunden Pause können wir alle vertragen.«

»Ruf mich wenigstens an, ja?«, bat Manuel Bruno.

»Mach ich.« Bruno wandte sich an Toni. »Dann gehen wir mal los. Er wartet in Zimmer zwei.«

Toni betrat den Raum und nickte seinem Kollegen zu. »Danke, ab jetzt übernehmen wir.«

Der Kollege der Lokalpolizei verabschiedete sich und verließ das Zimmer.

»Was wird mir vorgeworfen?«, blaffte Hugo Alonso sofort los. »Ich habe nichts verbrochen.«

»Sicher?«, fragte Bruno spöttisch und hob Hugo Alonsos Akte hoch. »Das steht hier aber anders.«

»Ich habe meine Strafe abgesessen.«

Toni beobachtete den Mann vor sich und versuchte, sich

ein Bild von ihm zu machen. Seine Kleidung war sportlich. Er trug Jeans, dazu ein eng anliegendes weißes T-Shirt, das seine trainierte Brust betonte. Und doch wollte er nicht prollig wirken, sonst hätte er nicht noch ein dezent gestreiftes Halbarmhemd übergezogen. Ein fester Blick, keine Spur von Nervosität, fast würde Toni sagen, war eine der Situation unangebrachte Überheblichkeit in seinen Augen zu lesen.

»Welche meinen Sie?«, provozierte Bruno ihn. »Den Mordversuch oder den Mord?«

»Beide«, gab Alonso unumwunden zu. Dabei strich er sich über sein Kinn. »Und ich habe mich geändert.«

»Klar, natürlich. Ein Narzisst ändert sich plötzlich, und er achtet die Frauen. Selbstverständlich.« Bruno stützte sich auf dem Tisch ab, der ihn von Alonso trennte. Er fixierte ihn, zog einen Stuhl hervor und setzte sich ihm gegenüber. »Na, dann sagen Sie uns mal, wo Sie am Sonntag waren.«

»Zu welcher Uhrzeit?«, fragte Alonso und grinste maliziös.

Toni verstand auf Anhieb, warum Bruno den Kerl wieder hinter Gittern sehen wollte. Der Kerl hatte Ausstrahlung, das kam bei den Frauen an, doch wenn etwas gegen seinen Willen ging, zeigte er seine dunkle Seite. Die, die Toni in diesem kurzen Moment zu sehen bekommen hatte. »Wir wollen den kompletten Tagesablauf wissen.«

Bruno klopfte mit seinem Kuli auf den vor ihm liegenden Block. »Ich höre.«

»Darf ich erfahren, worum es hier eigentlich geht?« Alonso lümmelte sich in seinen Stuhl und streckte die Beine von sich. Seine ganze Haltung drückte Missachtung aus.

»Das habe ich noch nicht entschieden.« Toni trat hinter Alonso und spürte förmlich, wie sich der Kerl versteifte. Es ging gegen sein Naturell, nicht Herr der Lage zu sein. Nur aus diesem Grund hatte er damals das zweite Mädchen in den gemieteten Pick-up gelockt, sie regelrecht abgeschlachtet und sie dann im Wagen liegen gelassen. Er hatte seine Macht demonstrieren wollen. Und nicht aus aufrichtiger Reue, sondern aus purem Eigennutz, weil ihm die Folgen klar gewesen waren, hatte er seinen Vater angerufen, ihm seine Tat gestanden und war im Anschluss zur Polizei gegangen, um sich zu stellen. Ganz offensichtlich hatte er mit seinem Geständnis noch ein paar Jahre Haftverschonung herausschlagen wollen. Mit Erfolg. Das Mädchen war tot, und er saß hier großkotzig auf diesem Stuhl und glaubte, unantastbar zu sein. Bruno hatte recht: Dieser Mann würde bald wieder eine Frau töten.

»Reden Sie schon«, forderte Bruno.

»Ich habe noch vor dem Kaffee meine Freundin gevögelt, dann hat sie mir Frühstück ans Bett gebracht. Sie weiß, was sich gehört«, begann er großmäulig. »Und da sie gerne in die Berge geht und ich dachte, vielleicht finden wir ein ruhiges Plätzchen für eine weitere Nummer, bin ich mitgefahren.«

Bruno und Toni warteten. Die Pause würde Alonso zum Weitersprechen animieren. Toni zollte seinem Kollegen Respekt. Er sah Bruno an, wie gerne er Alonso an die Gurgel gegangen wäre, doch er hatte sich im Griff.

»Wir sind zu so einem Kloster hoch, und als ich gesehen habe, wie viele Leute da herumrennen, habe ich ihr deutlich gesagt, was ich davon halte.« Er verzog unwillig den Mund.

»Das war zu welcher Uhrzeit?«, fragte Toni.

»So gegen halb zehn.«

Das passte zur Aussage des Padres. Zu dieser Zeit war es zum Streit gekommen.

»Wie heißt Ihre Freundin? Kann sie das bestätigen?« Brunos Fuß scharrte unruhig über den Linoleumboden.

»Nati? Klar kann sie das!«

»Telefonnummer und Adresse«, befahl Bruno etwas ruppig.

Alonso nannte Bruno die Daten. Anschließend gab Bruno Toni ein Zeichen, er solle übernehmen, und verließ den Raum.

»Waren Sie den ganzen Tag über mit Natalina Forteza zusammen?« Toni setzte sich nun auf Brunos Platz.

»Die blöde Kuh hat mich nach dem Streit oben auf dem Berg sitzen lassen. Ich habe zwei Stunden bei ihrem Wagen gewartet, aber sie kam nicht. Dann habe ich mir eine andere Rückfahrmöglichkeit nach Santa Margalida gesucht.«

»Welche?«

»Ein deutsches Ehepaar hat mich bis Inca mitgenommen. Ab da musste ich den Bus nehmen.« Den letzten Satz spuckte er beinahe aus. »Das hat Stunden gedauert!«

»Das muss Sie wütend gemacht haben.«

»Klar war ich sauer«, gestand er. »Aber ich wollte nicht länger warten und ihr damit zeigen, wie wenig ich auf sie angewiesen bin.«

»Ist das so?«

Gelangweilt sah Alonso auf den Tisch.

»Weiß sie von Ihrer Vergangenheit?«

»Warum sollte sie?«

»Weil es nur fair wäre«, sagte Toni und versuchte erneut, in Alonsos Gesicht zu lesen. Keine Regung zeigte sich in dieser erstarrten Miene. »Haben Sie Natalina Forteza seither wiedergesehen?«

»Nein. Hat sie mich angezeigt?«

»Hätte sie einen Grund dazu?«

»Nein!«, brüllte er. Nun schien es mit der Kaltschnäuzigkeit doch vorbei zu sein.

»Hat Sie jemand in Santa Margalida gesehen? So gegen vierzehn Uhr müssten Sie dort doch angekommen sein.«

Zeitlich würde es hinkommen. Um halb zehn Uhr war der Streit, zwei Stunden wollte er gewartet haben, die Fahrt nach Inca, das Warten auf den Bus und eine Stunde Fahrtzeit. Er müsste zur Tatzeit viele Kilometer vom Tatort entfernt gewesen sein.

»Klar, ich habe mir in der Eckkneipe ein Bier genehmigt. Fragen Sie Pep.«

Nun zog Toni das Foto der Nonne aus der Akte. »Kennen Sie die Frau?«

»Ach, die blöde Kuh hat mich angezeigt? Das war doch nur so dahingesagt. Die hatte ich gleich wieder vergessen.« Alonso zwinkerte mehrfach mit den Lidern, bevor er weitersprach. »Ich habe ihr ein wenig Angst gemacht, das war alles. Was musste sie sich auch einmischen?«

»Und die Frau hier? Kennen Sie die?« Toni schob die Phantomzeichnung zu ihm hinüber.

Alonso betrachtete das Bild. Seine Augen leuchteten auf. »Hübsch. Aber leider kann ich da nicht weiterhelfen.«

Die Antworten überraschten Toni nicht. Trotzdem würde er Alonso über Nacht in einer Zelle behalten. Bis sein Alibi geklärt war und er mit Natalina Forteza gesprochen hatte.

Toni verließ den Verhörraum und gab dem wachhabenden Kollegen entsprechende Anweisung für Hugo Alonsos Verwahrung. Eiligen Schrittes ging er zu Bruno ins Großraumbüro. »Und?«

»Natalina Forteza kommt morgen früh zu uns aufs Revier«, sagte Bruno. »Er bleibt doch über Nacht hier, oder?«

Toni zwinkerte ihm zu. »Wir schieben hier doch nicht zum Spaß gerade eine Sonderschicht, oder?«

18

Toni ging während der Fahrt nochmals das Gespräch mit Alba durch. Es passte einfach nichts zusammen, obwohl die Nachbarin auf dem Phantombild Alba erkannt haben wollte und sie als die ihnen bekannte Marla identifiziert hatte. Entweder war Alba eine verdammt gute Lügnerin, oder sie hatte mit der ganzen Sache nichts zu tun. Ihm schien, als wäre die stressige Vorbereitung ihrer Hochzeit der einzige unruhige Punkt in Albas Leben. Die Frau passte einfach nicht zu seinem Fall. Aber Hugo Alonso und Natalina Forteza schienen auch nichts damit zu tun zu haben.

In Gedanken versunken schloss er den Wagen ab und betrat das Haus.

Mel saß im Wohnzimmer. Der Tisch war übersät mit Akten, und es war offensichtlich, dass auch seine Frau noch immer arbeitete.

»Du kommst spät«, begrüßte sie ihn. Mel stand auf, legte eine Akte beiseite und ging auf ihn zu.

»Und du siehst müde aus.« Er schloss seine Frau in die Arme. Der Duft ihres Haares stieg ihm in die Nase. Toni vergrub sie in ihrem Haar und atmete tief ein. »Was hältst du von einem Glas Wein und etwas zu essen?«

»Wein hört sich gut an, gegessen habe ich schon«, sagte Mel und küsste ihn. »Meine Mutter hat dir ihren berühmten Auflauf in den Kühlschrank gestellt.«

Mel ging in die Küche und stellte den Auflauf in die

Mikrowelle. »Ich habe den Bericht im Fernsehen verpasst. Habt ihr Hinweise bekommen?«

»Wir haben sie gefunden und vernommen.«

»So schnell?« Mel nahm einen Teller aus dem Küchenschrank, holte die Auflaufform aus der Mikrowelle und häufte ihm eine gute Portion darauf.

»Sieht so aus.«

»Setz dich doch, ich kümmere mich um den Wein.«

»Hast du eigentlich mit deiner deutschen Klientin gesprochen?« Toni ging mit dem Teller ins angrenzende Esszimmer.

»Sie kennt die Tote nicht. Das war aber auch nicht anders zu erwarten. Adriana lebt schließlich in Deutschland.« Mit zwei Gläsern und der geöffneten Rotweinflasche folgte sie ihm. Er schob ihr mit dem Fuß einen Stuhl zurecht. Mel setzte sich und schenkte ein. »Und deine Verdächtige ist eine von den Frauen, die als Baby adoptiert worden sind?«

Toni zog eine Augenbraue nach oben. »Das klären wir noch.« Während der laufenden Ermittlungen durfte er nicht über Details reden. Mel wusste das. Normalerweise stellte sie solche Fragen nicht. »Ich könnte aber in deinen Unterlagen nachsehen, ob sie eine Mandantin von euch ist.«

»Ach ja, du behältst alle Informationen für dich, und ich soll dir alles auf dem Silbertablett servieren? Ich habe mich mit der Akte über diese Nonne schon zu weit für dich aus dem Fenster gelehnt.« Mel trank einen Schluck Wein. »Die Mandantenakten sind für dich tabu. Verstanden? Wann kann ich mein Büro endlich benutzen?«

Abwehrend hob Toni die Hände. »War ja nur ein Vorschlag.« Den Satz mit dem fehlenden Internetzugang in Mels Homeoffice überhörte er absichtlich. »Mel, spätestens morgen erfahre ich es sowieso.« Er stach in das Kartoffelgratin und stellte überrascht fest, dass neben Kartoffeln, Oliven und Tomaten auch Hackfleisch im Essen war. »Adelheid sabotiert dich«, bemerkte er mit vollem Mund.

»Ich weiß, meine Portion war wenigstens fleischlos.«

Zwischen zwei Bissen konnte Toni nicht widerstehen, doch noch mal zu seiner Verdächtigen zurückzukehren. »Sag mal, wenn ich dir den Namen nenne, dann könntest du im Gegenzug nachsehen, ob sie bei euren Fällen registriert ist.«

»Sollte sie es sein, erfahre ich es ebenfalls spätestens morgen.« Auf Mels Gesicht erkannte Toni eine Spur von Neugierde.

Mit vollen Backen grinste er sie an. »Warum bis morgen warten?«

»Okay«, sagte Mel betont lang gezogen, als würde nur sie ihm damit einen Gefallen tun. Doch dafür stand sie viel zu schnell auf. »Ich hole meinen Laptop.«

Toni kannte seine Frau. Sie war nicht weniger neugierig als er selbst, und wenn sie schon mal Überschneidungen in einem Fall hatten, warum sich nicht informell austauschen? In ein paar Stunden käme es ohnehin auf offiziellem Wege heraus.

»Wie heißt sie?«, fragte Mel, setzte sich und ließ die Finger über der Tastatur schweben.

»Alba Ruíz Cabra«, nannte Toni ihr den Namen.

Mel senkte die Hände. »Sie gehört nicht dazu. Aber sie ist Mandantin der Kanzlei.«

»In welcher Sache?« Toni legte die Gabel ab und wischte sich mit dem Handrücken über den Mund.

»Wir haben sie und ihren Vater bei einem Hauskauf beraten. Alba steht kurz vor ihrer Hochzeit, und da die Eltern vermögend sind, haben sie einen Großteil bezahlt. Der Verkäufer war ein Deutscher, deshalb war ich involviert.«

Mel lehnte sich im Stuhl zurück und sah zur Decke. »Sie kann unmöglich mit eurem Fall zu tun haben.«

Toni hob die Gabel wieder an. »Das eine schließt das andere nicht aus.« Nachdenklich aß er weiter. Der Fall wurde immer undurchsichtiger.

Mel klappte ihren Laptop zu. »Du bist auf der falschen Spur.«

Die Überzeugung in ihrer Stimme ließ ihn aufsehen. »Warum glaubst du das?«

»Diese Frau hat kein Motiv.« Mel schenkte sich Wein nach. »Außerdem ist sie nicht der Typ dazu.«

»Mel, jeder Mensch ist in der Lage, jemanden umzubringen.« Toni griff nach ihrer Hand. »Jeder, auch du. Es kommt nur auf die Situation an, in der man sich befindet.«

»Ich weiß nicht, ob mir deine Sichtweise auf die Menschen gefällt«, erwiderte Mel leise. »Können wir das Thema jetzt bitte beenden?«

Toni tat ihr den Gefallen. Im Grunde bewunderte er seine Frau, weil sie immer noch an das Gute im Menschen glaubte. Und er tat gut daran, ihr diesen Glauben nicht zu nehmen. Es genügte, dass er diesen Glauben im Laufe der Jahre verloren hatte.

Dienstag

19

Toni saß bei einer Tasse Kaffee im Esszimmer. Er war gespannt, was dieser Tag an neuen Erkenntnissen bringen würde. Da Alba Ruíz Cabra von Mels Kanzlei in einer Immobiliensache vertreten worden war, ging er davon aus, Mel oder einen ihrer Kollegen auf dem Revier anzutreffen.

»Ihr habt die Täterin schon?« Adelheids Stimme holte ihn aus seinen Überlegungen.

»Ja«, antwortete Toni. »Nach der Gegenüberstellung kann ich es mit Sicherheit sagen.«

»Ach?«, kommentierte Adelheid. »Das ging ja flott.«

Mel eilte mit ihrer Aktentasche in der Hand ins Esszimmer. Sie beugte sich zu ihm hinunter. »Bis heute Abend. Und tu mir einen Gefallen, schieb nicht so schnell meine Bedenken in der Sache beiseite, okay?«

Toni brummte zustimmend. Morgens war er meist nicht sehr gesprächig und schon gar nicht, wenn er in einer Angelegenheit nicht einer Meinung mit Mel war. Und dieses Mal betraf es nicht die Farbe eines neuen Sofas. Es ging um den Job. Diese Verwicklung gefiel ihm überhaupt nicht.

»Brummbär«, murmelte Mel und wuschelte ihm durchs Haar, bevor sie das Haus verließ.

Ganz automatisch strich er sich das Haar nach hinten. Eigentlich sollte er längst mal wieder zum Friseur gehen, dann könnte Mel auch nicht mehr seine Haare in Unordnung bringen. Wenn er noch lange wartete, würde er bald Pedro aus seiner Abteilung mit seinem Out-of-bed-Look Konkurrenz machen.

»Täter gefasst und dennoch schlechte Laune?«, fragte Adelheid, stellte eine Tasse unter den Kaffeevollautomaten und drückte die Starttaste.

»Für gute Laune sind noch zu viele Punkte offen.« Toni wollte sich seiner Schwiegermutter nicht erklären. Ihm ging immer wieder durch den Kopf, dass die Mitglieder der Wandergruppe die noch nicht gefundene Frau Marla genannt hatten.

Adelheid nahm ihren Kaffee und setzte sich zu ihm. Sie pustete in die Tasse und sah ihn über den Rand aufmerksam an. »Das ist ja mal was ganz Neues. Ich dachte, ihr Polizisten seid immer schnell mit euren Urteilen.«

Toni verdrehte die Augen. Adelheid hielt nicht viel von Polizisten. Schon gar nicht, seitdem sie vor zwei Jahren Ärger mit dem Gesetz bekommen hatte, weil sie die Asche ihres verstorbenen Mannes aus einem Beerdigungsinstitut gestohlen hatte.

»Es ist zu früh für Grundsatzdiskussionen.« Toni seufzte. »Die Aussage der Nachbarin war eindeutig.«

»Bei dem schlechten Bild? Sie könnte sich täuschen.«

Toni schluckte einen Kommentar hinunter.

»Mel scheint da anderer Auffassung zu sein.« Die Augen seiner Schwiegermutter verengten sich, als wolle sie noch etwas loswerden. Nach einer Pause sagte sie jedoch nur ausweichend: »Aber wenn du meinst.«

»Jetzt fang du nicht auch noch an!«, schimpfte Toni. Er stellte seine leere Tasse in die Spülmaschine und schüttelte den Kopf. »Lasst mich mal meinen Job machen. Ich weiß schon, was ich tue.« Verärgert verließ er das Haus. Der Tag konnte nur noch besser werden.

20

Emilia stand in der Küche und überlegte, wie sie es am besten anstellen konnte, in unregelmäßigen Abständen von der Arbeit zu verschwinden. Gestern war sie mit dem Bus nach Palma gefahren, um sich vor dem Haus des Arztes auf die Lauer zu legen, obwohl sie keine Ahnung hatte, wie sie von ihm die Informationen herausbekommen sollte, die sie benötigte, um mit den Vorfällen an die Öffentlichkeit zu gehen. Zudem war sie frustriert vier Stunden später mit dem letzten Bus nach Hause gefahren, ohne den Mann überhaupt zu Gesicht bekommen zu haben.

Sie brauchte einen Mietwagen. Den Entschluss hatte sie bereits gefasst. Doch was sollte sie tun, wenn sie den Mann antraf? Sie konnte ihn ja schlecht dazu zwingen, ihr alles zu erzählen. Gegen ihn hatte sie nichts in der Hand, also schied auch eine simple Erpressung aus. Mit der Aussage von Schwester Beate allein konnte sie ihn nicht unter Druck setzen. Sie hatte nicht daran gedacht, das Gespräch mit dem Handy aufzuzeichnen. Und nachdem die Frau nun tot war, konnte sie ihm gegenüber auch nicht mehr behaupten, die Nonne würde gegen ihn aussagen, um ihren eigenen Hals zu retten. Denn den hatte sie sich vermutlich beim Sturz gebrochen.

Emilia schob die Überreste der Frühstücksteller in den Resteeimer und stöhnte unwillkürlich auf.

»Schmerzt der Daumen?«, fragte Ricardo.

»Ich habe ihn mir nur eben gestoßen«, log Emilia. »Ricardo, kann ich die nächsten Tage etwas flexiblere Arbeitszeiten haben?«

Ricardo sah sie überrascht an. »Das ist schwierig. Warum?«

Mit der Frage hätte sie rechnen müssen. Emilia suchte nach einer Ausrede, doch es wollte ihr einfach nichts Schlüssiges einfallen. Sie nagte an ihrer Unterlippe und wischte weiterhin Teller sauber.

»Du musst es mir nicht sagen«, lenkte Ricardo ein. »Solange du deine Arbeit machst, soll es mir egal sein. Von wie vielen Tagen sprechen wir?«

Die nächste Frage, die sie nicht beantworten konnte. »Vier, vielleicht fünf?«

»Vale. Sprich das aber bitte noch mit Yuri ab. Dann sollte das klargehen.« Ricardo wandte sich wieder der Pastasoße zu, die er für das Mittagessen zubereitete.

»Mache ich. Und ich werde das Frühstück schon so gegen vier Uhr vorbereiten und dann später wiederkommen.« Um die Uhrzeit würde Doktor Gúzman noch schlafen. Und wenn sie sich beeilte, konnte sie vorher einen Großteil für den Mittagstisch vorarbeiten.

Emilia schaltete die Spülmaschine ein und zog ihre Küchenhaube ab. »Ich bin dann weg, ja?«

Ricardo wandte sich um. »Neue Frisur?«

»Ja, das ist für die Küche einfach praktischer«, präsentierte sie ihm die nächste Ausrede.

Zufrieden nickte er. »Schön, dass du deine Arbeit so ernst nimmst.« Er rührte in der Soße. »Dann bis später.«

Sie verabschiedete sich, zog sich noch die Schürze aus und beeilte sich, zum Mietwagenverleih um die Ecke zu kommen.

Dreißig Minuten später stand sie vor Doktor Gúzmans Altstadtpalast und wartete. Als Rentner würde er sicherlich irgendwann auf der Straße auftauchen. Bis Emilia wusste, was sie gegen ihn unternehmen konnte, wollte sie seine Gewohnheiten kennenlernen. Vielleicht fand sie ja in seinem täglichen Ablauf etwas, das ihr nützlich sein könnte. Sie musste unbedingt mit ihm Kontakt aufnehmen. Und irgendwann würde sie auch wissen, wie sie das machen sollte.

21

Mel betrat die Kanzlei und erkundigte sich bei ihrem Chef nach Alba Ruíz Cabra.

José sah sie überrascht an. »Alba hat sich tatsächlich gestern Abend bei mir gemeldet und um juristischen Beistand gebeten. Woher haben Sie die Information?«

»Ist das wichtig?«, wich Mel seiner Frage aus. Sie wollte nicht offenlegen, dass sie mit ihrem Mann Informationen ausgetauscht hatte.

»Was wissen Sie darüber?« José erhob sich aus seinem Schreibtischstuhl.

»Sie soll diese Schwester Beate von den Stufen der Stadtmauer gestoßen haben. Der Fall wurde gestern bekannt gegeben. Es gibt ein Phantombild basierend auf den Aussagen der Nonnen. Das Bild wurde gestern Abend im Lokalfernsehen ausgestrahlt, und eine Nachbarin hat Alba identifiziert«, fasste sie kurz zusammen.

»Alba wird um zehn Uhr auf dem Revier erwartet. Eine Gegenüberstellung«, führte José weiter aus. »Wir werden den Fall gemeinsam übernehmen, nachdem Sie einige Details kennen und Alba schon während des Immobilienkaufs betreut haben. Vielleicht ist weiblicher Beistand in der Sache gar nicht verkehrt.«

Erfreut nickte sie.

»Alba kommt in fünfzehn Minuten in unsere Kanzlei, dann fahren wir zusammen los.« José ging an ihr vorbei, öffnete die Tür und bat seine Sekretärin um Kaffee. »Denken Sie, sie war es?«

»Welchen Grund sollte sie dafür haben?« Mel stand immer noch mitten im Raum und hielt die Hände hinter dem Rücken.

»Setzen Sie sich doch«, bat José, bevor er an dem Besprechungstisch Platz nahm. »Fernando recherchiert gerade, ob Alba nicht doch Kontakt zu Schwester Beate hatte.«

»Das kann ich ausschließen«, gab Mel zurück.

José zog eine Augenbraue hoch. »Sie haben die Informationen von Ihrem Mann, richtig?«

»Richtig«, bestätigte Mel. José wusste, dass Toni bei der Polizei arbeitete, und es war sinnlos, ihn in diesem Punkt anzulügen. »Ich saß gerade über der Gerichtsakte, als mein Mann nach Hause kam. Er hat Schwester Beate auf dem Foto sofort erkannt.«

José brummte. »Wir hatten vereinbart, dass Sie keine Unterlagen mit nach Hause nehmen, solange Sie nicht dafür Sorge tragen können, dass niemand Einsicht bekommen kann.«

Mel suchte eine Rechtfertigung. »Es handelte sich um eine frei zugängliche Gerichtsakte und nicht um eine Klientenakte.«

»Trotzdem«, sagte José bestimmt. »Das darf nicht wieder vorkommen.«

22

Toni war immer noch nicht besserer Stimmung, als er das Büro betrat. Auch wenn er selbst noch kein Motiv sah, warum Alba die Nonne von den Treppenstufen hätte stürzen sollen, bedeutete das nicht, sie auf die vage Vermutung seiner Frau als Verdächtige ausschließen zu können.

Catarina saß an ihrem Schreibtisch und sah auf, als er eintrat. »Guten Morgen«, grüßte sie ihn.

»Ist die DNS-Probe schon da?«, fragte er.

Seine Kollegin blickte überrascht auf.

Schnell schob er einen Gutenmorgengruß nach und blieb vor ihrem Schreibtisch stehen.

»Noch nicht. Ich wollte eben anrufen. Die Kollegen waren noch nicht erreichbar«, antwortete sie und erhielt für die Antwort einen missbilligenden Blick.

Manuel, der dem Wortwechsel zugehört hatte, stand auf und ging zu den beiden hinüber. »Die Gegenüberstellung kann tatsächlich um zehn stattfinden. Die Nonnen werden da sein, und Alba Ruíz Cabra ist ebenfalls informiert.«

Diese Nachricht besserte Tonis Laune beachtlich. »Wenn sie nicht kommt, lassen wir sie polizeilich vorführen.«

»Sie wird kommen. Mit ihrem Anwalt«, führte Manuel weiter aus. »Und die DNS von der Kleidung der Nonne nützt uns im Moment sowieso wenig, da wir keine Vergleichsdaten vorliegen haben.«

»Noch nicht«, knurrte Toni. »Sollten die Nonnen Alba als die Frau identifizieren, die bei ihnen im Bus mitgefahren ist, bekommen wir problemlos einen richterlichen Beschluss, wenn sie uns die Probe verweigert. Ich habe schon alles dafür vorbereitet. Und lass diese Luisa Cordalis antreten. Die Frau führt diese Facebook-Gruppe, und ich will wissen, ob es sich bei Alba um diese mysteriöse Marla handelt.«

»Ich kümmere mich darum«, sagte Manuel und ging zurück an seine Arbeit.

Catarina war inzwischen aufgestanden und hielt Toni eine gefüllte Kaffeetasse hin. »Das ist eine Ausnahme. Nicht, dass du denkst, du kannst künftig hier übellaunig auftauchen und ich bringe dir dafür einen Kaffee. Was ist denn los?«

Toni ärgerte sich über sich selbst. Die Einwände seiner Frau sollten ihn eigentlich nicht weiter belasten. Er wusste, wie er seinen Job zu machen hatte. Und im Moment hatten sie keinen anderen Anhaltspunkt als Alba Ruíz Cabra. An einen Zusammenhang mit dem streitenden Pärchen glaubte Toni nicht mehr. »Hat die IOTP den Bus auf Spuren untersucht?«

Pedro und David gingen in Deckung. Auch Manuel wurde bleich. »Hat denn keiner daran gedacht?« Toni fluchte. »Und ich dachte, ich hätte es mit Profis zu tun!«

»Die Auswertung der Kriminaltechniker dauert noch an«, mischte sich Bruno ins Gespräch ein. Augenblicklich verpuffte die kurz aufgetretene Spannung. »Zu viele Faserspuren.«

»Wenigstens auf einen hier kann ich mich verlassen«, knurrte Toni und marschierte in sein Büro. »Wann kommt diese Natalina Forteza?«

»Sie müsste jeden Moment hier sein. Das Alibi von Hugo Alonso ist bestätigt. Er war tatsächlich in dieser Kneipe ein

Bier trinken. Der Wirt hat es bestätigt, und ich glaube ihm. Er verabscheut Hugo für das, was er getan hat. Der Wirt selbst hat eine Tochter und Angst um sie, da sie regelmäßig im Lokal aushilft.«

Missmutig nickte Toni. Nichts anderes hatte er erwartet. Und Alonsos Freundin würde ebenfalls nichts Weiterführendes zu berichten haben.

Catarina folgte ihm. »Was ist los, Toni? Oder muss ich mich künftig jeden Tag auf neue Launen einstellen?«

Toni war nicht launisch. Im Moment war er nur frustriert, obwohl es dafür gar keinen Grund gab. Er trank einen großen Schluck Kaffee und stellte die Tasse auf seinem Schreibtisch ab. »Vale, es tut mir leid. Warten wir die Gegenüberstellung ab.«

»Eben. Und die IOTP wird sich schon auch noch melden«, versuchte Catarina ihn aufzumuntern. »Sitzt dir Coronel García im Nacken?«

Darüber wollte er nicht mit Catarina sprechen. Natürlich erwartete Anabel rasche Aufklärung. Immerhin war Toni kein Dorfpolizist, der nicht wusste, wie er in solchen Fällen zu schnellen Ergebnissen kommen sollte. Dennoch spukten ihm die Aussagen der Wanderfrauen im Kopf herum. Alle hatten eine Marla angegeben, die wegen einer Knöchelverletzung früher gegangen war. Das passte zu den Aussagen der Nonnen. Hatte Alba sich unter falschem Namen in die Gruppe eingeschlichen und eine Verletzung nur vorgetäuscht? Doch warum sollte sie das tun? Sie hatte keinen Grund, sich einer Selbsthilfegruppe anzuschließen, da sie keines ihrer Geschwister vermisste. Sie müsste schon selbst ein vermisstes Kind sein, damit es Sinn ergab. »Es passt einfach nichts zusammen«, brummte er etwas freundlicher.

»So ist es doch immer zu Beginn. Und dann fallen alle Puzzleteile ineinander, und plötzlich sieht man das ganze

Bild.« Catarina lehnte im Türrahmen. »Und jetzt gehe ich mal, um die Gegenüberstellung vorzubereiten.«

»Danke, Catarina. Auch für den Kaffee.«

Catarina grinste schief und nickte, bevor sie ihn allein zurückließ.

In dreißig Minuten würde er wissen, ob er auf dem richtigen Weg war, und sobald sich die Beweise und Indizien häuften, packten meist auch die Verdächtigen aus.

Bisher hatte er seine neuen Leute als zuverlässig eingestuft, doch jetzt? Nur Bruno hatte daran gedacht, den Ausflugsbus für eine weitere Untersuchung einzubestellen. Dabei war das die ganz normale Vorgehensweise bei der Beweissicherung. Waren seine Mitarbeiter bei anderen Fällen ähnlich nachlässig gewesen? Das durfte sich niemand unter seinem Kommando erlauben. Toni würde ein Auge darauf haben.

Nachdenklich ließ er seinen Blick durch das Gemeinschaftsbüro schweifen. Bruno hatte vielleicht noch zwei Jahre, bevor er sich in die Rente verabschiedete und vermutlich mit einem Boot aufs Meer hinausfuhr, um zu angeln, oder sich die freie Zeit auf einem der vielen Golfplätze vertrieb. Er war der Dienstälteste. Bei Gelegenheit würde er mit ihm die ungeklärten Fälle in dieser Abteilung besprechen. Immerhin sollte Toni, neben dem Alltagsgeschäft, auch noch die ungelösten Fälle der vergangenen Jahre durcharbeiten.

Manuel war erst später zu der Truppe gestoßen, mit ihm zusammen könnte er mit einem frischen Blick die alten Fälle entstauben, sobald sie diesen Fall hier abgeschlossen hatten.

Ob Pedro und David sich überprüft oder zurückgesetzt vorkämen, wenn er damit begann, die ungeklärten Verbrechen der letzten fünf Jahre aufzurollen, würde sich zeigen. David war arrogant und auch impulsiv, wie er Catarinas

Aussage hatte entnehmen können, sonst hätte er nicht einen Verdächtigen dermaßen verprügelt, um dafür sogar degradiert zu werden. Sein Auftreten hatte etwas Machohaftes. Pedro hingegen erschien wie der typisch nette Kerl von nebenan. Laut Catarina war er glücklich verheiratet, etwas nachlässig in seiner äußeren Erscheinung, aber unauffällig, und er liebte seine Frau – zumindest erwischte Toni ihn häufiger bei privaten Telefonaten mit ihr. Er wusste selbst, wie zeitraubend der Job oft war. Und Beziehungen wollten gepflegt werden, oder sie zerbrachen. Zudem war Pedros Frau schwanger, was eine Beziehung sowieso belastete. Doch solange Pedro seinen Job erledigte, konnten Toni die privaten Telefonate gleichgültig sein.

Von Catarina wusste er bisher auch nur wenig in Bezug auf den persönlichen Hintergrund. Sie hatte mit David eine kurze Affäre gehabt, die er wohl gerne ausgedehnt hätte. Doch daraus war nichts geworden. Catarina hatte einen neuen Freund und David das Nachsehen.

Vielleicht wäre es eine gute Idee, sein Team samt Familienangehörigen zu einem Grillfest einzuladen. Er würde das mit Mel besprechen, wenn sie sich am Abend wiedersahen.

»Natalina Forteza ist hier«, riss ihn Bruno aus seinen Gedanken. »Soll ich sie alleine vernehmen?«

Bis zur Gegenüberstellung blieben ihm noch zwanzig Minuten. »Nein, ich komme mit.«

Bruno ging voran. »Immerhin hat er ihr bisher nichts getan.«

»Vielleicht steht sie ja darauf und weiß um seine Vergangenheit.« Toni kannte solche Frauen, wenn er sie auch nicht verstand. Sie schrieben den schlimmsten Schwerverbrechern, und einige heirateten sie sogar noch im Gefängnis. Doch sobald sie dann nach deren Entlassung mit der Realität konfrontiert wurden, war es meist vorbei mit den romantischen Fantasien, sie könnten eine verlorene Seele retten. Jedenfalls sah Toni dieser Begegnung mit gemischten Gefühlen entgegen.

»Werden wir ja gleich wissen.« Bruno öffnete die Tür zum Vernehmungszimmer.

Vor Toni saß eine zierliche, hübsche Spaniern. Sie musste um die vierzig Jahre alt sein, besaß einen offenen Gesichtsausdruck und einen aufmerksamen Blick. Der akkurat geschnittene Pagenschnitt ließ ihr Gesicht herzförmig wirken. »Guten Morgen, Señora Forteza, und vielen Dank, dass Sie hergekommen sind.«

»Worum geht es denn genau?«, fragte sie sofort. »Ich sollte eigentlich bei der Arbeit sein.«

»Es dauert nicht lange.« Bruno legte ihr ein Foto vor. »Kennen Sie diesen Mann?«

»Ja. Hugo Alonso. Aber ich sagte doch schon am Telefon, dass ich ihn kenne.« Die Frau rutschte nervös auf dem Stuhl hin und her. »Ist ihm etwas geschehen?«

»Nein«, beruhigte sie Toni. »Sie haben sich beim Kloster Lluc gestritten, richtig?«

Natalina Forteza runzelte die Stirn und nickte. »Ja, und?«

»Wo waren Sie anschließend?«, setzte Toni die Befragung fort.

»Spazieren, so wie es eigentlich geplant war. Nach dem Streit musste ich den Kopf freibekommen.« Nun verschränkte sie abwehrend die Arme vor der Brust. »Was soll diese Fragerei?«

»Diese Frau hat sich für Sie eingesetzt«, erklärte Bruno und schob ihr das Bild von Schwester Beate über den Tisch.

»Ja, ich habe mich kurz bedankt, und dann bin ich gegangen.« Ihre Augen wurden plötzlich groß. »Hat Hugo ihr etwas getan?«

Bruno setzte sich aufrecht hin und sah sie überrascht an. »Wie kommen Sie darauf?«

»Er war stinkwütend und hat uns gedroht.« Mit dem Fingernagel kratzte sie an der Tischkante herum. »Hugo ist sehr ... wie soll ich sagen ... temperamentvoll. Am Anfang hat mir das gefallen. Er weiß genau, was eine Frau hören will. So setzt er seinen Willen durch. Das fand ich beeindruckend. Doch aus heiterem Himmel tickt er manchmal aus.« Natalina Forteza machte eine kurze Pause. »Der Streit am Sonntag war mir dann zu viel.«

»Kennen Sie die Frau«, Toni tippte auf das Foto der Nonne, »nur von dieser Begegnung beim Kloster, oder haben Sie sie zuvor schon gesehen?«

»Nur vom Kloster. Woher sonst? Was ist mit ihr?«

Toni blieb ihr die Antwort schuldig und stellte die Befragung ein. Es war völlig undenkbar, dass diese Frau etwas mit dem Tod der Nonne zu tun hatte. Hugo Alonso hatte über zwei Stunden an ihrem Wagen gewartet. Wie hätte sie also dem Bus der Nonnen folgen sollen?

»Und was hat das alles mit Hugo zu tun?«

»Sie wissen nicht viel über ihn, richtig?« Bruno atmete hörbar aus.

Irritiert sah die Frau von Bruno zu Toni. »Er ist frisch aus Madrid hierhergezogen und hat deshalb noch wenige Bekannte. Warum? Ist etwas nicht in Ordnung?«

Toni nickte Bruno zu. Sie hatte ein Recht zu erfahren, mit wem sie sich da eingelassen hatte. Je mehr Bruno über Alonsos Vergangenheit vor ihr ausbreitete, desto blasser wurde die Frau. Einmal würgte sie sogar, und Toni glaubte, sie würde sich jeden Augenblick erbrechen. Doch dann schloss sie die Augen und atmete tief ein und aus.

»Hat er Ihnen jemals gedroht oder Sie geschlagen?«, fragte Bruno abschließend. »Wenn das der Fall ist, dann können wir ihn sofort wieder wegsperren.«

Toni sah förmlich, wie es hinter der Stirn der Frau arbeitete. »Was soll ich jetzt machen?« Sie zog ihr Handy aus der Tasche. »Seit dem Streit ruft er ständig an und bombardiert mich auch mit Nachrichten.«

»Droht er Ihnen?«, wiederholte Toni Brunos Frage.

Sie scrollte durch ihre Nachrichten. »Nicht direkt.« Ihre Stimme glich einem Flüstern. »Er entschuldigt sich in jeder Nachricht und bittet um ein Treffen. Selbst wenn es nur ein Abschiedstreffen ist. Ich habe ihn um etwas Zeit gebeten.«

Bruno stand auf und ging auf und ab. »Und die hat er Ihnen gegeben?«

»Ja. Das heißt, ich denke es zumindest. Seit gestern Abend hat er sich nicht mehr gemeldet.«

Toni musste ein bitteres Lachen unterdrücken. Es gab erst seit seiner erneuten U-Haft keine neuen Nachrichten mehr. Das bedeutete also gar nichts. Und nachdem Alonso ihr keine Drohungen geschickt hatte, konnten sie ihn auch nicht im Gefängnis festhalten. Doch die Nachricht mit der Bitte auf ein letztes Treffen beunruhigte ihn mehr als jede offene Drohung. Der Kerl war clever. Und er würde die Frau mit Sicherheit nicht nur zum Abschied küssen. »Und Sie sind sich ganz sicher, dass er Sie niemals geschlagen oder bedroht hat?« Eindringlich sah er sie an.

Tonis Versuch, Natalina Forteza zu einer Lüge zu verleiten, um ihr Leben zu schützen, ging ins Leere.

»Nein, das hat er nicht.«

»Sind Sie sicher?«, versuchte es auch Bruno. »Hat er Sie oben beim Kloster nicht bedrängt und bedroht? Denn das verstößt gegen seine Bewährungsauflagen.«

Diese mutige, wenn auch dumme Frau schüttelte zu Tonis Bedauern den Kopf. »Das war nur ein unbedachter Satz. Nichts weiter.«

»Sicher?«, hakte Toni ein letztes Mal nach. »Wenn Sie

sicher sind, müssen wir Hugo Alonso aus der U-Haft entlassen.«

Sie nickte. »Ich werde ihm aus dem Weg gehen. Wir waren nicht lange zusammen. Er wird mich in Ruhe lassen. Wenn er eine Gefahr für seine Umwelt wäre, hätte man ihn doch nicht aus dem Gefängnis entlassen, oder?«

Toni bewunderte ihr Vertrauen in die spanische Justiz. Und gleichzeitig fragte er sich, ob sie einfach nur zu gutgläubig war und ihr dies bei Hugo Alonso noch zum Verhängnis werden würde.

Bruno reichte ihr seine Visitenkarte. »Rufen Sie mich an, wann immer Sie sich bedrängt fühlen. Und tun Sie mir und sich selbst einen Gefallen, lassen Sie sich nicht zu einem Treffen überreden.«

»Danke.« Natalina Forteza stand auf, steckte die Karte ein und sagte: »Ich danke Ihnen für Ihre Offenheit, doch ich wünschte, ich hätte nichts von seiner Vergangenheit erfahren.«

Bruno sah fassungslos zu Toni, der nur den Kopf schüttelte. »Gehen Sie ihm aus dem Weg«, riet auch Toni und war sich unsicher, ob sie diesen Ratschlag annehmen würde. Er hoffte es.

Gemeinsam kehrten sie ins Großraumbüro zurück. Bruno sah geknickt aus. Toni drückte seine Schulter. »Mehr konnten wir nicht tun. Sie hätte ihn mit einem Satz wegsperren lassen können und hat es nicht getan.«

»Ich hoffe nur, sie bereut diesen Entschluss nicht eines Tages.«

Toni nickte, nahm sich eine Tasse Kaffee und ging in sein Büro.

»Alba Ruíz Cabra ist hier. Natürlich mit ihrem Anwalt«, vermeldete David lautstark keine zwei Minuten später.

»Dann mal los.« Toni stand auf, trank noch einen Schluck

Kaffee und ging zu seinem Team ins Großraumbüro. »Wo sind sie?«

»Im Nebenzimmer«, informierte David ihn. »Und die anderen sind auch bereit. Sie warten auf dem Gang. Manuel hat bestätigt, dass Luisa Cordalis ebenfalls herkommt. Sie müsste auf dem Weg sein.«

Auch Pedro stand schon am Ausgang ihres Großraumbüros. »Die Nonnen warten unten.«

»Gut«, lobte er das Vorgehen. Nicht auszudenken, wenn sich die Zeugen und die Verdächtige vor der offiziellen Gegenüberstellung im Flur begegnen würden.

Toni traf im Gang auf Catarina, und gemeinsam betraten sie das Nebenzimmer. Im ersten Moment blieb Toni die Luft weg, als er seine Frau erkannte. Er fing einen entschuldigenden Blick auf.

Die Anwesenden stellten sich vor und setzten sich. Zwischen Toni und seiner Frau fiel die Begrüßung professionell aus. Ein zartes Küsschen auf die Wange. Man hätte sie auch für alte Bekannte halten können.

»Ich nehme an, es ist Ihre erste Gegenüberstellung«, mutmaßte Toni.

Alba bejahte. »Meine Anwälte haben mich aber über den Ablauf informiert.«

»Dann wissen Sie ja, worum es hier geht«, wandte sich Catarina an die beiden Anwälte.

José nickte, Mel schwieg, und Alba sah verunsichert von einem zum anderen.

»Legen wir los«, verkündete Toni und bat Alba, mit ihm zu kommen.

Er führte sie zu den anderen Frauen, die eine Ähnlichkeit in Erscheinung, Statur, Größe und Alter aufwiesen. »Ich habe mit dem Ganzen hier nichts zu tun«, flüsterte Alba, als er sie an David übergab, der sich um den Ablauf kümmerte.

»Dann wird sich das ja gleich auflösen.« Toni kehrte in den Nebenraum zurück. »Wenn Sie mich bitte begleiten wollen.«

Mel und José standen auf. Als Albas Anwälte würden sie bei der Gegenüberstellung anwesend sein und die Aussagen der Nonnen genau verfolgen.

Wenig später warteten sie in einem fensterlosen Raum, der vom anderen Zimmer nur durch einen Einwegspiegel abgetrennt war. David führte die vier Frauen hinein. Toni wies seinen Kollegen Pedro an, die Nonnen zu ihm zu bringen. Den Beginn machte die Vorsteherin. Mit unsicherem Blick trat sie zu Toni, der ihr aufmunternd zunickte.

Die Frau atmete tief ein und aus, bevor sie sich die angeblich Verdächtigen ansah. Sie kniff die Augen zusammen. »Die Nummer zwei ist es.«

Toni hörte, wie Mel die Luft leise einsog. »Sind Sie sich sicher?«

»Sie hatte zwar keinen Pferdeschwanz«, erklärte die Vorsteherin, »aber ich bin mir ziemlich sicher, dass sie es ist.«

Catarina drückte auf die Sprechtaste. »Würden Sie bitte alle das Haar offen über die Schultern fallen lassen? So, damit das Gesicht etwas verdeckt ist.«

Die Frauen legten die Zahlenschilder vor sich ab, lösten ihr Haar und strichen es sich über die Schulter nach vorn.

»Und?«, fragte José mit hoffnungsvoller Stimme nach.

»Es ist und bleibt die Nummer zwei«, versicherte die Klostervorsteherin.

Toni bedankte sich und entließ die Frau wieder in Pedros Obhut. Wenige Minuten später schickte er die Schwester in den Raum, die mit der verletzten Frau im Bus gesprochen hatte. Auch die identifizierte Alba, ohne zu zögern. »Sie sieht heute etwas eingeschüchtert aus, aber sie ist es«, fügte sie noch hinzu.

Der Vorgang wiederholte sich bei drei weiteren Nonnen, nur zwei, die weiter hinten im Bus gesessen hatten, waren sich unsicher und konnten keine exakte Aussage machen.

Zuletzt trat Luisa Cordalis ein.

»Vielen Dank für Ihr schnelles Kommen«, bedankte sich Toni.

Luisa Cordalis nickte nur knapp.

»Kennen Sie eine dieser Frauen?« Toni beobachtete Luisa Cordalis sehr genau. Ihr Blick blieb bei Alba hängen.

»Das ist Marla. Wie haben Sie sie so schnell gefunden?«, wollte Luisa Cordalis wissen.

»Vielen Dank«, ließ Toni Luisa Cordalis' Frage unbeantwortet. »Sie können wieder gehen.«

Was auch immer Alba Ruíz Cabra für ein Motiv für diese Tat gehabt hatte, er würde sie nun nicht mehr von der Angel lassen.

Nach Ende der Gegenüberstellung saßen Alba, José, Mel, Catarina und Toni an einem Tisch im Verhörraum und erläuterten die Ergebnisse. »Wenn Sie mit einer DNS-Probe einverstanden sind, sparen wir uns den richterlichen Beschluss«, schloss Toni seine Ausführung ab. »Sie waren am Sonntag mit den anderen Frauen beim Wandern und nicht allein joggen.«

»Das ist unmöglich«, jammerte Alba und sah verzweifelt von José zu Mel, als könnten die das Ergebnis revidieren.

»Sie wurden von sechs Zeugen erkannt«, wiederholte Catarina. »Eine Verwechslung ist schlichtweg ausgeschlossen.«

»Ich war trotzdem nicht wandern oder an der Stadtmauer«, sagte Alba. »Und ich war auch nicht in diesem verdammten Bus!«

»Die Zeugen sagen übereinstimmend etwas anderes

aus.« Toni lehnte sich zurück und wartete. »Wollen Sie mit Ihrer Klientin allein sprechen?«

»Wir stimmen einer DNS-Analyse zu.« José nickte bekräftigend in Albas Richtung.

»Aber ...«, versuchte Alba es abzuwenden.

»Alba, wenn wir jetzt ablehnen, wird ein Richter es anordnen«, erklärte José die Lage. »Nur so können wir beweisen, dass die Zeugen sich irren. Zudem sparen wir Zeit, um deine Unschuld zu belegen.«

Mel saß blass und schweigend am Tisch. Dann legte sie ihre Hand auf Albas. »Es wird sich alles klären«, sprach sie Alba Mut zu.

Alba nickte ergeben. »Also gut. Ich kann dort keine Spuren hinterlassen haben.« Sie strich sich das Haar zurück. »Diese Frauen lügen.«

Catarina nahm den vorbereiteten Test, zog das Wattestäbchen heraus und bat Alba, den Mund zu öffnen. Nachdem sie die Probe entnommen hatte, steckte sie es zurück in das Glasröhrchen und reichte es Pedro, der es gleich auf den Weg ins Labor nach Madrid schicken sollte. Es würde mit der nächsten Maschine versendet werden. »In zwei bis drei Tagen wissen wir mehr«, erklärte Toni. »Leider bleibt uns keine andere Wahl, als Sie bis dahin in Untersuchungshaft zu nehmen.«

Alba blickte auf, und augenblicklich standen Tränen in ihren Augen. »Das können Sie nicht machen!«

»Leider doch«, bestätigte José. Dann wandte er sich an Toni. »Alba ist unschuldig, und der Test wird es beweisen.«

Toni sah, wie Mel Albas Hand drückte und ihn finster anblickte. Toni unterdrückte seine Wut. Jetzt gab ihm seine Frau die Schuld an der ganzen Situation, dabei konnte er gar nicht anders handeln, als sie bis zur Klärung des Sachverhalts in Haft zu nehmen. Der Tag würde also ähnlich enden, wie er begonnen hatte. Mit Diskussionen mit seiner Frau. Ausgerechnet jetzt, da Toni früher Feierabend machen könnte, denn bis zum Spurenabgleich gab es nichts weiter zu tun. Ein paar Protokolle mussten geschrieben werden, doch dafür hatte er schließlich seine Leute.

23

Doktor Gúzman überquerte den Zebrastreifen, wobei er aufmerksam den Verkehr beobachtete. Ein Fußgängerüberweg in Palma bedeutete schließlich nicht, unbehelligt eine Straße überqueren zu können. Die Sonne brannte vom Himmel. Ein heißer Tag und außer ihm war niemand zu Fuß unterwegs. Wer nicht arbeiten musste, blieb im Haus oder suchte sich im Freien einen schattigen Platz, um der Sonne zu entfliehen. Und eine schattige Caféterrasse gab es in dieser Straße nicht.

Gúzman trug zwei Einkaufstüten mit Leckereien vom Markt. Viel mehr, als jeden Tag einkaufen zu gehen, hatte er schon seit Jahren nicht mehr zu tun. Sonntags traf er sich ab und an mit anderen pensionierten Ärzten auf ein Bier, um über die alten Zeiten zu sprechen. Die guten alten Zeiten. Von den schlechten sprachen sie nie.

Eine junge Frau kam gemächlichen Schrittes auf ihn zu. Sie sah blass aus, und der Schweiß stand auf ihrer Stirn. Plötzlich schwankte sie leicht, bevor sie sich an dem Geländer, das die Stufen zu seinem Altstadtpalast hochführte, festhielt und sich erschöpft hinsetzte. Die Sonne beschien die Treppenstufen, und sie mussten heiß sein. Sie presste ihre Handtasche fest an sich, die arme Frau schien einen Schwächeanfall zu haben.

Doktor Gúzman trat zu ihr und beugte sich hinunter. »Geht es Ihnen nicht gut?«

Sie stöhnte nur kurz auf.

»Kommen Sie«, forderte er sie auf und reichte ihr die Hand. »Sie müssen aus der Sonne.«

Ihre Hand war schweißnass und eiskalt. Die zierliche Frau erhob sich, setzte sich jedoch sofort wieder. Offenbar war ihr schwindelig. Sie blinzelte heftig.

»Ich bin Arzt«, versicherte er ihr, als müsste er ihr Vertrauen gewinnen. »Kommen Sie schon.«

Sie ließ sich von ihm hochziehen und lehnte sich an ihn, als er zur Haustür ging.

»Sind Sie schwanger?«, fragte er.

Die Frau zögerte, doch dann nickte sie.

»Dann sollten Sie besser auf sich achtgeben«, mahnte er und schloss die Haustür auf. Mit dem Fuß kickte er die Tür zu und führte sie in die Küche.

Dort ließ er sie Platz nehmen. »Ich bringe Ihnen ein Glas Wasser, ja?«

Er holte ein Glas aus dem Küchenschrank und füllte es mit Wasser. »Es ist nicht kalt, aber das wäre für Ihren Kreislauf auch nicht gut.« Mit besorgter Miene sah er auf sie herab. »Ich hole mal das Blutdruckmessgerät. Und ein paar Elektrolyte könnten Ihnen vermutlich auch guttun.«

Teilnahmslos ließ sie seine Fürsorge über sich ergehen. Mit einem eigentümlichen Blick sah sie ihn an. Gúzman tätschelte ihre Hand. »Ich bin gleich wieder zurück.«

So schnell ihn seine alten Beine trugen, ging er ins Wohnzimmer. In einem Wandschrank bewahrte er aus Nostalgiegründen einige Gegenstände auf, die er in seinem Berufsleben täglich gebraucht hatte. Das Blutdruckmessgerät stand ganz vorn.

Ein Lächeln umspielte seine Lippen. Es war lange her, seit er das letzte Mal mit einer Patientin in Not zu tun gehabt hatte. Seine Praxis hatte er vor über zehn Jahren geschlossen. Zudem freute er sich, mal wieder einen Besucher in seinem Haus zu haben. Wenn es sich auch nur um eine fremde und schwangere Frau handelte.

Vielleicht würde sie ihm ja ihre Geschichte erzählen und ihm den Nachmittag vertreiben, bis es Zeit war, das Abendessen vorzubereiten.

»So, da bin ich …«, sagte Gúzman und hielt inne.

Die Fremde saß nicht mehr auf dem Küchenstuhl.

Aus dem Augenwinkel sah er eine rasche Bewegung hinter sich. »Ganz ruhig«, flüsterte die Frau, und Gúzman erstarrte. Sie hatte sich an der schmalen Wand am Türeingang versteckt und legte ihm ein Messer an den Hals.

»Was wollen Sie?«, presste er heraus. Gleichzeitig ließ er das Messgerät fallen. Mit einem lauten Knall fiel es auf den Fliesenboden.

Wie leichtsinnig von ihm! Er hatte eine Diebin in sein Haus gebeten. Selbst wenn er schreien würde: Das Haus war frei stehend, und so schnell würde sein Rufen niemand bemerken.

»Hinsetzen«, befahl sie.

Doktor Gúzman setzte sich auf den Küchenstuhl.

»Arme an der Seite hängen lassen. Und machen Sie keine Dummheiten. Ich will nur Antworten von Ihnen«, warnte sie ihn.

»Antworten?«, wiederholte er ungläubig, ließ aber widerstandslos die Arme hängen.

Mit Kabelbindern fesselte sie seine Hände an die Streben der Rückenlehne. Anschließend fixierte sie seine Füße an den Stuhlbeinen. Unfähig, einen klaren Gedanken zu fassen, leistete er keine Gegenwehr.

»So«, sagte sie und setzte sich mit etwas Abstand auf einen anderen Küchenstuhl. »Und nun stelle ich Ihnen einige Fragen.«

Er nickte. »Ich habe kein Geld hier.« Automatisch bemerkte er, dass die Frau plötzlich Handschuhe trug.

»Ich will kein Geld«, beteuerte sie. »Ich will Namen. Und zwar alle!«

»Namen?«, presste er mit leiser Stimme hervor. Panik stieg in ihm hoch.

»Sie kennen ... kannten Schwester Beate«, begann sie. »Sehr gut sogar. Sie hat mir nämlich Ihren Namen genannt.«

Gúzman schluckte hart. »Welche Schwester Beate?« Obwohl er genau wusste, wen die fremde Frau meinte, versuchte er, etwas Zeit zu gewinnen, um sich zu sammeln.

»Und sie sagte auch, Sie würden sich mit Sicherheit an alle Mütter und Adoptiveltern erinnern.« Sie zog einen Block und einen Stift aus ihrer Tasche. »Wenn Sie mir alle Namen nennen, ist der Spuk für Sie bald vorbei.«

»Wer sind Sie?«, fragte Gúzman flüsternd.

»Sie waren mein Schicksal, und wenn Sie nicht reden, werde ich Ihres sein.« Im Blick dieser Frau erkannte er eine Spur von Wahnsinn. »Haben Sie Ihr Heft?«

»Heft?«, wiederholte Gúzman. Er erinnerte sich an die penible Arbeitsweise von Schwester Beate. Mehrfach hatte er ihr gesagt, es sei ein Fehler, alles zu dokumentieren, doch die Frau hatte nicht auf ihn hören wollen. Im Gegenteil, sie sagte, sie wolle die Adoptivfamilien jedes Jahr zu Weihnachten mit einer Karte an ihr Abkommen erinnern. Und dazu benötige sie das Heft mit den Adressen und Dokumentationen.

»Jeder weiß von dem Heft. Das war schon damals beim Prozess ein Thema.« Die Frau stand auf, setzte sich auf den Küchentisch und ließ die Beine baumeln.

»Sie haben den falschen Mann«, log er.

Die Frau beugte sich vor und hielt ihm das Messer vor das Gesicht. Er spürte, wie ihm der Schweiß aus allen Poren drang.

»Wir können es schnell hinter uns bringen oder langsam«, drohte sie ihm. »Es ist Ihre Entscheidung.«

Gúzman versuchte, sich am Oberschenkel zu kratzen, der ihn immer dann plagte, wenn er an die alte Sache erinnert wurde. Eine frisch entbundene Mutter hatte ihm vor fünfunddreißig Jahren ein Skalpell in das rechte Bein gerammt. Es war ein bedauerlicher Zwischenfall gewesen, der sich weder auf diese noch auf eine andere Art wiederholt hatte. Doch so gefesselt, wie er auf dem Stuhl saß, vermochte er nicht mal, mit einem Finger an sein Bein zu gelangen.

»Das Heft«, forderte sie. »Ich warte.«

Gúzman schüttelte den Kopf. Er hatte dieses gottverfluchte Heft nicht. Und er wusste auch nicht, wo es sich befand. »Es existiert nicht mehr.«

Die Frau hob die Hand und schlug ihm mit dem Handrücken ins Gesicht. »Lügner!«

Der Schmerz trieb ihm die Tränen in die Augen. »Ich weiß nicht, wer es hat.«

»Mit wem haben Sie bei dieser ganzen Schweinerei zusammengearbeitet?« Die Augen der Frau erinnerten nur noch an schmale Schlitze. Die Glut, die jedoch darin glimmte, ließ ihn erschauern.

Gúzman nannte ihr die Namen seiner beiden Praxisgehilfen. Er hatte über Jahre hinweg mit einer Hebamme und einer Sekretärin gearbeitet.

»Adresse!«

»Die weiß ich nicht«, jammerte Gúzman. »Das ist alles Jahre her. Sie könnten sogar bereits gestorben sein.«

Die Frau verband zwei Kabelbinder miteinander. »So schnell stirbt es sich nicht.« Dann legte sie ihm die lange Schlinge um den Hals. »Ich will die Adresse wissen. Und ich will die Namen von allen, die Sie betrogen haben.«

»Ich erinnere mich nicht.« Gúzman schüttelte verzweifelt den Kopf. Er konnte sich einfach nicht konzentrieren. Selbst wenn ihm die eine oder andere Familie noch einfallen sollte, würde das dieser Frau nicht genügen. Die Namen waren ihm damals egal gewesen. Alles, was gezählt hatte, war, dass diese Kinder nicht in deren marxistisch verseuchten Elternhäusern aufwuchsen. Zumindest war es zu Beginn so gewesen. Zudem hatte man keine Chance gehabt, sich dem zu widersetzen. Wer nicht für Franco war, war gegen ihn, und wer gegen ihn war, legte sich mit der katholischen Kirche an, die der echte Machtinhaber gewesen war. Die Kirche bildete das Herz des Franquismo, und nachdem der Verkauf der Säuglinge Geld in die leeren Kassen spülte, behielt man dieses lukrative Geschäft einfach bei. Die Kirche und deren Vertreter bestimmten, und wer sich zu wehren versuchte, wurde gnadenlos vernichtet oder zum Schweigen gebracht.

Gúzman erinnerte sich wirklich nicht mehr an die Namen. Auch nicht, als sie die Schlinge zuzog.

»Bald werden Sie keine Luft mehr zum Sprechen haben«, warnte sie ihn. »Jetzt reden Sie doch endlich.«

Gúzman suchte nach einem Ausweg, aber es gab keinen. Und im Grunde wusste er, dass er schon damals sein Leben verwirkt hatte. Sein letzter Gedanke galt den geraubten Kindern, die ihm hoffentlich irgendwann vergeben würden.

24

Adelheid überlegte erneut, ob sie mit ihrem Schwiegersohn über ihren Verdacht reden sollte, entschied sich jedoch dagegen, obwohl sie glaubte, die Frau auf dem Phantombild erkannt zu haben. Die Frau hieß ihrer Vermutung nach weder Marla noch Alba. Aber Toni war ein sturer Bock, wenn er von etwas überzeugt war. Unterstützung konnte sie von ihm daher nicht erwarten. Eigentlich von niemandem. Denn wie das endete, wenn sie um Hilfe bat, das hatte sie am eigenen Leib erfahren dürfen.

Es war damals ihre Entscheidung gewesen, und ob ihre Tochter und ihr Schwiegersohn ihre Beweggründe verstehen konnten oder nicht, interessierte sie nicht. Adelheid hatte seinerzeit das einzig Richtige getan. Sie hatte die Asche ihres Mannes aus dieser hässlichen Urne gestohlen und war mit ihm auf eine letzte Reise gegangen. Der Bestatter hatte das natürlich bemerkt und Strafanzeige gestellt, doch da war Adelheid längst unterwegs gewesen.

Das Urteil hatte sie damals gelassen entgegengenommen. Als ob es sie stören würde, in ihrem Alter eine Bewährungsstrafe zu bekommen. Ihre Tochter hatte getobt und sie für verrückt erklärt, bis sie sich Adelheids Beweggründe im Gerichtssaal erstmals anhören musste. Seither hatte Mel ihr verziehen, dass es kein Grab für ihren Vater gab, das sie besuchen konnte.

Aber Toni? Der hatte die genaue Gesetzeslage zitiert

und ihr angeraten, sich in Behandlung zu begeben, um mit dem Tod ihres Mannes fertigzuwerden. Dabei hatte sie längst abgeschlossen. Aus exakt diesem Grund hatte sie diese Reise doch unternommen.

Toni fand Adelheid schrullig. Vermutlich hatte er recht. Sie hielt sich nicht immer an die Regeln. Doch wie langweilig war denn das Leben, wenn man nur stur die Gesetze befolgte? Aber wie sollte sie das einem Polizisten erklären?

Dann hatte ihre Tochter beschlossen, nach Mallorca zu gehen. Und Adelheid war klar geworden, dass sie allein nicht mehr in dem großen Haus am Stadtrand von Hamburg wohnen bleiben wollte. Der Erlös aus dem Verkauf und ihr unverhoffter Spielgewinn hatten ihnen den Kauf dieser beiden Doppelhaushälften ermöglicht, obwohl die Immobilien auf Mallorca Preise in astronomischen Höhen erzielten. Adelheid wollte nach ihrem Mann nicht auch noch ihre Tochter verlieren. Obwohl es natürlich einen entscheidenden Unterschied gab: Mel war nur mit Toni nach Mallorca ausgewandert, ihr Mann jedoch war tot. Trotzdem waren beide nicht mehr bei ihr gewesen. Ein Umstand, den sie wenigstens bei ihrer Tochter hatte ändern können. Toni hatte sie zwar willkommen geheißen, aber er zweifelte dennoch ein wenig an ihrer Einschätzungsfähigkeit in bestimmten Situationen.

So wie in dieser. Er hatte seine Verdächtige und würde ihr nicht mal zuhören. Das Phantombild, das sie gesehen hatte, wies eine zu große Ähnlichkeit mit Emilia auf, als dass es nur bloßer Zufall hätte sein können. Und wenn Toni wegen anderer Zeugenaussagen eine Unschuldige ins Gefängnis brachte, war es an ihr, sich der Sache anzunehmen. Zumindest wollte sie ausschließen können, dass Emilia etwas mit der ganzen Sache zu tun hatte. Vorher würde sie keine Ruhe finden.

Adelheid klopfte an die Tür zur Küche. »Hey, Ricardo«, grüßte sie den Koch. »Wo steckt denn Emilia?«

»Sie müsste jeden Moment kommen«, erklärte Ricardo. »Wir haben für ein paar Tage die Arbeitszeiten flexibel eingerichtet.«

»Geht es Emilia nicht gut?«, fragte sie nach.

»Doch, warum fragst du?«

Adelheid lehnte sich an den Türrahmen. »Ach, nur so. Sie kommt mir gerade etwas abwesend vor.«

»Das ist sie auch«, gab Ricardo zu. »Aber jeder hat mal eine schlechte Phase. Vielleicht hat sie Liebeskummer«, mutmaßte er.

»Ja, möglich«, stimmte sie ihm zu, obwohl sie es besser wusste. Emilia war erst wenige Wochen auf der Insel und hatte keinen Freund. Und wenn sie ihre Gespräche Revue passieren ließ, hatte Emilia in dieser Zeit auch nicht wirklich Freundschaften geschlossen. Oder sie verschwieg es Adelheid zumindest, was genauso verdächtig war.

»Hallo«, erklang Emilias Stimme hinter ihr.

Adelheid drehte sich herum und starrte Emilia an. »Oh, eine neue Frisur?«, fragte sie. »Dein schönes Haar.«

»In der Hitze unter einer Mütze in der Küche zu schwitzen, war einfach unangenehm. Die Matte musste ab«, sagte Emilia leichthin. »Und da ich auf Mallorca ganz neu anfange, wollte ich das durch mein Aussehen noch unterstreichen.«

Adelheid vermutete einen ganz anderen Grund. Emilia hatte die Suche nach ihr mitbekommen und deshalb ihr Aussehen verändert. »Hast du Lust und Zeit auf eine Tasse Kaffee?« Sie wollte unbedingt mehr darüber erfahren.

Emilia verneinte. »Ich habe eine Freundin zu Besuch und erlaube mir einige Freistunden, die ich dann nacharbeiten muss. Und jetzt sollte ich das Abendessen vorbereiten. Sonst wirft mich Ricardo noch raus.«

Ricardo brummte: »Nicht, solange du deine Arbeit gut machst.«

»Trotzdem will ich nicht schuld sein«, lenkte Adelheid ein. »Nach dem Abendessen?«

Emilia verzog das Gesicht. Offenbar wollte sie ihr ausweichen.

»Ach komm, ich müsste etwas mit dir besprechen«, insistierte Adelheid.

»Also gut, ich bin so gegen sieben fertig«, gab Emilia nach.

»Prima, im *Hinteren Eck*?«, schlug Adelheid eine deutsche Kneipe vor. Sie wollte nicht riskieren, zu viele Zuhörer zu haben. Und die Residenten, die in den deutschen Lokalen in Santa Ponsa verkehrten, konnten kaum Spanisch. So wären sie vor unliebsamen Zuhörern geschützt. Wenn es dort zu voll war, könnten sie immer noch das Lokal wechseln. »Und Emilia, die neue Frisur steht dir ausgezeichnet.«

Drei Stunden später saß Adelheid in einer ruhigen Ecke des Lokals und hoffte, Emilia würde sie nicht versetzen. Als Adelheid kurz davor war zu gehen, entdeckte sie Emilia, die mit eiligen Schritten auf sie zukam. »Hat länger gedauert. Ich musste noch einiges fürs Frühstück vorbereiten.«

»Kein Problem«, beruhigte Adelheid sie. »Ist es hier okay für dich? Oder möchtest du lieber woanders hingehen?«

»Ich muss in fünfzehn Minuten los«, entschuldigte sich Emilia. »Also, was gibt es?«

Adelheid mochte es, wenn man direkt auf den Punkt kam. War das doch ein Umstand, der bei Spaniern eher ungewöhnlich war und meist sogar als unhöflich ausgelegt wurde. Normalerweise erkundigte man sich erst nach dem werten Befinden, dem der gesamten Familie, plauderte über das Wetter, den Verkehr, die Lokalität, bevor man anschließend eine gefühlte halbe Stunde später tatsächlich zum Thema kam. »Also gut. Dann komme ich besser gleich zur Sache«, begann Adelheid. »Ein Bier? Oder ein Kaffee?«

Emilia überlegte kurz. »Ein stilles Wasser.«

Adelheid bestellte bei der deutschen Bedienung, die das Wasser keine Minute später auf den Tisch stellte und sich zurückzog. Adelheid nippte an ihrer Cola und schloss kurz die Augen, um sich zu sammeln.

»Adelheid, bitte«, drängte Emilia.

»Okay, dann geradeheraus. Ich habe gestern im Fernsehen ein Phantombild gesehen, das dir exakt gleicht«, begann Adelheid.

»Ein Phantombild?«, wiederholte Emilia mit erstaunter Stimme.

»Und ich frage dich jetzt ohne Umschweife, kanntest du diese Nonne?«

»Welche Nonne?«

Adelheid bemerkte, wie Emilias linkes Augenlid zuckte. Sie wusste genau, wovon Adelheid sprach. »Und hast du dir deshalb eine neue Frisur zugelegt?«

»Weshalb?«

Adelheid blickte Emilia fest an. »Weil du was mit dem Tod dieser Nonne zu tun hast.«

»Bist du verrückt geworden?«, empörte sich Emilia. »Diesen Schwachsinn muss ich mir nicht anhören.« Mit diesen Worten sprang sie vom Tisch auf.

»Bleib«, bat Adelheid mit leiser Stimme. »Meine Tochter ist Anwältin, sie kann dir helfen. Ich meine es doch nur gut mit dir.«

Emilia stützte sich auf dem Tisch ab und beugte sich zu ihr hinunter. »Nur weil du ein Bild gesehen hast und ich mein Aussehen verändert habe, siehst du Gespenster?« Sie schüttelte den Kopf. »Du bist unglaublich! Wie langweilig kann einem Menschen nur sein, um anderen mit solchen Vorwürfen zu kommen? Such dir ein Hobby. Geh wieder zu den Alten, lies ihnen vor, aber lass mich mit deinen Räuberpistolen in Ruhe, verstanden?« Wütend funkelte Emilia sie an, bevor sie sich auf dem Absatz umdrehte und das Lokal verließ.

Adelheid legte einen Geldschein auf den Tisch und folgte ihr. Sie war gespannt, wohin Emilia gehen würde, nachdem sie ihr so zugesetzt hatte. Mit gebührendem Abstand folgte sie ihr zurück zum Altersheim. Dort stieg Emilia in einen Mietwagen. Adelheid erkannte den Aufkleber des Anbieters. Die Frau startete den Wagen und fuhr vom Hof. Adelheid verfluchte sich selbst. Wieso hatte Emilia plötzlich ein Fahrzeug? Nun konnte sie ihr nicht folgen. Alles war umsonst gewesen!

25

Toni schloss die Tür auf und wunderte sich nicht, zu dieser Uhrzeit allein zu Hause zu sein. Mel würde sicherlich noch in der Kanzlei an der Verteidigungsstrategie für Alba Ruíz Cabra sitzen und alle Möglichkeiten mit ihrem Chef José Ferrer durchgehen.

Auch wenn Toni gerne einfach die Beine hochgelegt hätte, entschied er sich, erst einmal zu kochen, um gut Wetter zu machen. Seine Kochkünste waren zwar auf Pastagerichte beschränkt, eigentlich sogar nur auf Spaghetti bolognese, aber eine vegetarische Pasta sollte jetzt auch kein Hexenwerk darstellen.

Mel würde sauer sein. Vermutlich sogar sehr sauer, weil er ihre Mandantin in Untersuchungshaft genommen hatte.

Toni holte sich ein Bier aus dem Kühlschrank und sah nach, was sich sonst darin befand. Mit dem wenigen, was darin war, würde er nichts anfangen können. Er gehörte nicht zu den Menschen, die aus einem fast leeren Kühlschrank ein leckeres Essen zaubern konnten. So entschied er sich für den italienischen Lieferservice und bestellte drei Portionen Rigatoni all'arrabbiata. Adelheid würde sich sicherlich ebenfalls darüber freuen, bei der Hitze nicht kochen zu müssen. Zudem ließ sich dieses Gericht gut aufwärmen.

Es war kurz vor sieben, als er hörte, wie der Schlüssel ins Schloss gesteckt wurde.

»Wow«, grüßte er seine Frau. »Du bist ja früh zu Hause.«

»Du auch. Und vermutlich bist du zufrieden mit dir und der Welt«, sagte seine Frau, schob sich an ihm vorbei, ohne ihm einen Begrüßungskuss zu geben. Ihre Aktentasche legte sie auf den gedeckten Esszimmertisch, ohne seine Mühe zu honorieren.

»Hey«, wiegelte er ab und zwinkerte ihr zu. »Ich habe immerhin für das Abendessen gesorgt.«

Ihr Blick fiel auf den gedeckten Tisch. »Und dafür, dass mir heute der Appetit gründlich vergangen ist.«

»Gib mir nicht die Schuld«, verteidigte er sich. »Ich kann nichts dafür, dass fast alle Zeugen deine Mandantin identifiziert haben.«

»Sie hat ein Kind und ist fest auf Mallorca verankert. Denkst du wirklich, sie würde sich aus dem Staub machen?«

»Das Kind ist ein Teenager mit Großeltern und einem Stiefvater«, entgegnete Toni und hielt ihr als Friedensangebot seine Flasche Bier hin.

Mel winkte ab und ging zum Kühlschrank, wo sie sich eine kalte Cola herausholte, öffnete und entgegen ihrer Gewohnheit direkt aus der Dose trank.

»Sie ist verdächtig in einem Mordfall. Ich musste sie in U-Haft nehmen.«

»So, musstest du«, wiederholte Mel und schleuderte ihre Pumps von den Füßen. Der Sarkasmus in ihrer Stimme war unüberhörbar. »Und weißt du, was du noch musst?«

Toni zog die Augenbrauen hoch. »Wollten wir nicht Berufliches und Privates trennen?«

»Wollten wir. Aber du wolltest dich auch um den Internetanschluss in meinem Büro kümmern, damit ich ein abschließbares Zimmer zum Arbeiten habe.«

Toni zuckte die Schultern. Er hatte zwar bei der Telefongesellschaft angerufen, das Thema dann jedoch nicht mehr verfolgt.

»Zudem wusste ich zu dem Zeitpunkt noch nicht, dass du eine Mutter aufgrund der Aussage von ein paar alten und kurzsichtigen Nonnen wegsperrst.«

»Du vergisst die Zeugin, die mit ihr in den Bergen war und bei der sie einen falschen Namen genannt hat.«

Mel funkelte ihn an.

»Versetz dich doch in meine Lage«, bat Toni. »Wir haben sechs eindeutige Zeugenaussagen. Wie hoch ist die Wahrscheinlichkeit, dass sich alle Frauen unabhängig voneinander irren?«

Mel zuckte mit den Schultern. »Wenn sie was zu verbergen haben, sehr hoch.«

Toni konnte die Denkweise seiner Frau nachvollziehen. Und das hätte passieren können, wenn die Nonnen Alba zuvor auf dem Gang gesehen und sich deshalb hätten absprechen können. Aber das war nicht der Fall gewesen. Zudem kam noch die Aussage von Luisa Cordalis hinzu. Er versuchte, es ihr zu erklären, doch Mel hörte gar nicht zu.

»Sie war es nicht«, beharrte sie. »Wir haben den ganzen Tag nichts anderes getan, als nach möglichen Berührungspunkten zu dieser Nonne und den anderen Fällen zu suchen. Und mit *wir* meine ich alle Mitarbeiter der Kanzlei.« Mel sah ihn eindringlich an. »Und weißt du, was? Es gibt keine.«

»Wenn sie es nicht war, wird sie in spätestens zwei Tagen wieder bei ihrer Familie sein.« Toni konnte in diesem Punkt nicht nachgeben. Nicht einmal Mel zuliebe. »Das Labor arbeitet mit Hochdruck daran. Vielleicht haben wir die Ergebnisse morgen früh schon vorliegen.« Toni zeigte auf den gedeckten Tisch. »Dann willst du also nicht mit mir essen?«

Mel zog die Stirn in Falten. Toni sah förmlich, wie es dahinter arbeitete. »Nein, und bis das geklärt ist, geh mir besser aus dem Weg. Und lass die Finger von meinen Unterlagen, verstanden?«

Entrüstet sog Toni die Luft ein, was Mel ein spitzbübisches Grinsen entlockte. Sie hatte den letzten Satz also nicht ernst gemeint.

»Es ist und bleibt ein Fehler, Alba in Haft zu nehmen. Du riskierst ihren guten Ruf. Du weißt, wie das läuft. Auch wenn sie nachweislich unschuldig ist, bleibt immer etwas Dreck kleben. Du hättest ihren Verlobten sehen sollen. Der Mistkerl fürchtet, durch die Sache Aufträge für seine Firma zu verlieren. Wie es Alba geht, hat ihn nur zweitrangig interessiert. Der Kerl ist ein Feigling. Er besucht sie noch nicht mal im Gefängnis.«

»Dann erkennt Alba das wenigstens noch vor ihrer Hochzeit«, sagte Toni, um die Situation etwas aufzulockern. »Das erspart ihr die Scheidung.«

Mels Augen verengten sich. »Das ist alles, was du dazu zu sagen hast? Du glaubst also, Alba mit der Verhaftung einen Gefallen getan zu haben?«

»Du weißt, wie ich das gemeint habe.« Tonis Versuch, die Lage zu entschärfen, war gründlich schiefgegangen.

Mel hob abwehrend die Hand, und Toni wusste, es war besser zu schweigen. »Hol dein Bettzeug. Ich muss arbeiten, und da mein Büro immer noch keinen Internetempfang hat, mache ich das im Schlafzimmer. Das kann ich wenigstens absperren. Bis alles vorbei ist, ist unser Schlafzimmer für dich Sperrzone, verstanden?«

»Du wirfst mich raus?« Toni starrte sie fassungslos an. »Das ist nicht dein Ernst.«

»Ich brauche einen abschließbaren Raum. Das war die Auflage meines Chefs, und du wusstest das.« Mit einem breiten Grinsen griff sie nach ihrer Aktentasche und stapfte ins Schlafzimmer.

Toni blieb sprachlos zurück. Nur weil die Telefónica ein

Leitungsproblem hatte und der WLAN-Verstärker nicht bis ins Büro ausreichte, sollte er auf dem Sofa schlafen?

Mel kehrte zurück. Vom Esszimmer aus beobachtete er, wie sie in der Küche den Deckel von der Aluschale abzog, sich ihre Portion auf einen Teller packte und das Essen in die Mikrowelle stellte. Anschließend kam sie gemächlich auf ihn zu. »Wir werden ja sehen, wer hier richtigliegt.« Dann küsste sie ihn auf die Nasenspitze.

Toni sah das Glitzern in Mels Augen. Ihre anfängliche Wut war in eine Art Wettkampfstimmung übergegangen. »Du bist verrückt.«

»Und du ignorant«, gab sie zurück.

»Ich kümmere mich darum, dass du in deinem Büro morgen einen funktionierenden Internetanschluss hast. Irgendein Techniker sollte das doch schaffen können.« Toni gab sich nicht so leicht geschlagen. »Und danach habe ich wieder freien Einzug in unser Ehebett.«

»Den hättest du trotz meiner Meinung auch heute Abend schon haben können, wenn du dich um den Anschluss gekümmert hättest. Das hast du nun davon.« Mel nahm den Teller aus der Mikrowelle, kontrollierte die Temperatur der Pasta und nickte zufrieden. »Und vielen Dank fürs Kochen.«

Toni sah auf den gedeckten Tisch. »Gern geschehen.« Er hoffte, der Fall würde nach dem DNS-Abgleich abgeschlossen sein. Dann kehrte endlich wieder Ruhe im Haus ein.

Mittwoch

26

Nach einer mehr oder minder schlaflosen Nacht fuhr Toni aufs Revier. Sein erster Anruf galt der Telefongesellschaft, die wie üblich versprach, sich in den kommenden Stunden bei ihm zu melden. Da er diese Ausflüchte kannte, rief er bei seinem Cousin an, der sich in Sachen Telefontechnik sehr gut auskannte. Im Grunde war nur ein Signalverstärker notwendig, um in Mels Homeoffice einen funktionierenden Internetzugang zu erhalten. Hätte Toni gewusst, was er genau dafür besorgen müsste, hätte er das längst getan. Die große Auswahl in dem Elektromarkt hatte ihn verwirrt. Auch das Personal hatte ihm nicht verbindlich zu einem der Geräte raten können. Also war er ohne ein passendes Gerät nach Hause gekommen. Und da er keinen zwingenden Grund gesehen hatte, weil Mel das Büro bisher nicht hatte benutzen müssen, war es auf seiner Liste der zu erledigenden Dinge ganz nach unten gerutscht.

Noch eine Nacht auf dem Sofa wollte Toni keinesfalls riskieren. Sein Cousin versprach, gegen zwanzig Uhr zu kommen und alles zu installieren, wobei selbst Toni wusste, dass man das Gerät nur einstecken und im WLAN das Passwort eingeben musste.

Nachdem das in Auftrag gegeben war, stellte er sich nachdenklich vor die Pinnwand und sah sich die bisherigen Ermittlungsergebnisse an. Er betrachtete die Tatortfotos, die Fotos der Zeugen und das Phantombild. Daneben pinnte eine Aufnahme von Alba Ruíz Cabra. Auch wenn Mel zweifelte, sie war es. Die Bilder wiesen nicht nur eine grobe Ähnlichkeit auf. Es schien, als hätte der Zeichner Albas Konterfei skizziert. Auch die Gegenüberstellung hatte keinen Zweifel zugelassen. Und Toni würde es seiner Frau beweisen, wenn er auch immer noch kein schlüssiges Motiv vorliegen hatte. Das mangelnde Motiv setzte ihm zu. Er musste trotz der Indizien etwas übersehen haben.

Catarina trat neben ihn. »Suchst du was?«

»Das Motiv«, murmelte Toni. »Bisher fehlt es.«

»Mach dich nicht verrückt«, meinte sie. »Sobald wir den DNS-Abgleich haben, wissen wir mehr.«

»Und wenn er nicht passt? Das Haar auf dem Habit der Nonne muss nicht zwingend vom Täter stammen.« Toni blickte in die Runde und wandte sich an sein Team. »Hat jemand von euch auch nur eine vage Idee, warum Alba diese Nonne die Treppen hinuntergestoßen haben könnte?«

Manuel trat zu ihnen an die Pinnwand. »Da sie im Kloster in Madrid die Akte ausgedünnt haben, wird es schwierig. Wir haben keine Ahnung, wo diese Frau tatsächlich tätig gewesen ist. Der ausgehändigten Akte nach sei sie nur in Madrid gewesen und nun nach Mallorca gekommen. Selbst der Grund für den Wechsel wird nicht angegeben.«

Bruno mischte sich in das Gespräch ein. »Die Ermittlungsakten aus Madrid weisen ebenfalls Löcher auf. Aber die Tote muss vor etwa vierzig Jahren auch auf Mallorca gewesen sein.«

Toni ging zu Bruno. »Wo steht das?«

»Hier«, zeigte Bruno auf einen Vermerk in der Akte. »Es ist nicht viel bekannt. Es gibt jedoch Hinweise, dass die Frau hier ebenfalls in privaten und öffentlichen Kliniken als Seelsorgerin gearbeitet hat.«

»Stehen auch Namen dabei?«, hakte David nach. »Das würde uns die Suche erleichtern. Ob die Privatkliniken, die es vor vierzig Jahren gegeben hat, überhaupt noch existieren, ist sowieso fraglich.«

Toni nickte. »Es bleibt uns also nichts weiter, als die Kliniken abzufragen. Vergesst auch nicht, dort nachzufragen, ob Alba Ruíz Cabra tatsächlich im Son Dameto geboren wurde. Und lasst euch die Unterlagen aushändigen. Ich sorge dafür, dass ihr die Beschlüsse vom Richter bekommt.« Im Türrahmen blieb er nochmals stehen. »Ach ja, checkt ebenfalls ab, ob ihr sonst über uns bekannte Namen stolpert. Die der Wanderfrauen beziehungsweise die Namen von Albas Eltern.«

Toni ging auf direktem Weg zu Anabel. Höflich klopfte er an, wobei er nicht darauf wartete, tatsächlich hereingebeten zu werden. »Guten Morgen, Anabel«, grüßte er.

»Du siehst scheiße aus«, kommentierte Anabel sein übermüdetes Aussehen.

»Tja, in meinem Alter steckt man wilde Nächte eben nicht mehr so einfach weg.«

Angewidert verzog Anabel das Gesicht und hob die Hand. »Ich will es gar nicht wissen.«

»Muy bien. Was hältst du davon, wenn wir Vergangenes vergangen sein lassen?« Toni sah sie bittend an. »Ich weiß, ich habe mich damals falsch verhalten, und es tut mir leid.«

»Was davon? Dass du Fällen ausgewichen bist, an denen ich mitgearbeitet habe?«

Toni legte kurz den Kopf in den Nacken. »Ich hätte dir alles erklären müssen. Aber ich war ein verliebter Trottel, der nicht wusste, wie er das seiner ...«, Toni hatte Bettgeschichte sagen wollen, besann sich jedoch, »... Freundin beibringen sollte.«

Anabels Mundwinkel zuckten.

»Es war feige, unsere Beziehung am Telefon zu beenden«, gab Toni zu. »Und es war feige, dir anschließend auszuweichen.«

»Ja, das war es.« Anabel genoss sichtlich, wie er sich wand. »Und Toni, es war nur eine Bettgeschichte. Das wissen wir beide«, wandte sie ein. »Trotzdem wäre ich gerne ein offenes und persönliches Gespräch wert gewesen. Wir hätten das mit einer letzten Nummer abschließen können.«

»Und genau das ging nicht.«

»Es gab also schon Treueschwüre«, zog Anabel ihn mit amüsiertem Gesichtsausdruck auf.

Abwehrend hob Toni die Hände. »Lass uns zu den Fakten kommen«, meinte er grinsend und brachte Anabel auf den neuesten Stand der Ermittlungen.

»Es wäre leichter gewesen, wenn ihr dieser Frau eine Haarprobe abgenommen hättet. Eine Haarstrukturanalyse ginge viel schneller. Es war zwar Follikelgewebe am Haar, das wir auf dem Habit der Nonne gefunden haben, doch daraus eine gute Probe zu ziehen dauert.«

Toni schnaubte auf. »Das ist mir klar, aber sie haben die Probe vom Habit der Toten nun über drei Tage.« Diese Zeit war mehr als ausreichend, um eine DNS zu erstellen. Albas Speichelprobe musste spätestens am frühen Nachmittag im Labor angekommen sein, und mit einer STR-Analyse müsste ein vorläufiges Ergebnis in wenigen Stunden vorliegen. Man musste den Leuten im Labor nur in den Hintern treten, damit sie nicht pünktlich Feierabend machten. »Anabel, die Abgabe der Speichelprobe war freiwillig. Wie hätten wir da noch verlangen können, ihr fünfzig Haare für eine erweiterte Probe auszureißen?« Toni konnte sich lebhaft vorstellen, wie Albas Anwälte reagiert hätten. Ihm war klar, wie schwierig und langwierig es war, aus einem einzelnen Haar eine DNS-Probe zu generieren. Und bei einer

Übereinstimmung der Proben auf Basis der STR würde es an ein Wunder grenzen, wenn die langwierigere Analyse der DNS ein anderes Ergebnis liefern würde.

Anabel griff zum Telefonhörer. »Na ja, besser, ich mache dort ein wenig Druck.«

Toni amüsierte sich darüber, wie Anabel den Jungs im Labor Feuer unter dem Hintern machte. Als sie auflegte, lächelte sie zufrieden. »Das vorläufige Ergebnis wird in zwei Stunden vorliegen. Sie wollten es genau halten, und das hätte länger gedauert.«

Toni nickte. »Vorläufig ist ausreichend. Wenn das übereinstimmt, können wir Alba bis zum endgültigen Ergebnis ohne schlechtes Gewissen in U-Haft behalten.«

»Du hast ein schlechtes Gewissen?«, fragte Anabel und zog die Stirn kraus. »Seit wann das denn?«

Seitdem Mel in den Fall verwickelt war und ihm die Hölle heißmachte. Doch das würde Toni niemals vor anderen zugeben. »Die Frau plant ihre Hochzeit und hat eine minderjährige Tochter.«

»Und sie ist die mutmaßliche Täterin in einem Tötungsdelikt«, führte Anabel weiter aus. »Also schieb deinen Hintern aus meinem Büro, und beweise ihre Schuld.«

27

Mel saß über den Akten zu ihrem Fall. Irgendwie kam sie nicht weiter. Es gab keine Verbindung zwischen dem Opfer und ihrer Mandantin. Das sollte auch Toni einleuchten. Vielleicht hätte sie ihn nicht aus dem Schlafzimmer verbannen sollen. Aber irgendwo musste sie ihre Unterlagen ja ausbreiten können und gleichzeitig der Recherche nachgehen.

José streckte den Kopf in ihr Büro. »Und? Irgendwelche Ideen?«

»Ich werde zu Albas Mutter fahren. Vielleicht gibt es ja doch etwas, das Alba nicht weiß und uns somit gar nicht mitteilen kann.« Mel schlug den Aktendeckel zu und stand auf. »Wenn wir nur jemanden finden könnten, der Alba an diesem Tag beim Joggen gesehen hat. Aber bisher gibt es niemanden.«

Das Klingeln ihres Handys ließ sie innehalten. Toni. »Ja?«, fragte sie unverbindlich.

»Es sieht schlecht aus für deine Mandantin«, begann Toni. Sie hörte an seiner Stimme, dass er sein Bedauern ernst meinte. »Sie muss das Opfer gekannt haben. Der erste Abgleich ist positiv. Die zweite Runde ist unter Hochdruck in Arbeit.«

»Keine Verunreinigung möglich?«, fragte Mel hoffnungsvoll.

Tonis kehliges Lachen drang durch den Hörer.

»Ist schon gut«, ruderte Mel zurück. »Wie hoch ist die Wahrscheinlichkeit, dass beim ausführlichen Abgleich ein anderes Ergebnis herauskommt?«

»Null Komma fünf Prozent«, antwortete Toni. »Alba war am Tatort. Sie hat dich angelogen.«

»Wir sind in dreißig Minuten bei ihr«, sagte Mel und legte auf, um José zu informieren.

»Ich fahre ins Gefängnis und du zu ihrer Mutter«, schlug José vor.

»Nein, ich will mitkommen. Im Anschluss kann ich immer noch ihre Mutter aufsuchen«, bat Mel ihren Chef.

»Gut, dann fahren wir zusammen«, bestimmte er. »Wobei wir im Moment nur hoffen können, dass Alba auspackt und wir eine Strategie für ihre Verteidigung entwerfen können.«

Im Untersuchungsgefängnis saßen sich Mel, José und Alba gegenüber. »Es ist Zeit für die Wahrheit«, begann Mel das Gespräch.

»Ich sage die Wahrheit«, beteuerte Alba.

»Und wie kommt deine DNS an den Habit der toten Nonne?« José ging nicht eben zartfühlend mit Alba um.

Mel legte ihre Hand auf Albas Arm. »Es wäre besser, wenn du uns sagst, was passiert ist«, versuchte sie es etwas behutsamer.

Alba schlug ihre Hände vor das Gesicht. »Warum glaubt mir nur niemand?«

»Weil alle Beweise gegen dich sprechen«, sagte Mel und sah sich in dem tristen Besucherraum um. »Willst du hier drinbleiben?«

Panik stand in Albas Augen. Energisch schüttelte sie den Kopf. »Natürlich nicht! Aber ich kann nichts sagen, was uns weiterhelfen könnte. Ich war nicht dort, und ich kenne die Frau nicht. Auch die anderen Frauen habe ich nie in meinem Leben gesehen.« In ihren Augen schimmerten Tränen. Ihre Verzweiflung schien echt. »Was kann ich tun?«

»Nichts. Wir suchen weiterhin nach Zeugen, die dich beim Joggen gesehen haben.« Mel lehnte sich zurück. »Mehr können wir im Moment nicht für dich tun. Bis zur Verhandlung wirst du hierbleiben müssen. Und du weißt, was das bedeutet.«

Es war allgemein bekannt, wie sehr die spanischen Gerichte überfordert waren. Eine Verhandlung würde erst in ein bis zwei Jahren stattfinden können. So lange säße Alba im Gefängnis fest. Kein Anwalt konnte hiergegen etwas unternehmen. Nach Ablauf von einem Jahr konnte man höchstens auf ein Verfahren drängen, doch auch das hatte nicht immer Aussicht auf Erfolg.

Albas Kopf sank auf die Tischplatte, und sie schluchzte herzzerreißend. »Ich habe nichts getan. Warum passiert das alles mit mir? Wenn das so weitergeht, verliere ich nicht nur meinen Job in der Baufirma, sondern auch noch meinen Mann! Xisco hat mich noch immer nicht besucht. Er lässt mir nur Grüße über meine Mutter ausrichten. Und die Hochzeit? Die platzt sowieso!«

Mel sah auf das vor ihr sitzende Häufchen Mensch und fragte sich ebenfalls, was hier vor sich ging. »Alba, ich muss dich das jetzt fragen. Warst du mal in psychiatrischer Behandlung?«

Albas Kopf schnellte hoch. »Wie bitte?«

»Ob du früher mal in einer Klinik warst?«, wiederholte Mel.

Alba lachte freudlos auf. »Warum wusste ich, dass das gegen mich verwendet werden würde?« Sie wischte sich die Tränen aus dem Gesicht. »Ich bin also verrückt, ja? Weiß nicht, was ich tue? Sucht man sich als Mutter keine Hilfe, weil man an einer Schwangerschaftsdepression leidet, ist man eine Rabenmutter. Und sucht man sich Hilfe, wird man abgestempelt. Man kann nur verlieren.«

Mel stieß heftig die Luft aus. Auch wenn Alba nur wegen einer Schwangerschaftsdepression in Behandlung gewesen war, würde die Staatsanwaltschaft das mit Sicherheit hervorkramen und gegen Alba verwenden. »Ich urteile nicht. Ich sammle nur Fakten«, versuchte Mel sie zu beruhigen. »Es wird aber zur Sprache kommen.«

José rieb sich am unrasierten Kinn. Er hatte wie Mel vergangene Nacht gearbeitet, und sie hatten mehrfach miteinander telefoniert. Trotzdem waren sie keinen Schritt vorangekommen. Und diese Nachricht warf sie noch weiter zurück. »Könntest du irgendwie in Kontakt mit der Toten gekommen sein, ohne es zu bemerken?«

Alba schloss die Augen und schüttelte den Kopf. »An einen Bus voller Nonnen könnte ich mich erinnern.«

»Wir werden weiterhin versuchen, dich auf Kaution freizubekommen«, sagte Mel, obwohl sie nicht daran glaubte, dass das angesichts des vorgeworfenen Delikts überhaupt eine Option war.

Da es nichts mehr zu besprechen gab, verließen José und Mel das Gefängnis. Am Empfang nahmen sie ihre persönlichen Sachen entgegen. »Ich fahre jetzt zu Albas Mutter.«

»Soll ich mitkommen?«, bot José an.

»Wenn es zu unseren anderen Fällen passt, ist es ein Frauenthema, und das bespricht man am besten unter Frauen«, wandte Mel ein.

»Du glaubst, es gibt auf diese Weise eine Verbindung?« Josés zweifelnder Blick sprach Bände.

»Vermutlich nicht«, erklärte Mel wahrheitsgemäß. »Aber ich bin verzweifelt. Und es ist unsere einzige Chance. Vielleicht hat Albas Mutter einfach nur vergessen wollen. Wie so viele.«

»Du verschwendest vermutlich deine Zeit«, sagte José. »Dennoch solltest du dem nachgehen. Wir dürfen nichts unbedacht lassen.«

Mel stieg in ihren Sportwagen und fuhr zu Albas Eltern.

Frau Cabra bat sie ins Wohnzimmer. »Mein Mann ist noch bei der Arbeit«, entschuldigte sie ihn.

»Das hatte ich gehofft«, wandte Mel ein. »Ich muss Ihnen einige Fragen stellen.«

»Ich habe keine Geheimnisse vor meinem Mann«, stellte Frau Cabra klar. »Kaffee?«

»Ein Wasser wäre großartig«, erwiderte Mel und nahm in dem angebotenen Sessel Platz.

»Bitte«, sagte sie, reichte ihr das Glas und setzte sich gegenüber auf das Sofa. »Wie sieht es aus?«

Mel redete nichts schön und kam direkt zur Sache. »Hatten Sie noch weitere Kinder?«

»Außer meinem Sohn und Alba?«, fragte Frau Cabra. »Nein.« Doch dann legte sich ein Schatten über ihre Augen.

Mel bemerkte es. »Sie hatten noch ein Kind.«

»Ja«, flüsterte Frau Cabra. »Eine Tochter. Aber sie ist tot.«

28

Emilia gab die Adresse von Candela Costa in ihr Navigationsgerät ein und fuhr los. Vielleicht war es Zeit, sich um die Hebamme zu kümmern. Der Weg führte sie auf die Autobahn Richtung Inca. Eine Gegend, die sie nur von der Fahrt ins Kloster Lluc kannte. Dennoch fand sie letztlich den Weg zu dem abgelegenen Haus zwischen den Ortschaften Lloseta und Alaró.

Es lag am Fuße des Tramuntanagebirges auf einem weitläufigen Gelände. Ein kleiner Feldweg schlängelte sich daran vorbei. Sie passierte das Grundstück, folgte dem staubigen Weg und hielt in dreihundert Metern Entfernung unter einem Baum. Emilia stieg aus und blieb im Schatten stehen.

Die Finca war wildromantisch, bis auf die gepflegten Abschnitte, die rund um das Haus verliefen. Mandel- und Zitronenbäume standen auf der trockenen Erde. In einem abgesperrten Bereich dösten zwei Esel unter einem Baum. Die Blätter waren bis weit nach oben abgefressen, spendeten aber immer noch Schatten.

Eine Frau trat aus dem Haus. Emilia schreckte zusammen. Die Frau bemerkte sie nicht. Aus dem Handschuhfach holte Emilia ihr Fernglas. Vom Alter her könnte es sich um die Krankenschwester handeln. Doch konnte sie sich sicher sein?

Trotz der Mittagssonne rupfte die Frau Unkraut aus der

Erde, bevor sie einige Tomaten erntete und die Früchte auf einen verblichenen Tisch auf der Terrasse legte.

Ein in die Jahre gekommener Kleinwagen stand vor dem Haus. Emilia beschlichen erste Zweifel. Der Altstadtpalast des Arztes zeigte dessen Vermögen. Das Haus, in dem die ehemalige Krankenschwester wohnte, erschien Emilia in keiner Weise luxuriös. Und sie musste mit den Verkäufen von Säuglingen doch eine beträchtliche Summe angehäuft haben. Vielleicht versteckte sie ihren Reichtum aber auch einfach nur geschickt.

Ein Blick auf die Uhr wies Emilia darauf hin, dass es Zeit war, zurück an die Arbeit zu gehen. Sie würde nach ihrer Schicht wiederkommen und dann entscheiden, wie sie mit Candela Costa verfahren wollte.

29

David Zapatero betrat Tonis Büro. »Wir haben einen neuen Fall«, sagte er mit ernster Miene. »Catarina bittet dich, ihr nach unten zu folgen.«

»Worum geht es?« Toni beschlich eine böse Vorahnung. »Sag nicht, es geht um Natalina Forteza oder Hugo Alonso.«

»Nein. Offenbar ein Drogenfund«, informierte David ihn. »Fällt ja auch in unsere Zuständigkeit.«

Toni nickte erleichtert und klappte den vorläufigen Abschlussbericht zum Tod der Nonne zu, den er sicherheitshalber nochmals durcharbeiten wollte. »Also gut. Ich komme.«

Toni eilte aus dem Büro und ging ins Erdgeschoss, wo er in bedrückte Gesichter blickte. Wegen ein paar Drogen schienen ihm die ernsten Mienen ein wenig übertrieben. »Habt ihr die Drogen in einer Leiche entdeckt, oder warum zieht ihr so ein Gesicht?«

»Auf einem Spielplatz«, sagte ein Kollege, den Toni noch nicht kannte. »Deine Jungs meinten, du solltest dir das selbst ansehen.«

»Wo wurde das gefunden?«

»Ein älterer Herr kam nach einem Barbesuch am Spielplatz an der Plaza de Santa Elisabet vorbei.« Der Kollege presste seine Lippen zusammen, und in seinen Augen schimmerte es feucht, als wäre er gegen etwas im Raum allergisch. »Ein anderer Mann warf einige schwarze Säckchen in einen der Mülleimer und hat sich auffällig umgesehen, bevor er sich davongemacht hat.«

»Und?«

»Der ältere Herr vermutete, dass es sich um einen Drogendeal handelte, ging zum Mülleimer und fischte die schwarzen Säckchen heraus. Zwanzig an der Zahl.« Tonis Kollege zeigte auf den Tisch. »Er wollte verhindern, dass spielende Kinder an die Päckchen kommen, und hat sie deshalb zu uns gebracht.«

Toni sah zu Catarina, die ihn ebenfalls ernst anblickte. »Wir haben den Kerl, der die Tüten in den Müll geworfen hat. Er sitzt im Nebenzimmer.«

»Bueno«, meinte Toni, näherte sich den Päckchen und nahm eines in die Hand, um es zu untersuchen. Er drückte das Säckchen zusammen. Es gab nach. »Dann wollen wir mal nachsehen.«

»Eben. Das ist Chefsache«, stimmte ihm Catarina zu. Ihre Stimme klang merkwürdig.

Toni breitete eine Folie auf dem Tisch aus und öffnete behutsam das Paket. Entsetzt machte er einen Satz zurück.

»Heilige Scheiße«, entrutschte es ihm. Vor ihm lag ein Hundehaufen von beachtlicher Größe.

Alle Anwesenden lachten lauthals los.

Catarina trat lachend auf ihn zu. »Wir dachten, du sollst auch etwas davon abhaben.«

David grinste ihn an. »War gar nicht so einfach, ernst zu bleiben.«

»Was macht die Scheiße hier?«, fragte Toni und sah von Catarina zu den anderen anwesenden Kollegen.

»Der Rest der Geschichte stimmt«, erklärte Catarina. »Der Rentner hielt es für einen Drogenfund. Dabei war es nur ein besorgter Vater, der seine Tochter nicht zwischen all den Hundehaufen spielen lassen wollte und sie deshalb aufgesammelt hat. Das hat der Rentner falsch verstanden.

Er zog sie mit anderen Hundehaufen aus dem Müll, brachte sie zu uns, und da der Vater noch auf dem Spielplatz war, wurde er von einigen Kollegen aufs Revier gebracht. In der Zwischenzeit hatten wir aber schon entdeckt, um welchen Fund es sich gehandelt hat. Der Vater ist natürlich nicht mehr hier. Und dem Rentner war seine Aktion unendlich peinlich.«

Toni grinste breit und verdrehte die Augen. »Und ihr habt nichts Besseres zu tun, als andere Leute von der Arbeit abzuhalten?«

»Im Moment nicht«, sagte Bruno, der hinter ihm aufgetaucht war. »Ist übrigens meine Schuld«, gestand er.

Toni zeigte auf die schwarzen Plastiksäckchen. »Dafür gehst du jetzt los und verteilst an die Hundebesitzer Strafzettel, verstanden?« Er hatte alle Mühe, ein finsteres Gesicht zu ziehen. »Etwas Bewegung an der frischen Luft wird auch deinem Blutdruck guttun.«

Bruno sah ihn entsetzt an. »Das ist nicht dein Ernst«, beschwerte er sich. »Das war doch nur ein harmloser Scherz. Dein Einstand sozusagen.«

Im Raum wurde es ruhig. Toni kostete diesen Moment noch ein wenig aus, bevor er losprustete. »Damit sind wir wohl quitt, was harmlose Scherze angeht.« Er klopfte Bruno versöhnlich auf die Schulter. »Lasst das Zeug verschwinden. Und heute Abend gehen wir alle auf ein Bier um die Ecke, einverstanden?«

Toni saß kaum fünf Minuten am Schreibtisch, als ihm ein Anruf durchgestellt wurde. »Chef«, meldete sich der Kerl vom Dauerdienst, den er zuvor kennengelernt hatte. »Wir haben einen Mord.« Er nannte ihm die Adresse und sagte, die Gerichtsmedizin sei auch schon verständigt und auf dem Weg dorthin. »Kein Scherz«, fügte er noch hinzu. »Ich denke, das mit der fröhlichen Bierrunde wird wohl nichts werden.«

Da er bisher mit Catarina ausgezeichnet zusammengearbeitet hatte, bat er sie, mit ihm zu kommen. »Und ihr haltet euch bereit. Habt ihr den Namen des Opfers?«

»Ein Doktor Gúzman«, bestätigte Pedro.

»Dann durchleuchte seinen Hintergrund«, forderte er. »Und lass dir von Manuel helfen.« Toni war von der Recherchearbeit seines jüngsten Kollegen begeistert. Wie schnell er Hintergrundinformationen zusammenstellte, hatte ihn bereits bei der Suche nach den Daten der Wanderfrauen beeindruckt.

Der Tatort lag nur wenige Straßen vom Revier entfernt. Toni betrat das bereits vor neugierigen Blicken abgesperrte Haus. Die Mannschaft vom Erkennungsdienst war schon vor Ort. Toni zeigte seine Marke und wurde, ohne zu zögern, durchgelassen. »In der Küche.« Der Mann in dem weißen Schutzanzug sah ihn eindringlich an. »Und macht mir nicht den Tatort kaputt, verstanden?«

Toni warf ihm einen vernichtenden Blick zu, verkniff sich jedoch jeglichen Kommentar und zog sich vorschriftsmäßig die bereitliegenden Plastikfüßlinge an.

In der Küche trafen sie auf Jaume. Der betagte Gerichtsmediziner stand leicht gebeugt über der männlichen Leiche. Der Tote war mit Händen und Füßen an einen Küchenstuhl gefesselt. Toni sah sich nach weiteren Kabelbindern um. Einer lag zerschnitten neben dem hinteren Stuhlbein.

»Hast du schon was für uns?«, fragte er nach einem knappen Gruß.

»Männlich, zweiundachtzig, tot«, entgegnete Jaume. »Mehr kann ich noch nicht sagen.«

»Wie lange schon?«

»Seit etwa vierundzwanzig Stunden, wobei ich das erst prüfen muss«, sagte Jaume, ohne zu ihm aufzusehen.

Toni sah sich in der Küche um, sie war penibel aufgeräumt. Nur das Blutdruckmessegerät auf dem Boden am Eingang der Küche war auffällig. Ein gefülltes Wasserglas stand auf dem Küchentisch. Für den Mann unerreichbar. Kein gewaltsames Eindringen, kein Kampf. Der Tote musste seinen Mörder gekannt haben. Zumindest hatte er ihn unbedarft ins Haus gelassen.

Er wandte sich an die Spurensicherung. »Ich habe an der Eingangstür keine Einbruchspuren entdeckt. Gibt es sonst welche?«

»Nichts«, sagte eine Toni noch unbekannte Frau aus dem Team der Spurensicherung. Sie trug ebenfalls einen der weißen Anzüge, was die Zuordnung der Abteilung leicht machte.

Catarina öffnete die Spülmaschine. Mehr als etwas Frühstücksgeschirr befand sich nicht darin. Der Mann schien allein gewohnt zu haben. Zwei Einkaufstüten lagen auf der Küchentheke. Unberührt, wie es schien.

Da in der Küche, bis auf die Leiche, nichts Ungewöhnliches zu entdecken war, sah sich Toni im Wohnzimmer um. Dort war ebenfalls alles ordentlich aufgeräumt. Einige gerahmte Fotos standen auf einem Regal. Die Grünpflanzen wirkten gut gepflegt. »Gibt es eine Ehefrau?«

Catarina telefonierte bereits mit dem Team. »Er ist seit zehn Jahren Witwer. Sein Sohn lebt auf dem Festland. Keine weiteren Verwandten auf Mallorca.«

»Und wer hat ihn dann gefunden?«, wollte Toni wissen.

Ein Polizist der Policía Local stand im Flur und zeigte hinaus auf einen der Streifenwagen. »Die Putzfrau. Sie sitzt in meinem Streifenwagen. Soll ich Sie zu ihr bringen?«

»Danke«, sagte Toni. »Lass Jaume nicht ohne einen kurzen Bericht gehen, ja?«, wandte er sich an Catarina.

Die Frau im Streifenwagen schien völlig aufgelöst. Ihr

Gesicht war tränenüberströmt, und sie starrte auf einen Punkt auf dem Asphalt. Toni stellte sich vor. »Und Sie sind?«

Sie nannte ihren Namen. »Ich putze seit über zwanzig Jahren bei Doktor Gúzman und komme dreimal die Woche.« Als sie erneut schniefte, reichte ihr Toni ein Taschentuch. »Er war ein feiner Mensch. Immer korrekt. Immer freundlich. Wer tut nur so etwas Schreckliches?«

»Genau das wollen wir herausfinden. Ist Ihnen aufgefallen, ob etwas im Haus fehlt?«, fragte Toni.

»Ich habe nicht nachgesehen«, antwortete die Frau.

»Würden Sie das anschließend bitte noch tun?« Toni ging in die Hocke, um mit der Frau auf gleicher Höhe zu sein. »Gab es einen Tresor? Wertgegenstände?«

Die Frau nickte. »Ein wenig Schmuck. Außer er hat ihn nach dem Tod seiner Frau verkauft. Doch das glaube ich nicht.«

»Wo ist der Tresor?«, fragte Toni.

»Hinter dem Wandteppich im Wohnzimmer.« Lautstark putzte sie sich die Nase.

»Ich komme gleich wieder zu Ihnen«, sagte Toni und nickte einem Kollegen zu, der sich um die Frau in der Zwischenzeit kümmern sollte.

Wieder im Haus, zog er einen Mitarbeiter der Spurensicherung mit ins Wohnzimmer und zeigte auf den Wandteppich. »Dort ist der Tresor.«

Sofort machte der Mann sich an die Arbeit. Behutsam schob er den Teppich beiseite und überprüfte den Tresor. Er war verschlossen. »Ich werde die Fingerabdrücke überprüfen lassen. Es sieht aber nicht so aus, als wäre es um den Inhalt gegangen.«

»Toni?«, rief Catarina.

Er folgte ihrer Stimme. Jaume stand neben ihr. Er war im Begriff, den Tatort zu verlassen. Toni sah ihn fragend an.

»Er ist vermutlich erstickt«, sagte Jaume. »Den Druckstellen nach bekam er einen Kabelbinder um den Hals. Den hätte ein dreijähriges Kind zuziehen können. Als er dann zu ersticken drohte, schnitt man das Kabel durch.« Jaume fasste sich an den Hals und zeigte unter sein rechtes Ohr. »An der Stelle hat er eine Schnittwunde. Den Rest kann ich erst später sagen.«

»Wurde er misshandelt?«, wollte Toni wissen.

»Wenn dir der Kabelbinder um den Hals nicht reicht ...« Jaume sah ihn missbilligend an. »Es ist eher unschön, wenn man den langsam zuzieht und einem die Luft abschnürt.«

Entschuldigend hob Toni die Hände. »Ich meine, bis auf das Offensichtliche.«

»Seine rechte Wange ist geschwollen. Er wurde offenbar geohrfeigt«, erklärte Jaume. »Mehr kann ich im Moment noch nicht sagen. Aber wir stehen auch noch ganz am Anfang.«

Toni bedankte sich beim Gerichtsmediziner und ging zum Leiter der Spurensicherung. »Was haben wir?«

»Nicht viel bisher. Keine Einbruchspuren. Das Wasserglas auf dem Küchentisch. Die Kabelbinder, doch die sind handelsüblich, also unauffällig. Und was die Fingerabdrücke angeht, da werden wir noch einige Zeit beschäftigt sein.«

»Macht, so schnell ihr könnt, ja?« Toni nickte aufmunternd und verließ das Haus.

Immer mehr Schaulustige versammelten sich hinter dem Absperrband. Tonis Blick blieb an einer Frau hängen. Carmen Santana. Er ging auf sie zu. »Was machen Sie denn hier? Sind Sie gar nicht bei der Arbeit?«

»Schichtdienst. Ist ja normal in der Gastronomie. Ich war auf dem Weg zu meiner Freundin. Sie wohnt um die Ecke. Was ist denn geschehen?« Carmen Santana sah ihn mit einer Mischung aus Neugierde und Überraschung an.

»Es gab einen Todesfall«, sagte Toni.

»Wie fürchterlich«, kommentierte sie.

»Kannten Sie den Mann?«

»Ich kenne hier niemanden«, beantwortete sie seine Frage. »Meine Freundin ist vor zwei Wochen in diese Ecke gezogen. Zu ihr wollte ich eigentlich, bis ich hier an der Absperrung gestoppt wurde.« Carmen Santana zog die Stirn kraus. »Und Sie haben Marla gefunden? Luisa erzählte mir davon.«

»Ich denke, ja.«

»Warum …«, begann Carmen Santana.

»Tut mir leid. Die Ermittlungen laufen noch.« Toni wandte sich ab, also schloss sie wieder den Mund. Er hatte keine Zeit, weiter die Fragen dieser Frau zu beantworten. Es gab Wichtigeres zu klären. »Ich habe zu tun«, verabschiedete er sich.

Ein Journalist stand mit der Kamera im Anschlag vor ihm. »Können Sie etwas zum Mord an Doktor Gúzman sagen?«

»Ja«, erwiderte Toni und sah in das hoffnungsvolle Gesicht des Reporters. »Melden Sie sich bei unserer Pressestelle.«

Catarina folgte ihm zur Putzfrau.

»Haben Sie mit dem Mann dort gesprochen?«, fragte Toni die Frau.

Sie nickte.

Er wandte sich an Catarina. »Kennst du den Trottel?« Er zeigte auf den Polizisten, dem er aufgetragen hatte, auf die Putzfrau zu achten.

Catarina verneinte, bevor Toni zu dem jungen Kollegen ging und ihm ordentlich den Kopf zurechtrückte. Durch dessen Unachtsamkeit würde der Name des Opfers innerhalb von wenigen Minuten durch die Medien gehen. Etwas, das nicht passieren durfte. Der Tod eines Angehörigen war immer tragisch, es aber durch die Medien erfahren zu müssen, zog den Hinterbliebenen unvorbereitet den Boden unter den Füßen weg. Den Journalisten war das jedoch gleichgültig. Hauptsache, sie hatten ihre Story. Es wäre zwar nur eine Frage der Zeit gewesen, bis einer der Nachbarn die Identität des Toten verriet, aber die wenige Zeit hätte vermutlich ausgereicht, um wenigstens den Sohn des Arztes über dessen Tod zu unterrichten.

30

Das Abendessen im Seniorenheim war vorbei, die Küche aufgeräumt, und Emilia konnte endlich verschwinden. Um Adelheid nirgendwo zu begegnen, schlich sie sich durch den Hinterausgang hinaus, auch wenn der Weg zu ihrem Wagen bedeutend weiter war. Nachdem Adelheid sie auf ihre neue Frisur angesprochen und sie sogar verdächtigt hatte, mit dem Tod der Nonne etwas zu tun zu haben, ging sie der Frau besser aus dem Weg. Emilia schien, als würde Adelheid ihre Gedanken lesen können. Wie schnell sie richtig kombiniert hatte, war unglaublich. Adelheid meinte es gut, das war Emilia klar, sonst hätte sie ihr keine Hilfe angeboten. Dennoch fürchtete Emilia, dass Adelheid nicht einfach so aufgeben würde. Das lag nicht in ihrem Naturell. Wenn sich diese alte Frau auf etwas eingeschossen hatte, ließ sie nicht locker, bis sie die Wahrheit erfuhr. Das hatte Emilia mehrfach beobachten können. Vor etwa vier Wochen hatte sich Adelheid auf die Lauer gelegt, um einem Dieb das Handwerk zu legen. Der Enkel einer Heimbewohnerin hatte mehrere Senioren bestohlen, und die Polizei nahm zwar die Fälle auf, unternahm aber nichts, um weitere Diebstähle zu unterbinden. Also hatte sich Adelheid dazu berufen gefühlt, dem Spiel ein Ende zu bereiten. Mit Erfolg. Und jetzt schien sich die Frau auf sie eingeschossen zu haben. Es war nur vernünftig, ihr auszuweichen.

Auf dem Weg zu ihrem Auto begegnete Emilia keiner

Menschenseele. Schnell schlüpfte sie auf den Fahrersitz, startete den Motor und fuhr vom Parkplatz. Im Rückspiegel sah sie Adelheid auf dem Hof stehen. Die Hände in die Hüften gestemmt, starrte sie ihr nach. »Pech gehabt«, flüsterte sie und bog auf die Hauptstraße ein.

Dreißig Minuten später stand Emilia wieder vor der Finca, die diese ehemalige Krankenschwester bewohnte. Emilia beobachtete, wie die Frau ihre Esel fütterte. Die Neunuhrnachrichten liefen gerade im Radio. Der Moderator berichtete, dass der pensionierte Doktor Pedro Gúzman tot in dessen Haus aufgefunden worden war. Offensichtlich handelte es sich um ein Kapitalverbrechen. Die Polizei hielt sich wegen der laufenden Ermittlungen mit Details zurück.

Versteinert saß Emilia auf dem Fahrersitz. Sie hatte mit der Nonne gesprochen, kurz darauf war sie tot gewesen. Und nun war Doktor Gúzman ermordet worden. Wer hatte von seiner Beteiligung gewusst? War noch jemand auf der gleichen Fährte?

Nur wenige Sekunden später hegte Emilia keinen Zweifel mehr daran. Sie musste handeln. Schnell.

Emilia startete den Motor und fuhr gemächlich vor das Einfahrtstor der Finca. Dort stellte sie das Fahrzeug ab. Ihr Handy schaltete sie aus. Nicht auszudenken, wenn es plötzlich klingeln und dadurch ihren Plan durchkreuzen sollte.

»Hallo?«, rief Emilia. »Ist jemand zu Hause?«

Die Frau kam hinter dem Haus hervor. »Ja? Wollen Sie zu mir?«

Emilia lächelte entschuldigend. »Mein Wagen spielt verrückt. Die Öllampe leuchtet, obwohl ich ihn eben erst abgeholt habe. Zu allem Unglück habe ich mein Handy zu Hause vergessen. Dürfte ich wohl Ihr Telefon benutzen, um einen Abschleppwagen zu rufen?«

Die Frau kam auf sie zu. Ihre Jeans waren schmutzig, ebenso ihre Hände. Sie wischte sich die Handflächen an der Hose ab. Aus der Hosentasche lugten Kabelbinder hervor.

»Ich heiße Emilia«, stellte sie sich vor und streckte die Hand durch den Zaun. »Entschuldigen Sie die Störung.«

»Ach was, ich habe nur die Bougainvillea am Haus in Form gebracht. Wenn man sie wild wachsen lässt, wuchern die Zweige in alle Richtungen. Man muss sie befestigen, damit sie so wachsen, wie man es haben will.« Die Frau strich sich durch das ergraute Haar. »Ach, was rede ich denn da. Candela«, nannte sie jetzt ebenfalls ihren Namen und ergriff Emilias Hand. Nach einer eingehenden Musterung öffnete sie das Tor und ließ Emilia eintreten. »Kommen Sie doch mit auf die Terrasse«, bat sie Emilia, ihr zu folgen. »Ich bringe Ihnen das Telefon.«

Erleichtert folgte sie Candela Costa. Emilia hatte sich nicht im Haus getäuscht. Sie stand tatsächlich der ehemaligen Krankenschwester gegenüber. Und sie drehte ihr den Rücken zu, da sie zum Hauseingang voranging.

Unsicher blickte Emilia sich um. Die Nachbarhäuser waren weit entfernt. Niemand war zu sehen. Sie fasste all ihren Mut zusammen, zog das Filetiermesser, das sie eigentlich hatte schärfen lassen wollen, aus ihrer Handtasche, trat schnell hinter die Frau und hielt es ihr an die Kehle. »Wenn Sie ruhig bleiben, passiert Ihnen nichts. Ich will nur mit Ihnen reden.«

Augenblicklich versteifte sich der Körper von Candela Costa.

Emilia trieb sie ins Haus. »Setzen Sie sich«, befahl sie. Ihr Blick fiel auf die Kabelbinder in Candelas Hosentasche. Auf so eine Situation war sie nicht vorbereitet gewesen. »Auf den Boden. Drüben beim Heizkörper.« Candela ließ sich widerstandslos auf dem Boden nieder. »Und jetzt fesseln Sie sich selbst an das Heizungsrohr.« Mit einer nachträglich installierten Heizung hätte sie in diesem Haus gar nicht gerechnet.

»Was wollen Sie?«, fragte Candela ängstlich. »Geld?« Trotz ihrer Fragen befestigte sie einen Kabelbinder an der linken Hand und fesselte sich mit einem weiteren an das Rohr.

»Nein«, erklärte Emilia. »Ich will Namen.«

Aus Candelas Gesicht wich jegliche Farbe. »O mein Gott«, flüsterte sie. »Sie haben Schwester Beate und Doktor Gúzman getötet. Und nun …« Die letzten Worte verschluckte sie.

Emilia ließ sie in dem Glauben. »Sie kennen die Namen der geraubten Kinder und deren Familien.« Dann nannte sie ihr ihren Namen, ihr Geburtsdatum und den Geburtsort. »Ich denke, Sie erinnern sich an mich.«

Candelas Gesicht versteinerte.

»Gut. Und Sie erinnern sich sicherlich auch an Luisa Cordalis, Valeria Luengo, Carmen Santana, Sara Alfaro, Marina Sola und all die anderen.« Emilia setzte sich ebenfalls auf den Boden. Das Messer hielt sie nach wie vor drohend in der Hand.

Candela schüttelte den Kopf.

Emilia lachte bitter. »Sie lügen.« Es würde wohl länger dauern, bis die Krankenschwester verstand, dass sie ohne die Namen nicht gehen würde. »Schwester Beate hat mir alles gesagt.«

Nervös leckte sich Candela über die Lippen. Ihre Augenlider zuckten. »Sie werden mich töten, sobald ich Ihnen die Unterlagen gegeben habe.«

Es gab Unterlagen? Emilia ließ sich ihre Überraschung nicht anmerken. Oder sprach sie gar von dem ominösen Heft der toten Schwester Beate? »Nein, das werde ich nicht.«

»Natürlich werden Sie das. Ich habe Ihr Gesicht gesehen und kenne Ihren Namen. Sobald Sie haben, was Sie wollen, bin ich nur noch eine lästige Zeugin.«

»Eine, die ich vor Gericht bringen werde«, versuchte Emilia, sie von ihren Absichten zu überzeugen.

»Haben Sie das auch Schwester Beate und Doktor Gúzman gesagt, bevor Sie sie getötet haben?«

Emilia kroch auf Candela zu. Die Frau drehte ängstlich den Kopf weg, schloss die Augen und zitterte am ganzen Leib. Emilia wollte ihr nichts antun, aber sie würde sie hier festhalten, bis sie sich kooperativ zeigte. Egal, wie lange das dauern sollte. Emilia holte einen Stuhl und ließ Candela darauf Platz nehmen. Dann zog sie Candela die Kabelbinder aus der Hosentasche und fesselte auch deren rechte Hand hinter ihrem Rücken an das Rohr. Die beiden Hände verband sie mit einem weiteren Kabelbinder. Die Dinger erwiesen sich als überaus praktisch. Emilia trug nichts bei sich, mit dem sie die Frau hätte fesseln können. Schließlich hatte sie das Haus an diesem Tag nur beobachten wollen. Doch irgendjemand wusste von der Verbindung zwischen der Nonne, dem Arzt und vermutlich auch zu dieser Krankenschwester. Die Nonne war tot. Der Arzt ebenfalls. Und Emilia blieb keine andere Wahl, als schnell zu handeln, wenn sie an Informationen kommen wollte.

Das Klingeln des Telefons ließ Emilia aufschrecken. Sie stand auf, sah sich um und entdeckte ein Geschirrtuch, das achtlos auf dem Wohnzimmertisch lag. Sie knüllte es zusammen und zwang es Candela in den Mund. »Wenn du einen Mucks machst, bist du tot«, drohte sie ihr. Es kostete sie Überwindung, hart und bedrohlich zu klingen. Überraschenderweise gelang es ihr gut.

»Hallo?«, meldete sich Emilia an dem Anschluss von Candela. Ein Elektriker wollte den Termin am kommenden Tag bestätigen. »Oh, das tut mir leid. Candela ist verreist. Sie wird erst in zwei Wochen wieder zurück sein. Kann ich ihr etwas ausrichten? Ich wohne in der Zeit hier und kümmere mich um alles.« Emilia hörte, wie der Handwerker zögerte und dann versicherte, es sei nicht weiter wichtig. Candela solle sich einfach melden, wenn sie wieder zurück sei.

Candela starrte sie fassungslos an.

»So, das Spiel können wir beliebig weitertreiben.« Sie zog der Krankenschwester den Knebel aus dem Mund. »Werden Sie mit mir reden?«

Candela schüttelte den Kopf. Tränen standen in ihren Augen.

»Ach, jetzt weinst du? Und was war damals? Da hat dich die Verzweiflung der Familien nicht gekümmert.«

»Das stimmt nicht«, widersprach Candela. »Ich konnte nichts tun. Ich hatte keine Wahl.«

Wut stieg in Emilia auf. »Keine Wahl also ...« Sie betrachtete die Hände der Frau. »Kein Ehemann«, stellte sie fest. »Hast du Kinder?«

Candela schüttelte den Kopf.

»Sagst du auch die Wahrheit? Es wäre schade, wenn wir hier überrascht würden und ich etwas Unüberlegtes tun müsste.« Emilia suchte in den Augen der Frau nach einer Antwort.

»Es war uns nicht vergönnt«, sagte Candela.

»Gut. Eine Frau wie du sollte auch keine Kinder haben.« Emilia überlegte, was sie tun sollte, und fasste einen Entschluss. »Du hast die Wahl. Ich gebe dir Zeit bis morgen früh. Dann komme ich wieder. Und es wäre gut für dich, wenn du mir dann die Unterlagen gibst.« Sie machte sich auf die Suche nach einem Klebeband. Unter der Spüle in der Küche fand sie eine Rolle. Candela hatte sich in der ganzen Zeit nicht bewegt. Emilia nahm das Küchentuch in die Hand. »Ich werde jetzt den Knebel fixieren.«

»Bitte nicht«, flehte Candela sie an.

»Es ist deine Entscheidung.«

Für einen Moment dachte Emilia, sie hätte die Frau so weit. Doch dann veränderte sich der Ausdruck in Candelas Augen. »Gut, wie du willst.« Emilia drückte Candela das Tuch in den Mund und wickelte das Klebeband um ihren Kopf, damit sie den Knebel nicht ausspucken konnte. »Ich komme morgen wieder.« Mit den hinter dem Rücken gefesselten Händen konnte sie sich keinesfalls befreien. Dazu hatte sie die Kabelbinder zu gut am Heizungsrohr befestigt.

Candela begann zu wimmern.

Emilia beugte sich zu ihr und sah ihr ins Gesicht. »Du hast die Wahl.«

Candela schloss die Augen, was Emilia als Weigerung wertete. Sie ging durchs Haus, kramte in den Schubladen, doch sie fand nichts, was ihr hätte nützlich sein können. Um den Eindruck von Abwesenheit herzustellen, schloss sie von innen die Fensterläden und sperrte nach einem letzten Blick auf Candela die Haustür ab. Ein paar Stunden intensiven Nachdenkens würden Candela mit Sicherheit guttun.

31

Als Mel zu Hause ankam, wartete ihre Mutter auf sie. »Wenn ihr jemanden bestellt, sagt mir künftig Bescheid, ja?«

»Was meinst du?«, fragte Mel, die niemanden hatte kommen lassen.

»Ich habe mir den Ausweis genau angesehen und den Kerl, der sich als Tonis Cousin ausgab, nicht aus den Augen gelassen«, führte Adelheid weiter aus. »Er sollte wohl in deinem Büro für Internet sorgen.«

»Ach das. Das muss Toni veranlasst haben«, mutmaßte Mel. »Und? Geht es?« Sie ging direkt ins Büro. Ihre Mutter folgte ihr.

»Er sagt Ja.« Sie reichte Mel einen Zettel. »Das ist das Passwort.«

Mel klappte ihren Laptop auf und klickte auf das Verbindungsfenster für das WLAN. Es zeigte ihr eine neue Funkverbindung an. Sie öffnete das Fenster, gab das Passwort ein und startete ihren Internetbrowser. Ihre Standardseite ploppte auf. »Es klappt alles«, sagte Mel erfreut. »Was hat Tonis Cousin gemacht?«

»Nur ein Kästchen am Router angebracht und dann diesen Repeater eingesteckt«, erklärte Adelheid und deutete auf einen kompakten Signalverstärker.

»Dann kann ich Toni ja wieder ins Schlafzimmer lassen, obwohl er den Termin mit seinem Cousin offensichtlich auch vergessen hat.« Mel grinste breit. »Ein wenig Strafe hatte er aber verdient.«

»Du hast ihn rausgeworfen?«, fragte Adelheid überrascht nach. »Wieso? Ihr habt aber nicht meinetwegen gestritten, oder?«

Mel lachte. »Quatsch. Ihr müsst eure Querelen schon selbst aus der Welt schaffen.« Sie lehnte sich zurück und legte ihre Beine auf den Schreibtisch. »Toni verspricht, seitdem er hier ist, sich um die schwache Internetverbindung im Büro zu kümmern. Und jetzt, da ich einen Fall habe, muss ich dafür Sorge tragen, dass niemand Einblick in die Akten bekommen kann. Ich brauchte einen abschließbaren Raum.«

Adelheid lachte schallend los. »Und du hast dir das Schlafzimmer ausgesucht?« Dann schüttelte sie den Kopf. »Jetzt wundert mich auch seine Einladung zum Abendessen nicht mehr. Du musstest seiner Aussage nach ja arbeiten. So hat er es zumindest genannt.«

»Ich habe gearbeitet, und zwar die halbe Nacht lang«, konterte Mel. »Und du hast ihm auch noch abgesagt?«

»Ich hatte schon gegessen.« Adelheid setzte sich auf die Schreibtischkante. »Und ich überlege, mir endlich ein Auto zu kaufen.«

»Mama, der Verkehr ist hier aber anders als in Deutschland.«

»Klar, aber damit komme ich schon zurecht.« Adelheid nickte begeistert.

»Wir könnten uns am Wochenende nach einem Gebrauchtwagen umsehen«, schlug Mel vor. »Morgen habe ich dazu keine Zeit. Da bin ich den ganzen Tag unterwegs. Wir haben eine Spur.« Sie gähnte. Die wenigen Stunden Schlaf machten sich bemerkbar. »Aber am Samstag sollte es zeitlich klappen.«

»Schade. Früher geht wirklich nicht?«

»Tut mir leid.«

Adelheid legte den Kopf schief. »Kann ich etwas für dich tun? Du siehst müde aus.«

»Bin ich«, gab Mel zu. »Ich werde nur schnell duschen, mir ein Brot machen und anschließend tot ins Bett fallen.«

»Okay, dann erhol dich gut«, verabschiedete sich Adelheid.

Mel erhob sich aus dem Schreibtischstuhl und machte sich daran, die Unterlagen aus dem Schlafzimmer zu räumen.

Bis zum Wochenende wäre sie noch schwer beschäftigt. Ihre Mutter musste sich entsprechend gedulden. Mel wusste zwar, dass ihre Mutter immer sofort loslegen wollte, sobald sie eine Entscheidung gefällt hatte, aber Alba ging in diesem Moment eindeutig vor.

Mel hatte lange mit Albas Mutter gesprochen. Sie war mit Zwillingen schwanger gewesen. Doch ein Mädchen war sofort nach der Geburt verstorben. So hatte man es ihr im Son-Dameto-Krankenhaus mitgeteilt. Wie in vielen anderen Fällen hatten sie das Baby für Forschungszwecke in der Neugeborenenmedizin freigegeben, um auf diese Weise eine andere Mutter vor einem schmerzlichen Verlust zu bewahren. Niemals hatte Albas Mutter am Tod ihres Kindes gezweifelt.

Erst Mels Fragen und die Informationen, die Mel aufgrund der bereits vorliegenden Fälle besaß, hatten einen hoffnungsvollen Funken in die Augen von Albas Mutter gezaubert. Mel fragte sich, ob es ein Fehler gewesen war, diese Möglichkeit überhaupt in Betracht zu ziehen.

Falls diese tote Schwester nicht in den amtlichen Dokumenten zu finden und der Fall im Krankenhaus nicht dokumentiert war, änderte das alles an einer möglichen Verteidigung.

Zum einen gab es Alba ein Motiv, doch andererseits wäre

es eine gute Gelegenheit, an den DNS-Proben berechtigte Zweifel geltend zu machen. Wenn ein Mensch irgendwo auf der Welt einen eineiigen Zwilling hatte, konnte man ihn nicht zweifelsfrei durch eine DNS-Probe verurteilen, und er musste »in dubio pro reo« freigesprochen werden. Ob der Angeklagte schuldig oder unschuldig war, spielte keine Rolle, wenn kein Geständnis abgelegt wurde. Und obwohl Mel durch ihre neuen Erkenntnisse nun eine Verbindung zu Schwester Beate hergestellt hatte, blieb das Motiv schwach, weil Albas Mutter beteuern konnte, ihre Tochter hätte nie etwas von ihrem verstorbenen Zwilling erfahren. Mel fehlte natürlich der Beweis für eineiige Zwillinge, dennoch könnte ihr auch niemand das Gegenteil beweisen. Das würde zwangsläufig für einen Freispruch ausreichen. Mel musste nur noch die passenden Unterlagen aus dem Krankenhaus besorgen. Und ihr Kollege Fernando würde ihr dabei helfen.

»Hola cariño«, hörte sie Toni hinter sich.

»Wow«, sagte Mel. »Immer noch ein Meister im Anschleichen.«

»Ich wäre gar nicht in der Lage, mich anzuschleichen«, sagte Toni mit matter Stimme und küsste sie aufs Haar.

Mel sah zu ihm auf. »Was ist los?«

»Ein neuer Mordfall.« Toni griff nach ihrer Hand. »Aber um den kümmere ich mich morgen. Die Auswertung der Spuren läuft noch. Die Hinterbliebenen sind unterrichtet, und ich freue mich auf eine Dusche und eine Mütze Schlaf.« Er grinste. »Geht alles?«

Mel ließ sich von Toni auf die Beine ziehen. »Säße ich sonst im Büro?« Sie küsste ihn. »Danke dir.«

»Reiner Eigennutz«, entgegnete Toni und nahm sie in die Arme. »Und jetzt lass uns zusammen duschen und das Schlafzimmer neu einweihen.«

»Ich dachte, du bist müde«, zog sie ihn auf.

»Um mit meiner Frau zu schlafen, bin ich nie zu müde.«

Donnerstag

32

Um fünf Uhr morgens öffnete Emilia die Haustür zur Finca von Candela Costa. Alles war ruhig. Emilia schmerzte der Anblick der zusammengesunkenen Frau auf dem Stuhl. Wenn sie endlich reden würde, wäre der Spuk für alle vorbei.

Sie trat auf die Frau zu und berührte sie an der Schulter. Candela schreckte hoch. Emilia zog das Klebeband ab und befreite die Frau von dem Knebel. »Können wir jetzt reden?«

»Ich muss auf die Toilette«, bat Candela.

Emilia wusste nicht so recht, ob sie die Frau losmachen sollte. Nach einer Bedenkminute entschied sie sich dagegen. Keiner konnte vorausahnen, welche Kräfte die Frau mobilisieren würde, um ihr zu entkommen. Sollte sie fliehen wollen, könnte es dazu führen, dass sie die Frau tatsächlich verletzte. »Tut mir leid«, sagte Emilia, ging in die Küche und holte einen Kochtopf. »Es muss so gehen.« Emilia nahm den Stuhl weg, zog ihr die Hose herunter und schob den Topf unter ihren Po. »Ich will dich nicht verletzen, aber gehen lassen kann ich dich erst, wenn du mir die Namen gibst.« Einer ehemaligen Krankenschwester sollte das nichts ausmachen. Sie war an Bettpfannen gewöhnt, auch wenn sie sie nicht selbst benutzt hatte.

Candela pinkelte, ließ sich von Emilia abtrocknen und die Hose wieder anziehen. Anschließend rückte Emilia ihr den Stuhl zurecht. »Möchtest du was trinken?«

Candela nickte.

Gierig trank sie aus dem Glas, das Emilia ihr an den Mund hielt. Das Wasser lief Candela an den Mundwinkeln herab. Emilia wischte sie mit dem Küchentuch ab. »Und jetzt sag mir die Namen. Es soll ein blaues Heft geben. Schwester Beate hat es erwähnt.«

Candela schüttelte den Kopf. »Du wirst mich nicht gehen lassen.«

»Ich habe den Arzt nicht getötet. Und auch bei der Nonne bin ich mir unsicher. Sie hat noch gelebt, als ich nach dem Gespräch davongelaufen bin«, versuchte Emilia sie davon zu überzeugen, dass sie ihr wirklich nichts antun würde. Sie wollte nur endlich alles ans Licht bringen.

Candela zögerte, aber nur kurz. Dann schlug sie die Augen nieder.

Emilia seufzte. »Warum machst du es uns so schwer?« Dann knebelte sie Candela wieder. »Ich komme heute Abend zurück. Vielleicht hast du es dir bis dahin anders überlegt.«

33

Mel klopfte an die Bürotür ihres Kollegen Fernando Matíz. Sein Brummen wertete sie als Zustimmung einzutreten. »Und?«, fragte sie. »Hast du was herausbekommen?«

»Es ist nichts über einen toten Säugling dokumentiert«, sagte Fernando. »War bei der Vorgeschichte auch nicht anders zu erwarten. Sie haben den Eltern durch eine Glasscheibe und gut eingewickelt einen toten Säugling gezeigt. Das Baby muss nicht zwangsläufig ihre Tochter gewesen sein. Durch den emotionalen Stress kommt doch niemand auf die Idee, dass ein Arzt lügt und eine Krankenschwester das Spiel mitspielt.« Fernando stand auf und schaltete die Klimaanlage höher. »Aussagen von Geistlichen und Ärzten hat man früher geglaubt. Niemand hätte jemals etwas angezweifelt. Das hat es den Leuten ja so leicht gemacht, ein blühendes Geschäft mit Kinderhandel aufzubauen.«

»Und wie nutze ich das jetzt für die Verteidigung meiner Mandantin?«, überlegte Mel laut. »Ist auch nichts über die Übergabe an die Forschungsabteilung des Krankenhauses dokumentiert?«

Fernando schüttelte den Kopf. »Die Ärzte und die Kirchenmitglieder wussten genau, wie sie alles so verschleiern, dass man nichts mehr findet.«

»Da nichts dokumentiert ist, kann ich also auf die Strategie mit der noch lebenden Zwillingsschwester bauen«, fuhr Mel fort. »Ich bespreche das zuerst mit José. Vielleicht hat der noch eine Idee.«

José rieb sich während des Gesprächs mehrfach über das Kinn. »Interessante Wendung. Doch ob es diese Schwester tatsächlich gibt?« Er lockerte die Krawatte an seinem Hemd. Die Klimaanlage kam gegen das geöffnete Fenster nicht an. José ertrug die trockene Luft nicht. Aber bei offenem Fenster hatte auch das beste Klimagerät keine Chance gegen die einströmende Hitze. »Im Grunde müssen wir nur berechtigte Zweifel wecken.«

»Ich bespreche das alles mit Alba, oder wollen Sie das übernehmen?«, bot Mel an. Sie war schon neugierig, wie Alba auf diese Nachricht reagieren würde.

»Sie sind im Thema«, lehnte José ab. »Führen Sie das Gespräch. Und sobald die Strategie steht, wenden wir uns an die Staatsanwaltschaft. Eventuell können wir die Untersuchungshaft bis zur Verhandlung aussetzen und Alba nach Hause bringen.«

34

Toni fuhr auf direktem Weg in die Pathologie. Vermutlich war Jaume noch mit der Leiche zugange, aber einen ersten Eindruck würde er sicherlich vermitteln können. Kaum hatte er das Gebäude betreten, schlug ihm dieser eigenwillige Geruch nach Tod und Vergängnis entgegen.

Jaume stand tatsächlich über dem bereits geöffneten Oberkörper des ehemaligen Arztes. Mit geübten Griffen holte er die Leber aus dem Bauchraum, legte sie auf die Waage und sprach in sein Diktiergerät, um Aussehen, Gewicht und Größe festzuhalten.

»Guten Morgen, Jaume«, grüßte Toni und trat an den Obduktionstisch. Sein Magen schrumpfte auf Erbsengröße und verkrampfte sich schmerzhaft. Er würde sich nie an diesen Anblick gewöhnen, das wusste er. »Und? Was kannst du mir schon sagen?«

»Morgen, Toni«, grüßte Jaume kurz zurück und sah auf. »Tja, was kann ich sagen? Der Mann wurde schwer misshandelt, ob er jedoch getötet werden sollte? Das ist nicht so leicht einzuschätzen.«

Toni runzelte die Stirn. »Woran ist er denn gestorben?«

»Sauerstoffmangel.« Jaume zeigte auf den Hals des Toten. »Du erinnerst dich an den Kabelbinder, der neben der Leiche lag?«

Toni nickte.

»Er wurde dem Opfer um den Hals geschlungen und

zugezogen. Kurz bevor er dadurch erstickte, hat der Täter den Kabelbinder durchgeschnitten.« Er deutete auf einen oberflächlichen Einschnitt im Halsbereich. »Vermutlich mit einem Messer, wobei es aber auch eine Schere gewesen sein könnte.« Er zog dem Toten die Augenlider nach oben. »Petechiale Blutungen«, sprach Jaume weiter. »Es war schon knapp, als der Kabelbinder gelöst worden ist.«

»Hm, und was hat das zu bedeuten?« Toni besah sich die Male am Hals. Leichte Einblutungen waren zu erkennen.

»Ich vermute, er sollte nicht sterben. Deshalb hat der Täter den Binder durchgeschnitten«, erklärte Jaume. »Durch die Drosselung wurde dem Opfer das Zungenbein gebrochen. Und durch die Abschnürung schwoll ihm gleichzeitig noch die Zunge auf.« Er öffnete den Mund des Toten, um es Toni anschaulich zu erklären. »Allein das Aufschwellen der Zunge ist kritisch, ebenso ein gebrochenes Zungenbein, wenn aber beides zusammenkommt, wird es richtig gefährlich. Der Mann hat einfach Pech gehabt.«

»Er ist aber erstickt?«, hakte Toni nach.

»Ja, und ohne die notwendige Sauerstoffzufuhr versagten dann die Organe. In der Milz ist kein Blut, und die Lunge ist aufgebläht. Blut und Gewebeproben müssen erst noch untersucht werden. Bis in sechs Stunden solltest du den vorläufigen Abschlussbericht auf dem Tisch haben«, versprach Jaume.

»Zwei Fragen noch. Wie viel Kraftaufwand ist für so eine Tat notwendig? Und den Todeszeitpunkt benötige ich ebenfalls.« Toni trat zwei Schritte zurück, um seinem Magen eine Pause zu gönnen.

»Kraftaufwand? Wie ich schon vor Ort sagte, wäre sogar ein Kleinkind dazu in der Lage.« Jaume sah in seinen Notizen nach. »Der Tod ist irgendwann am Dienstagmittag eingetreten. Wie lange er allerdings auf dem Stuhl saß, lässt sich nicht feststellen.«

»Dann könnte die eigentliche Tat auch am frühen Dienstagmorgen verübt worden sein?«

Jaume verneinte. »Er hat nach der versuchten Strangulation vielleicht noch eine Stunde gelebt. Mit viel Pech sogar zwei. Die Zunge wirkte wie ein fetter Knebel, der den gesamten Rachenraum blockiert. Er hatte keine Chance.«

Damit schied Alba aus. Wobei er dieser Frau auch nicht zutraute, direkt nach einem Mord ins Revier zu kommen, um eine Aussage zu machen. Sie war für so ein Vorgehen nicht abgebrüht genug. Zumindest sagte ihm das sein Gefühl. Und vermutlich hatten die beiden Mordfälle auch nichts miteinander zu tun, obwohl es natürlich auffällig war, dass beide Opfer im Rentenalter waren. »Danke«, verabschiedete sich Toni.

Auf der Fahrt zum Büro überlegte er, ob sich die Opfer nicht doch vielleicht gekannt hatten. Er würde sein Team darauf ansetzen. Und es konnte nicht schaden, erneut die Alibis von Natalina Forteza und Hugo Alonso zu überprüfen. Nur zur Sicherheit.

Toni gab im Büro gerade die Anweisung, mögliche Verbindungen zwischen Schwester Beate und Doktor Gúzman zu suchen, als er rüde von Anabel García unterbrochen wurde.

»Der Nonnenfall ist abgeschlossen und liegt bereits bei der Staatsanwaltschaft. Eine Verbindung zwischen den beiden Fällen zu vermuten, ist absolut abwegig. Es ist wohl ein Unterschied, ob man einer Nonne einen Schubs gibt oder einen Arzt zu Tode foltert.«

»Das ist mir bewusst, aber es könnte durchaus …«, versuchte Toni seine Motivation zu begründen.

»Zu mir ins Büro«, kanzelte sie ihn vor seinem Team ab. Er kochte innerlich, als er Anabel in ihr Büro folgte.

»Was soll das?«, fragte er wütend, kaum dass die Tür geschlossen war.

»Das frage ich dich!«, wetterte Anabel los. »Der eine Fall ist abgeschlossen, falls du das noch nicht bemerkt hast.«

»Anabel, beim Arzt wurde nichts gestohlen. Das hat die Putzfrau bestätigt. Er könnte durchaus vor Jahren mit Schwester Beate zu tun gehabt haben. Die Überprüfung würde nur einige Stunden dauern«, versuchte es Toni mit etwas ruhigerer Stimme.

»Du siehst Verschwörungen und Verstrickungen, wo keine sind. Liegt das daran, dass deine Frau die Mörderin dieser Nonne verteidigt?«, fragte Anabel und verschränkte abwehrend die Arme. »Weißt du etwas aus ihren Unterlagen, das du vor mir geheim hältst?«

»Ich schnüffle nicht in den Fällen meiner Frau«, wies er diese Anschuldigung von sich. »Es stinkt nur zum Himmel, wenn auf einer ruhigen Insel innerhalb von weniger als einer Woche zwei Morde geschehen.«

»Ach, hier herrscht auch nicht immer eitel Sonnenschein«, wischte Anabel den Einwand beiseite.

Sie starrten sich einige Sekunden in die Augen. Keiner wandte den Blick ab, bis Anabel seufzte: »Du sturer Hund. Aber da du sowieso das komplette Umfeld des Arztes ermitteln musst, check deinen Irrsinn um Himmels willen gegen. Aber unauffällig, verstanden? Sonst gefährden wir den bereits geklärten Fall, und das hätte weitreichende Konsequenzen.«

Toni nickte zufrieden. »Ich werde vorsichtig vorgehen.«

»Das will ich für dich hoffen«, schloss Anabel das Gespräch ab und wandte sich einer Akte auf ihrem Schreibtisch zu.

Toni hatte die Order an sein Team weitergegeben. Sie hatten ihn alle erwartungsvoll angesehen, als er wieder die Abteilung betreten hatte. Er hatte sich gegen die Chefin durchgesetzt, und damit stieg er in der Achtung bei seinem Team.

Tonis Kollegen vom Festland hatten zwischenzeitlich Gúzmans Sohn über den Tod des Vaters informiert. Der Sohn wollte die Morgenmaschine von Madrid aus nehmen, um sich vor Ort um alles zu kümmern. Nur ob der Junior bei den Ermittlungen weiterhelfen konnte? Er wohnte seit zwanzig Jahren in Madrid und kam nur gelegentlich zu Besuch. Vermutlich würde er nicht viel aus dem Leben seines Vaters wissen.

Das Klingeln seines Handys lockte ihn zurück in sein Büro. Auf dem Display stand »Cielo«, der Kosename für seine Frau. »Hola, Cielo, ist alles in Ordnung?«, erkundigte er sich.

»Ich stehe unten vor dem Revier. Kannst du rauskommen? Wir müssen reden.« Mels Stimme hörte sich bestimmt an. Und wenn seine Frau sagte: »Wir müssen reden«, folgte man der Bitte besser umgehend. Alles andere konnte fatale Folgen haben.

»Okay, ich bin gleich unten«, sagte Toni, steckte sein Handy in die Hosentasche und eilte die Stufen hinunter.

Mel stand im Schatten eines Baumes und erklärte einem Anrufer, dass sie im Moment keine Zeit habe und zurückrufen werde.

Es war also ernst. Toni ging auf sie zu und küsste sie zur Begrüßung. »Da niemand zusieht ...«

Mel lächelte ihn an. »Das wäre mir auch egal. Nur während eines Verhörs verzichten wir besser darauf.«

»Verstehe ich doch«, lenkte er ein. »Also, was gibt es?«, fragte Toni, nahm Mels Hand und ging voran in ein kleines Café am Ende der Straße. Dort würden sie sich ungestört unterhalten können.

»Ermittelt ihr noch im Fall von Alba Ruíz Cabra?«, fragte Mel.

Toni stöhnte innerlich auf. »Die DNS-Analyse liegt vor, und es gibt keinen Zweifel. Der Vorgang ist schon beim Staatsanwalt.«

»Dann solltet ihr die Ermittlungen besser wieder aufnehmen.« Die Art, wie Mel das sagte, ließ ihn aufhorchen. Sie legte den Kopf schief und nickte. »Ich hatte dich ja vorgewarnt.«

»Und ich sage, deine weibliche Intuition hat dich in dem Fall im Stich gelassen«, widersprach Toni. Man konnte vieles anzweifeln, aber nicht eine doppelte DNS-Analyse. Sie war dort gewesen, und ob sie den Tod der Frau verschuldet hatte, musste das Gericht entscheiden.

»Meine weibliche Intuition trifft nur auf deine männliche Ignoranz«, entgegnete Mel, setzte sich an einen kleinen Tisch am Rand des Cafés und sah ihn herausfordernd an. »Ich habe Neuigkeiten für dich.«

Toni winkte die Bedienung an den Tisch, bestellte für Mel einen Cappuccino und für sich einen Espresso. »Du hast also eine Verteidigungsstrategie, und ich soll sie mir anhören.«

Mels Blick verfinsterte sich. »Ich habe neue Erkenntnisse.«

Toni lehnte sich zurück. »Na, da bin ich jetzt aber gespannt.«

»Alba hat eine Zwillingsschwester«, platzte sie heraus.

Toni spürte förmlich, wie ihm die Gesichtszüge entglitten. »Sie hat was?«

»Eine Zwillingsschwester«, wiederholte Mel. In ihren Augen glitzerte es, und sie genoss sichtlich seine Reaktion.

»Wir haben alles durchgecheckt. Sie hat nur ihren Bruder und sonstige Verwandtschaft.« Toni schüttelte den Kopf. »Wie kommst du auf diese Idee?« Dann kniff er die Augen zusammen. »Ich verstehe. Deine anderen Fälle haben dich auf die Idee gebracht.« Er legte seine Hand auf die ihre. »Ach, Mel, du hast die gleiche blühende Fantasie wie deine Mutter. Wenn das deine Verteidigungsstrategie werden soll, sehe ich schwarz.«

»Hör mir doch zu.« Der leise Ärger in ihrer Stimme ließ ihn wieder aufmerksamer werden.

»Albas Mutter war mit Zwillingen schwanger«, erklärte Mel. Ihr Blick war eindringlich.

Der Kellner brachte die Getränke. Diese kurze Unterbrechung nutzte Toni, um seine Gedanken zu ordnen. Wenn Mel das nicht beweisen konnte, würde sie es schwer haben.

»Du sagst ja gar nichts.«

»Mel, kannst du das beweisen? Also die Zwillingsgeburt und dass Albas Schwester lebt.«

Mel knallte den Zuckerstreuer zurück auf den Tisch. »Sie ist eines der geraubten Kinder. Davon bin ich überzeugt. Albas Schwester sei angeblich gestorben. Man hat dem Vater zwar eine Babyleiche gezeigt. Aber nur durch eine Glasscheibe hindurch und total eingewickelt. Wie hätte er in dem Moment anzweifeln können, dass es sich dabei um seine Tochter handelt?«

»Kannst du das beweisen?«, insistierte Toni. Ohne Beweise war die schlüssigste Behauptung nicht mehr wert als ein Rubbellos.

»Noch nicht. Aber du wirst mir dabei helfen.«

»Ich?«, fragte Toni. »Wie stellst du dir das vor?«

»Im Krankenhaus fehlt die Akte zum Tod des kleinen Mädchens. Nichts zu finden. Und warum nicht? Weil das Mädchen nicht tot ist, sondern verkauft und die Dokumente gefälscht wurden.« Mels Hals wies rote Flecken auf, wie immer, wenn sie sich richtig aufregte.

»Mel, beruhige dich. Nur weil vor vierzig Jahren schlampig dokumentiert wurde, beweist das gar nichts.« Toni kratzte sich nachdenklich am Kinn. »In welchem Krankenhaus wurde sie entbunden?«

»Im Son Dameto«, antwortete Mel. »Du musst mir helfen.«

Toni hob die Hand und überlegte. Mel kannte das von ihm. Sie ließ ihn gewähren, ohne ihn in seinen Überlegungen zu stören.

Immer wieder tauchte dieses Krankenhaus auf. Doktor Pedro Gúzman hatte jahrelang als Frauenarzt dort gearbeitet, bevor er später dann seine eigene Geburtsklinik eröffnet hatte. Wenn Schwester Beate auf Mallorca auf ihren Mörder getroffen war, bestünde dann nicht auch die Möglichkeit, dass diese Frau auf Mallorca weiter ihrer schändlichen Tätigkeit nachgegangen war? Was wäre, wenn die Nonne und der Arzt sich im gleichen Krankenhaus kennengelernt hatten? In dem Fall hätte er tatsächlich eine Verbindung gefunden. Doch es ging ihm wie Mel. Ihm fehlten Beweise. Dennoch war Toni davon überzeugt, dass der Arzt nicht zufällig gefoltert worden war. Er hatte bisher kein Motiv erkannt. Aber was war, wenn wirklich jemand hinter sein sorgsam gehütetes Geheimnis gekommen wäre und sich nun rächte?

Toni stürzte seinen kalt gewordenen Espresso hinunter und spielte mit Mel den Gedanken durch. »Das sind zu viele Zufälle«, schloss Toni. »Wieso sollte Albas Schwester plötzlich hier auftauchen und den Rächer spielen? Sie könnte doch einfach zu Albas Familie gehen und erklären, wer sie ist. Ein DNS-Test hätte das Ergebnis jederzeit bestätigt.«

Mel ließ die Schultern sinken. »Vielleicht hast du recht. Aber ich muss die Möglichkeit im Auge behalten.« Dann hob sie jäh den Kopf. »Wenn die beiden Morde zusammenhängen, dann bedeutet es auch, dass Alba nichts damit zu tun hat. Beim zweiten Mord war sie zuerst auf dem Revier und dann in U-Haft.«

»Mel, ich kann den Gedanken auch noch weiterspinnen.

Wenn die beiden Morde zusammenhängen, dann haben sich die Schwestern vielleicht zusammen dazu entschlossen, sich an den Tätern von damals zu rächen. Ein besseres Alibi, als im Gefängnis zu sitzen, gibt es nämlich nicht.«

»Manchmal machst du mir Angst«, sagte Mel und strich sich über die Oberarme. Fast so, als würde sie frösteln. »Du siehst nur das Schlechte in der Welt.«

»Und du nur das Gute«, wandte Toni ein und lächelte. »Und aus diesem Grund rede ich normalerweise nicht mit dir über meine Arbeit.« Er legte einige Münzen auf den Tisch. »Weißt du, unsere Abteilung sucht sowieso nach Verbindungen zwischen den beiden Toten. Also werde ich die Untersuchungen noch ein wenig ausweiten.«

»Danke, Schatz.« Mel beugte sich zu ihm und küsste ihn auf die Wange.

»Es könnte heute also später werden«, kündigte Toni an.

Mel erhob sich und lächelte. »Da ich dir jetzt was schuldig bin, koche ich heute für uns.«

Toni prustete los. »Vale, Cielo. Auch wenn mir meine Intuition sagt, dass wir beim Italiener um die Ecke landen.«

Mel grinste breit. »Das ist nicht Intuition ...«

»... sondern eine Tatsache«, vollendete Toni ihren Satz. Denn wenn Mel eines nicht konnte, dann war es kochen.

35

Adelheid legte sich auf die Lauer und hoffte jetzt schon, frühzeitig wieder zu Hause zu sein. Toni würde ausrasten, wüsste er, dass sie sich einfach sein Motorrad ausgeliehen hatte. Emilia heckte etwas aus, und Adelheid wollte in Erfahrung bringen, was das war. Wie Emilia sich heimlich am Vortag davongeschlichen hatte, war Adelheid genug Motivation, ihr das nächste Mal zu folgen.

Selbst wenn Toni behauptete, die Schuldige säße bereits hinter Gittern. Adelheid war anderer Meinung. Emilia ähnelte dem Phantombild in der Zeitung nicht nur ein wenig. Adelheid musste herausfinden, inwiefern Emilia in die Sache verwickelt war. Emilia war ein liebes Mädchen. Manchmal wirkte sie traurig, manchmal schimpfte sie auch, doch gewalttätig war sie keinesfalls. Sollte Emilia etwas mit dem Tod dieser Nonne zu tun haben, war sie in echten Schwierigkeiten und brauchte Hilfe. Ob sie wollte oder nicht.

Ricardo hatte ihr gesagt, um welche Uhrzeit Emilia an diesem Tag Pause machen würde. Zehn Minuten vor der Zeit stand Adelheid in Jeans und Sweatshirt neben Tonis Maschine. Den Helm hatte sie sich bereits aufgesetzt, um nicht erkannt zu werden. Auf Schutzkleidung hatte sie verzichten müssen. Wie hätte ihr Tonis Kleidung auch passen sollen? Selbst Tonis Nierengurt war ihr über die Hüften gerutscht.

Wenn sie nur schon einen Wagen hätte!

Ihre letzte Spritztour lag einige Jahre zurück. Um genau zu sein: vierundzwanzig Jahre. Die ersten Meter hatte Adelheid Probleme mit der Maschine gehabt. Im letzten Moment hatte sie noch verhindern können, dass sie, kaum Gas gegeben, rückwärts von dieser Ninja H2 abgestiegen wäre. Ihr Schwiegersohn musste verrückt geworden sein, sich eine solche Höllenmaschine zu kaufen.

Nach einigen Versuchen auf der wenig befahrenen Landstraße nach Calviá fühlte sich Adelheid zumindest ein bisschen sicherer.

Adelheid lächelte, mit sich selbst zufrieden. Natürlich hatte Emilia früher Feierabend gemacht. Ricardo hatte ihr von Adelheids Besuch erzählt, und Emilia glaubte, ihr erneut entwischen zu können.

Adelheid startete die Kawasaki, wartete, bis Emilia weit genug entfernt war, hüpfte auf den Sitz, da ihre Beine vom Sitz aus nicht auf den Boden reichten, gab leicht Gas und verfluchte ihren Schwiegersohn für seinen Motorradgeschmack, der sie in ihrem Alter doch in Bedrängnis brachte. Es war kein Problem, Emilia zu folgen, aber es kostete Adelheid alle Mühe, das Tempo im Stadtverkehr so anzupassen, dass sie an keiner roten Ampel halten musste. An manchen Stellen wackelte sie quasi mit drei km/h auf die Kreuzung zu, nur um zu vermeiden, mit einem Sprung von der Maschine abzusteigen, wie sie es in jungen Jahren oft getan hatte.

Als Emilia auf die Autobahn Richtung Inca einbog, schickte Adelheid ein Stoßgebet zum Himmel. Die Gefahr, samt der Maschine an einer roten Ampel umzufallen, schien gebannt. Wohin wollte sie nur?

Adelheid folgte ihr die Landstraße zwischen Alaró und Lloseta, bis Emilia plötzlich in einen Feldweg einbog. Gemächlich fuhr Adelheid weiter, drehte nach einer Kurve um und beobachtete, wo Emilia ihren Wagen abstellte. Dann versteckte sie das Motorrad hinter einem Busch und ging das restliche Stück zu Fuß. Den Helm trug sie locker in der Hand, bis ihr einfiel, dass ihr Handy sie noch verraten könnte. Sie stellte es auf lautlos, packte es in den Helm und legte diesen vor dem Gatter ab, das zur Finca führte. Auf einer Koppel grasten zwei Esel. Der Garten schien nicht vernachlässigt. Alles wirkte bewohnt. Auf den Gartenmöbeln lagen Sitzpolster, die Beete, die Adelheid ausmachen konnte, waren gepflegt. Die Fensterläden waren geschlossen. Nicht ungewöhnlich, da man die Hitze draußen halten wollte.

Adelheid schlich den Weg zum Haus entlang. Was machte Emilia hier? Sie schalt sich eine dumme Gans. Offensichtlich kümmerte sich Emilia nur um das Anwesen, während die Bewohner verreist waren. Irgendjemand musste sich schließlich um die Tiere kümmern.

Gerade als Adelheid wieder gehen wollte, schwang die Haustür auf. »Adelheid!«, rief Emilia verwundert. »Was machst du denn hier?«

»Um ehrlich zu sein ...« Adelheid suchte nach einer Ausrede.

»Du bist mir gefolgt?«

Adelheid seufzte ergeben und senkte peinlich berührt den Kopf. »Es tut mir leid. Ich habe mich da in etwas verrannt.« Plötzliches Gepolter aus dem Hausinneren ließ Adelheid aufsehen. »Was war das?«

»Ach, die Eigentümerin ist manchmal etwas anstrengend«, wich Emilia aus. »Sie ist zurzeit krank. Ich helfe ihr ein wenig, hier alles in Schuss zu halten.«

Adelheid nickte und heuchelte Verständnis. Sie glaubte Emilia kein Wort. Irgendetwas stimmte hier nicht. »Dann fahre ich mal wieder. Und wie gesagt, es tut mir leid.« Adelheid gab vor zu gehen und drehte sich weg. Als Emilia sich in Sicherheit wog, machte sie rasch kehrt und nutzte das Überraschungsmoment, um sich an Emilia vorbei ins Haus zu drücken. Ihr Blick fiel direkt auf eine gefesselte und geknebelte Frau.

»Du hättest mir nicht folgen sollen«, sagte Emilia und schloss die Haustür.

Adelheid fuhr herum. »Was, in drei Teufels Namen, geht hier vor sich?«

»Setz dich«, befahl Emilia. Kräftiger als ihre Aufforderung wog das Messer in Emilias Hand, das sie bisher vor ihr verborgen gehalten hatte. »Bitte.«

Adelheid setzte sich auf das Sofa.

»Nein, nimm dir einen Stuhl, und setz dich dorthin.« Sie zeigte auf einen Heizkörper, der etwa drei Meter Abstand zu dem hatte, an den die andere Frau gefesselt war.

Adelheid entdeckte die Kabelbinder auf dem Tisch und zuckte zusammen. »Das tust du nicht«, sagte sie.

»Du lässt mir leider keine Wahl«, erklärte Emilia, und in ihrem Gesicht stand tatsächlich Bedauern.

36

Toni fuhr seinen Dienstwagen vor die geöffnete Garage. Mels Sportwagen stand mittig darin. Augenblicklich stieg eine unangenehme Hitze in ihm auf, die mit dem heißen Sommertag nichts zu tun hatte. Sein Motorrad fehlte.

»Mel!«, rief er bereits beim Aussteigen. »Mel!«

Als hätte sie darauf gewartet, erschien sie in der Haustür. »Ich dachte, du bist heute mit dem Motorrad unterwegs«, sagte sie und sah ihn erstaunt an.

»Im Dienst darf ich nur den Dienstwagen fahren. War die Garage verschlossen?«

»Natürlich«, antwortete Mel. »Deshalb hatte ich ja angenommen, dass du eine Spritztour unternimmst.«

Toni sah zur anderen Doppelhaushälfte. »Wo ist Adelheid?«

»Keine Ahnung. Aber meine Mutter hat mit Sicherheit nicht dein Motorrad genommen.« Sie kam auf ihn zu und legte ihm die Hand auf den Arm.

»Deiner Mutter traue ich alles zu«, knurrte Toni. »Ich bringe sie um, wenn sie es gewagt hat.«

»Jetzt beruhige dich doch erst mal.«

Toni ging auf das Garagentor zu, zog es herunter und untersuchte es auf Einbruchspuren. Kein Kratzer, nichts.

»Ich sagte doch, es war abgeschlossen«, wiederholte Mel. »Ich rufe Mama mal an.«

»Ja, und sag ihr, wenn die Maschine auch nur einen

Kratzer hat, ist sie einen Kopf kürzer«, maulte Toni, der nach der Begutachtung des Garagentors einen Diebstahl definitiv ausschloss. Was dachte sich die Frau nur? Das Motorrad war nichts für zierliche Frauen. Schon gar nichts für ungeübte alte Frauen. Menschen, die kleiner als eins achtzig maßen, würden unmöglich mit den Zehenspitzen den Boden berühren können, wenn sie allein auf der Maschine saßen und normalgewichtig waren.

Mel schüttelte den Kopf. »Sie geht nicht dran.«

»Vermutlich brettert sie über die Insel und hört nichts«, mutmaßte Toni. »Ich bin kurz davor, die Maschine als gestohlen zu melden, nur um deiner Mutter einen Denkzettel zu verpassen.«

Mel lachte. »Wenn du dich dadurch besser fühlst.«

Das würde er tatsächlich, aber es würde auch für Gerede auf dem Revier sorgen. »Ich brauche erst mal ein Bier.«

»Dann komm«, sagte Mel. »Ich werde mir ihr reden, wenn sie zurück ist. Vielleicht musste sie dringend irgendwohin. Meine Mutter war früher eine Rockerbraut. Sie kann fahren.«

»Wozu gibt es Taxis?«, murrte Toni und folgte seiner Frau ins Haus.

Der Brandgeruch stieg ihm bereits am Eingang in die Nase. Er rannte in die Küche. Aus einem Topf quollen schwarze Wolken, und der Rauch zog in dunklen Nebelschwaden durch den Raum.

»Meine Kartoffeln!«, rief Mel aus, rannte zum Herd, um den Topf von der Platte zu ziehen.

Toni hielt sie zurück. Er drehte den Herd ab, holte einige Geschirrtücher und befahl seiner Frau, die Terrassentür zu öffnen.

Mel eilte zur Tür und riss sie auf. Fast zeitgleich folgte Toni ihr und warf den qualmenden Topf in den Garten. Anschließend rollte er den Gartenschlauch ab und begoss den zischenden Topf mit Wasser, bis er aufhörte zu qualmen. Nach getaner Arbeit sah er Mel, wie sie zusammengesunken im Türrahmen stand.

»Dabei hatte ich mir solche Mühe gegeben«, flüsterte sie. Seine Frau schien den Tränen nahe.

»Mel, Cielo, ich weiß.« Toni ging auf sie zu und schloss sie in die Arme. »Auch dafür kannst du deiner Mutter die Schuld geben.«

Er erntete einen Boxhieb auf die Schulter. »Du bist unmöglich.«

»Und du eine verdammt miese Köchin«, neckte er sie zurück.

»Lass uns ein Bier trinken und dann zum Italiener gehen, okay?«, schlug Mel vor, löste sich aus seiner Umarmung und holte zwei Flaschen Bier aus dem Kühlschrank. »Und ja, ich werde meiner Mutter die Schuld geben. Sie darf mir einen neuen Topf kaufen.«

Toni grinste. »Wenn ich sie nicht vorher umlege.« Er hob die Hand, als würde er eine Waffe abfeuern. »War sie schon immer so verrückt?«

»Noch viel verrückter«, bestätigte Mel. »Ich hatte gehofft, es würde im Alter besser werden.«

»Je oller, je doller«, sagte Toni und trank einen großen Schluck direkt aus der Flasche.

Der Kellner unterbrach Toni bei seinen Ausführungen und servierte ihm Lasagne und Mel Spaghetti mit Pestosoße. Toni trank einen Schluck Rotwein und wartete, bis der Kellner sich wieder entfernte. »Wir haben den kompletten Lebenslauf von Gúzman durchleuchtet. Nichts deutet auf Unregelmäßigkeiten hin.«

»Es muss eine Verbindung geben.« Mel drehte die Pasta auf die Gabel und schob sie genussvoll in den Mund.

»Er scheint sauber zu sein«, gab Toni zu bedenken.

»Und auch mit dem Nachweis, ob Schwester Beate in Son Dameto tätig war, tun wir uns schwer. In den letzten fünfzig Jahren waren dort fünf Ordensschwestern mit dem Namen Beate beschäftigt. Ob unsere Tote darunter ist, lässt sich schwer prüfen, nachdem die Personalakte aus Madrid unvollständig ist.«

»Du gibst jetzt aber nicht auf, oder?«

Toni zuckte die Schultern. »Es ist aussichtslos.«

»Aber deine Leute machen weiter.« Die hoffnungsvolle Stimme seiner Frau ließ ihn weich werden.

»Natürlich.« Toni hatte jedoch wenig Hoffnung, auf brauchbare Hinweise zu stoßen.

Zwei Stunden später spazierten sie vom Italiener zurück nach Hause. Mel blieb vor dem Haus stehen. »Sie ist immer noch nicht da. Dabei ist es schon nach elf.«

Nun wurde Toni ebenfalls unruhig. Was trieb seine Schwiegermutter dazu, sich sein Motorrad zu nehmen und über Stunden zu verschwinden, ohne eine Nachricht zu hinterlassen? Dass sie ihn nicht gefragt hatte, verstand er, denn beide kannten die Antwort auf eine solche Bitte.

»Sie meldet sich auch nicht«, sagte Mel, ließ ihr Handy zurück in die Handtasche gleiten, schloss die Tür auf und ging ins Haus. »So langsam mache ich mir Sorgen.«

Die teilte Toni, doch er wollte Mel nicht noch mehr beunruhigen. »Ich frage mal bei den Kollegen nach.«

Nach fünfzehn Minuten wusste er, dass es keinen Unfall gegeben hatte, was ihn fast noch mehr beunruhigte. Was, wenn sie tatsächlich einen Unfall gehabt hatte und von der Straße abgekommen war? Dann lag sie irgendwo hilflos in einem Straßengraben. In der Dunkelheit würde sie so schnell auch niemand entdecken. »Mel, bleib du hier. Ich gehe sie suchen. Und ruf an, wenn sie sich meldet, okay?«

Mel ließ sich auf das Sofa sinken und nickte. »Finde sie. Bitte.«

37

Toni eilte durch die spärlich beleuchteten Gänge zu seinem Büro und wählte Catarinas Nummer.

»Hallo, Chef, was gibt es?«, meldete sie sich. Im Hintergrund hörte er leise Musik.

»Wo bist du?«

»In Son Servera. Was ist los?«

»Ach, nichts«, antwortete er. Bis Catarina im Revier sein könnte, würden mehr als fünfundvierzig Minuten vergehen. »Ich dachte, vielleicht bist du in der Nähe.«

»Soll ich kommen?«

»Nein, ist nicht so wichtig. Mach dir einen schönen Abend.« Toni wollte Catarina den Abend mit ihrem Freund nicht verderben, nur weil seine Schwiegermutter eine Spritztour mit seinem Motorrad unternahm.

Er wählte Manuels Nummer. Der ging nicht an den Apparat. Vermutlich tobte er sich wieder im Fitnessstudio aus. Toni überlegte, ob er Pedro anrufen sollte. Doch der würde sich um seine schwangere Frau kümmern. Besser, er probierte es bei David. Der wohnte nicht weit vom Revier entfernt und war alleinstehend.

»Was gibt's?«, fragte David.

Toni erklärte ihm die Situation. »Zu zweit würden wir sie schneller finden. Ich hoffe, du kannst das für dich behalten.«

»Klar, bin schon auf dem Weg.«

David würde in zwanzig Minuten im Revier sein. Spätestens. In der Zwischenzeit telefonierte Toni mit dem Dauerdienst und erkundigte sich nochmals, ob es zu irgendwelchen Unfällen mit der Beteiligung eines Motorrads gekommen war. Nichts.

Natürlich könnte er die Fahndung nach seiner Schwiegermutter herausgeben, doch ob es sinnvoll war? Eine erwachsene Frau kam nicht pünktlich nach Hause. Wenn ihn jemand auf so einen Fall anspräche, würde er denjenigen nach Hause schicken, da ein Erwachsener eben auch das Recht hatte, nicht jeden Schritt mit der Familie abzustimmen. Wäre Adelheid nicht mit seinem Motorrad unterwegs, würde er sich auch keine Sorgen um sie machen. Dennoch sagte ihm sein Bauchgefühl, dass etwas nicht stimmte.

Er wählte erneut die Nummer des Dauerdienstes. »Wie lange braucht ihr für eine Handyortung?«

»Ohne die Zustimmung des Teilnehmers oder einen richterlichen Beschluss geht das nicht«, sagte sein Kollege.

»Das weiß ich. Das Handy gehört meiner Schwiegermutter, und der Vertrag läuft auf meinen Namen«, behauptete er. »Ich gebe dir jetzt die Nummer, und du kümmerst dich mit Hochdruck darum, verstanden?«

»Erst muss ich das aber gegenchecken«, erwiderte der wenig hilfsbereite Kollege.

»Bei der Telefongesellschaft wirst du niemanden mehr erreichen, und es ist Gefahr im Verzug. Also beweg deinen Arsch, wenn du keinen Ärger mit dem Coronel willst.« Sollte er auf Widerwillen stoßen, würde er einen Gefallen bei seinem ehemaligen Kollegen einfordern.

»Anabel García ist eingeweiht?«, fragte der Kollege vorsichtig nach.

»Natürlich«, log Toni. Die Konsequenzen würde er tragen müssen, sollte die Lüge ans Licht kommen, doch darum sorgte er sich in diesem Moment nicht.

»Okay«, stimmte der Kerl endlich zu. »Ich melde mich, sobald ich was weiß.«

Toni fuhr den Computer hoch, wenn er selbst auch nicht viel tun konnte. Vielleicht war sein ehemaliger Partner noch wach. Der würde sofort auf die notwendigen Programme zugreifen können. In diesem Laden fehlten ihm die passende Technik und auch die entsprechende Kompetenz.

Das Klingeln des Telefons ließ ihn aufschrecken. Der Kollege musste gezaubert haben. »Und?«, meldete sich Toni.

»Hier steht ein Privatermittler und möchte dringend mit dem leitenden Ermittler im Todesfall zum Nachteil von Doktor Pedro Gúzman sprechen.«

»Schicken Sie ihn rauf«, sagte Toni, obwohl er im Moment nicht die geringste Lust auf ein solches Gespräch hatte.

Kurz darauf hörte er Schritte auf dem Gang. Er trat hinaus, und ein groß gewachsener Mann stand vor ihm. Sein beachtlicher Körperumfang zeugte von zu wenig Bewegung. »Comandante Antonio Morales«, stellte sich Toni vor. »Was kann ich für Sie tun?«

»Ich kann etwas für Sie tun«, sagte der Fremde. »Adam Tejada, Privatermittler.«

Toni führte ihn in sein Büro. »Setzen Sie sich doch«, bot er an. Er selbst setzte sich hinter seinen Schreibtisch und sah den Privatermittler interessiert an.

Adam Tejada nahm auf dem angebotenen Stuhl Platz. »Ich glaube, ich weiß, wer diesen Arzt getötet hat, und ich vermute, es wird bald ein weiteres Opfer geben.«

Sofort hatte er Tonis volle Aufmerksamkeit. »Dann lassen Sie mal hören.«

»Vor einigen Monaten habe ich eine alte Bekannte einer Mandantin ausfindig gemacht. So weit, so gut. Sie hat sich vor ein paar Tagen wieder bei mir gemeldet und wollte zwei Adressen. Die von Doktor Pedro Gúzman und die von einer Hebamme mit dem Namen Candela Costa. Der Arzt ist tot. Ich habe es heute Abend erst mitbekommen, weil ich anderweitig beschäftigt gewesen bin.« Adam rieb sich über die Nase. »Eigentlich wurde ich hellhörig, als ich das Phantombild in der Zeitung gesehen habe. Es sieht nämlich der Frau sehr ähnlich, die ich damals für meine Mandantin ausfindig gemacht habe. Die Frau hieß Alba Ruíz Cabra. Die Frau, die wegen Mordverdacht verhaftet wurde. Ein sehr merkwürdiger Zufall, wenn Sie mich fragen.«

Plötzlich fielen tatsächlich alle Puzzleteile auf den rechten Platz. Mel schien mit ihrer Vermutung wirklich ins Schwarze getroffen zu haben. Alba musste eine Zwillingsschwester haben. Und die war nun anscheinend aufgetaucht. Sie hatte die Nonne getötet und die Tat ihrer Schwester in die Schuhe geschoben. Nun führte sie ihren Rachefeldzug weiter, indem sie den Arzt und die Hebamme tötete. »Welchen Namen hat Ihre Mandantin Ihnen genannt? Marla?«, mutmaßte Toni. Denn er hatte keinen Zweifel mehr, dass diese Marla sich bei der Wandertruppe eingeschlichen hatte.

»Marla?«, wiederholte der Privatermittler. »Nein, ihr Name ist Emilia Delgado Cano. Sie wohnt eigentlich auf den Kanaren. Ich bin aber überzeugt davon, dass sie hier auf der Insel ist.«

»Haben Sie die Adresse dieser Hebamme?«, fragte Toni.

»Natürlich. Deshalb bin ich ja gekommen. Ich will verhindern, dass die Frau einen weiteren Mord begeht.« Adam Tejada stand auf und zog einen Zettel aus seiner Hosentasche. »Ich kann viel für mich behalten, aber Mord geht zu weit.«

Toni verkniff sich einen bösen Kommentar. Er war dem Mann einfach nur dankbar. »Vielen Dank. Ich werde mich wegen der offiziellen Aussage noch bei Ihnen melden. Haben Sie auch die Telefonnummer von dieser Emilia?«

Der Privatermittler zeigte auf die zweite Nummer, die er notiert hatte. »Das ist sie. Viel Erfolg.«

Sie schüttelten sich kurz die Hände und verabschiedeten sich.

Sofort rief Toni bei seinem Kollegen vom Dauerdienst an. »Ich brauche zwei weitere Handyortungen. Und ich brauche sie sofort.«

»Schon gut«, murmelte der Kollege. »Das Handy ist zwischen Alaró und Lloseta eingeloggt. Die genaue Ortung schicke ich Ihnen hoch. Haben Sie für die anderen Handys eine richterliche Genehmigung?«

»Die folgt. Candela Costa, eine Hebamme, die mit Gúzman zusammengearbeitet hat, ist in Gefahr, und die andere Nummer ist die von der vermeintlichen Täterin. Und es eilt!«

Toni rief sich die genauen Koordinaten auf dem Bildschirm ab und traute seinen Augen nicht. Adelheids Handy befand sich auf dem Grundstück von Candela Costa. Woher kannte Adelheid diese Frau, und warum war sie bei ihr?

Wenn Adelheid bei Candela Costa war und sich Candela Costa in Gefahr befand ... Toni ahnte den Grund, warum seine Schwiegermutter nicht in der Lage war, einen Anruf entgegenzunehmen. Sie war in Schwierigkeiten. In großen Schwierigkeiten.

Toni rannte los zu seinem Dienstwagen. Auf dem Weg traf er auf David, der sich ihm, ohne zu zögern, anschloss. Auf dem Weg zu dieser Hebamme blieb ihm genug Zeit, David auf den neuesten Stand zu bringen.

Er packte die Signallampe auf das Autodach und raste los. Noch im Wagen verständigte er die Kollegen von der Lokalpolizei mit der Bitte um Unterstützung.

»Wir dürfen allein nicht reingehen. Das weißt du, oder?«, wandte David Zapatero ein.

Toni war überrascht über Davids Einwand. Wenn er bedachte, dass David wegen seiner Prügelattacke degradiert worden war, hätte er mit einem solchen Einwand nicht gerechnet. Er hatte ihn unkonventioneller eingeschätzt. Andererseits könnte das genau der Grund für Davids Vorsicht sein. Er durfte sich keinen Fehler mehr erlauben, wollte er seinen Job behalten.

»Du kannst ja im Auto sitzen bleiben«, knurrte Toni, um David die Möglichkeit einer Entscheidung zu geben. »Du musst nicht mit, aber mir sind im Moment die Regeln scheißegal.«

38

Emilia befreite Candela von ihrem Knebel. »Und? Hast du deine Meinung geändert?«

Candela schwieg einige Sekunden und atmete schwer. »Ich kann nicht. Mein Wissen ist meine einzige Versicherung«, antwortete sie mit heiserer Stimme.

Emilia stand auf und holte für Candela ein Glas Wasser. Sie wollte ihr nicht wehtun. »Hier, trink.« Sie hielt ihr das Glas an die Lippen.

»Warum tust du das?«, fragte Adelheid.

»Eine lange Geschichte. Und die genauen Hintergründe zu den Ereignissen kennt nur sie«, sagte Emilia, wischte Candela über den Mund und zog sich einen weiteren Stuhl heran. »Sprich endlich«, befahl sie.

Adelheid räusperte sich. »Vielleicht würde es helfen, wenn du dein Motiv für diese ganze Aktion erklären würdest. Mich interessiert brennend, warum ich nun gefesselt hier sitze, obwohl ich dir meine Hilfe angeboten habe.«

Emilia lachte trocken auf. »Deine Hilfe hätte mir nichts genutzt.«

»Vielleicht doch«, mutmaßte Adelheid.

Candela schüttelte den Kopf. »Wir werden beide sterben, falls dir das noch nicht klar ist.«

»Blödsinn«, schimpfte Adelheid. »Emilia ist doch keine kaltblütige Mörderin.«

»Meine Worte«, bestätigte Emilia. »Aber mir glaubt sie nicht.«

Adelheid kniff die Augen zusammen. »Um was geht es hier eigentlich?«

»Um Kinderhandel«, presste Emilia hervor. »Und sie steckt bis zum Hals in der Sache drin.«

»Ist das wahr?«, fragte Adelheid und sah zu Candela hinüber. Als die Frau schwieg, insistierte Adelheid weiter: »Sagt Emilia die Wahrheit?«

»Ja«, flüsterte Candela kaum hörbar. »Sie sagt die Wahrheit.«

Emilia bemerkte, wie sich Adelheids Gesichtsausdruck veränderte. Ihr Blick wirkte mitfühlend.

»Was weißt du?«, hakte Adelheid nach.

Emilia zögerte. Was brachte es, wenn sie hier ihre Geschichte ausbreitete?

»Meine Tochter ist Anwältin und mein Schwiegersohn bei der Polizei. Wenn diese Frau tatsächlich in den Kinderhandel von damals verwickelt ist, werden dir beide helfen.« Adelheid nickte heftig, als wollte sie ihre Worte bekräftigen.

»Wenn ich sie losmache, wird sie die Beweise vernichten.« Davon war Emilia überzeugt. »Sie hat ein Heft, in dem viele Namen stehen. Die echten Eltern, die Namen der verkauften Kinder und die der Adoptiveltern. Und das will ich haben.«

»Dann geben Sie es ihr doch, um Himmels willen!«, sagte Adelheid. »Die Wahrheit wird sowieso ans Licht kommen.«

»Nein«, beharrte Candela. »Sie hat Doktor Gúzman und Schwester Beate getötet. Warum sollte ich ihr meine Lebensversicherung übergeben?«

Adelheid lachte freudlos auf. »Weil die Frau keine Mörderin ist.«

Emilia sah sie überrascht an. »Du glaubst mir wirklich, oder?«

Adelheid nickte. »Meine Menschenkenntnis lässt mich nie im Stich. Meinst du, ich wäre so dumm, dir hinterherzufahren, wenn ich dich für eine Mörderin halten würde?«

Candela starrte auf einen Punkt auf dem Boden vor sich.

»Erzähl mir davon«, bat Adelheid.

Ein Blick auf Candela zeigte deutlich, wie wenig sie Emilia im Moment entgegenkommen würde. Was hatte sie schon zu verlieren? Vielleicht glaubte Candela ihr ja, wenn sie ihre Beweggründe erfuhr.

»In Ordnung«, sagte Emilia. »Für mich ist es an dieser Stelle sowieso vorbei.« Sie knetete ihre Hände, bevor sie aufsah und zu erzählen begann. »Vor fast vierzig Jahren wurde meine Mutter mit Wehen in die Klinik gebracht, in der Schwester Beate, Doktor Gúzman und ...«, Emilia zeigte mit dem Finger auf Candela, »... diese Frau arbeiteten. Meine Schwester und ich wurden ohne Komplikationen geboren, dennoch gab man vor, wir wären krank. Das taten sie nur, um uns von unserer Mutter zu trennen. Und wenig später erzählte man ihr, ich sei zu schwach gewesen und gestorben. Dabei haben sie mich schlicht weiterverkauft.«

»Stimmt das?«, wandte sich Adelheid an Candela.

Diese nickte nur.

»Meine Eltern waren politisch unpassend, also hat man sie auf diese Weise bestraft. Aber nicht nur sie – auch mich. Vielleicht war es aber auch nur die blanke Gier. Meine ersten Jahre war ich glücklich. Meine Eltern konnten mir alles bieten, was man sich nur wünschen konnte. Doch als mein Vater starb ...« Emilia legte eine Pause ein. Die Erinnerung war zu schmerzhaft.

»Sprich weiter, Kind«, sagte Adelheid.

Emilia seufzte. »Sein Betrieb ging irgendwann pleite.

Meine Mutter hat seinen Tod nie verkraftet. Sie begann, zu trinken und sich mit anderen Männern einzulassen. Um mich hat sie sich nicht mehr gekümmert. Damals war ich sieben Jahre alt. Und ich war nur im Weg. Ein Störenfried auf ihrem Weg nach unten. Ich habe oft gestohlen, um etwas zu essen zu haben, weil sie das Geld versoffen hat. Und in der Schule kam ich natürlich auch nicht so mit, wie ich es hätte sollen. Ich hatte andere Sorgen.«

»Und trotzdem bist du eine aufrechte und fleißige Frau geworden«, warf Adelheid ein.

Emilia hörte gar nicht hin. »Mit siebzehn bin ich dann ausgerissen und habe mich allein durchgeschlagen. Mit Gelegenheitsjobs.«

»Das tut mir sehr leid«, sagte Candela. »Wir haben immer darauf geachtet, die Kinder in gute Familien zu geben.«

»Gute Familien?«, rief Emilia. »Meine echte Familie wäre eine gute Familie gewesen. Ich weiß, wer sie sind, und ich kenne meine Schwester. Sie hat ein schönes Leben. Sie hatte alles, was ich auch hätte haben sollen!«

Candela zuckte unter ihren Worten zusammen.

»Wie hast du davon erfahren?«, fragte Adelheid.

»Durch einen Zufall«, sagte Emilia. »Ich habe auf Lanzarote in einem Hotel gearbeitet. In der Küche. Eines Abends habe ich das Büfett nachgefüllt. Ich hätte fast eine Gemüseplatte fallen gelassen, als ich in das Gesicht meiner Schwester blickte, die sich gerade einen Teller hergerichtet hat. Es war, als würde ich in einen Spiegel sehen. Das gleiche Gesicht, nur wirkte es fröhlicher. Die gleiche Figur. Sie trug sogar das Haar ähnlich wie ich. Selbst der kleine Leberfleck, links, unterhalb der Lippe.«

Emilia fasste sich ins Gesicht und berührte ihr Mal. »Es war ein Schock. Im ersten Moment konnte ich gar nicht reagieren. Erst viel später an diesem Abend wurde mir klar, dass es sich um meine Zwillingsschwester handeln musste. Es konnte nicht anders sein. Noch in derselben Nacht schlich ich mich an die Rezeption und versuchte, ihren hinterlegten Pass zu finden. Ich musste ihren Namen erfahren. Ich fand ihn und grübelte die restliche Nacht darüber nach, was ich tun sollte. Doch als ich sie am nächsten Tag ansprechen wollte, war sie abgereist.«

Emilia schüttelte den Kopf. »Und meine Mutter? Die hat zuerst alles abgestritten. Ich habe sie angefleht, mir die Wahrheit zu sagen. Wir sind darüber in Streit geraten, doch dann hat sie es irgendwann zugegeben. Da bin ich davongelaufen, und sie kam hinter mir her.« Emilia erinnerte sich mit Grauen daran. »Sie war betrunken … und stolperte. Dabei fiel sie unglücklich auf einen Stein.«

»Sie ist tot?«, flüsterte Adelheid.

»Zwei Tage später ist sie gestorben. Sie kam nicht mehr zu sich. Von der Lebensversicherung, die sie wenigstens all die Jahre noch bezahlt hatte, konnte ich dann einen Privatdetektiv beauftragen, meine Schwester zu finden, wobei ich ihm gesagt habe, es handle sich um eine alte Freundin. Anschließend kam ich auf die Insel.«

»Warum bist du nicht direkt zu deiner Familie gegangen?« Adelheid sah sie überrascht an. »Sie hätten sich doch bestimmt gefreut, dich zu sehen.«

»Glaubst du? Sie wussten doch gar nichts von mir.« Emilia stand auf und ging im Wohnzimmer auf und ab. »Wie hätte ich ihnen gegenübertreten können? Ich hatte keine Beweise, und es musste erst alles offengelegt werden, sonst hätte ich nie Ruhe gefunden. Wie du siehst, halte ich mich nicht gerade an das Gesetz.«

Adelheid schien zu überlegen. »Das hättest du aber tun können.« Dann legte sie ihren Kopf in den Nacken. »Weißt du, dass deine Zwillingsschwester im Gefängnis sitzt, weil sie Schwester Beate getötet haben soll?«

Emilia hatte diesen Gedanken bisher weit von sich geschoben. Es tat ihr leid, ihre Schwester im Gefängnis zu wissen, doch sie konnte ihr erst helfen, wenn das hier alles vorbei war. Sich vorher bei der Polizei zu melden, würde alles zerstören, was sie bisher geleistet hatte. »Ich werde alles klarstellen, wenn ich endlich dieses Heft habe.«

»Warum?«, wandte sich Adelheid an Candela, die unmerklich zu schniefen begonnen hatte.

»Das habe ich sie auch schon gefragt«, meinte Emilia und drehte sich zu Candela. »Ich will nur die Wahrheit wissen. Mehr nicht.«

Candela blickte auf und sah Emilia fest in die Augen. »Ich sagte dir schon, dass ich keine andere Wahl hatte.«

»Man hat immer eine Wahl«, widersprach Adelheid. »Die Alternative ist nur nicht immer bequem.«

Adelheids Worte überraschten Emilia. Offenbar sahen sie diesen Punkt aus dem gleichen Blickwinkel. Man hatte immer eine Wahl. Sie selbst hatte eben die Wahl getroffen, Adelheid nicht gehen zu lassen, und sie wusste um die Konsequenzen. Aber die würde sie gerne tragen.

»Ich hätte meinen Job verloren. Als Hebamme war ich doch nur ein kleines Licht. Wenn ich nicht getan hätte, was sie von mir verlangten, hätte ich nirgendwo mehr Arbeit bekommen.«

Emilia widerte es an, wie sich die Frau in ihrem Selbstmitleid suhlte.

»Also haben Sie Müttern ihre Babys weggenommen und sie teuer verkauft«, mutmaßte Adelheid.

»Nicht doch, ich habe nur meinen Job behalten. Wobei ich immer versucht habe, in ein anderes Krankenhaus zu wechseln. Es ist mir nicht gelungen. Schwester Beate verließ die Insel, und Doktor Gúzman eröffnete eine eigene Praxis. Erst dann war ich endlich wieder frei.« Aus Candelas Augen liefen Tränen. »Jahrelang habe ich versucht, diese Geschichte zu verdrängen.«

»Diese Geschichte«, wiederholte Emilia entrüstet. Sie war für diese Frau also nichts weiter als ein dunkler Fleck in der Vergangenheit, der sich mit der Zeit heller wusch und jetzt wieder zum Vorschein kam.

»So habe ich es nicht gemeint«, entschuldigte sich Candela. »Es war für alle eine harte Zeit.«

»Wie viele Kinder?«, fragte Adelheid.

»Ich weiß von fünfundzwanzig, doch es gibt viel mehr«, gab Candela flüsternd zu. »Einmal hätte ich beinahe alles hingeworfen. Doch mir war klar, wenn ich es nicht mache, wird diese Aufgabe eine andere Schwester übernehmen.« Candela schluckte mehrfach. »Es gab eine reiche Familie, die sich ein Kind wünschte. Blaue Augen, hellere Haut und ein Junge sollte es sein. Diese Eigenschaften waren nicht gerade häufig, und dennoch erfüllte Schwester Beate auch diesen Wunsch. Es war widerlich. Der Junge wurde krank, und die Eltern fühlten sich überfordert, denn sie hatten schließlich einen gesunden Jungen gewollt. Also wurde das Kind kurzerhand umgetauscht. Einfach so. Als wäre es nichts weiter als ein Kleid, das doch nicht passt.«

Emilia ging auf Candela zu, packte sie an den Schultern und schüttelte sie. »Du bist nicht besser als dieser Abschaum!«

»Beruhige dich, Emilia«, bat Adelheid mit beschwichtigender Stimme. »Es ist vorbei.«

»Nicht für diese Familien!« Emilia ließ die alte Frau dennoch los. »Was wurde aus dem kranken Jungen?«

»Der kam in eine andere Familie, die kaum Geld hatte, sich aber ein Kind wünschte. Er starb wenige Monate später«, erzählte Candela offen weiter. »Es ging zu wie in einem Warenhaus. Bestellung aufgeben, warten, Lieferung abholen.«

»Warum haben Sie nichts getan?«, fragte Adelheid.

Candela zuckte mit den Schultern. »Was hätte ich tun können? Es geschah alles unter den Augen der Regierung. Viele Politiker haben sich so ihre Kinder besorgt. Es war ein Vorgehen, das von Franco befürwortet wurde. Kinder, deren Mütter politische Gefangene waren, wurden ihnen im Alter von spätestens zwei Jahren weggenommen und verkauft. Manchmal sogar schon früher, weil das Gefängnis ja kein Ort für Kleinkinder ist. Ich war nur eine Hebamme, die ihren Job zu machen hatte.«

Adelheid schüttelte ungläubig den Kopf.

Emilias Wut wuchs. »Und wie habt ihr in den Krankenhäusern den Müttern vorgespielt, dass ihre Kinder tot sind? Sie werden es euch nicht einfach so geglaubt haben!«

Candela schloss die Augen. »Wir hatten ein gefrorenes Baby. Das haben wir den Eltern aus einiger Entfernung gezeigt. Es war noch eine Glasscheibe dazwischen. Durch den Schock, den die Eltern erlitten haben, war es leicht, das gefrorene Baby als ihr eigenes auszugeben. Es war entsetzlich, die Verzweiflung zu sehen.«

»Und was hindert die mitfühlende Hebamme, wenigstens jetzt das Richtige zu tun und das Heft herauszugeben?«

»Ich habe immer noch Angst«, flüsterte Candela. »Viele Adoptiveltern leben noch. Unendlich viele Dokumente sind gefälscht worden. Und ich habe den Verdacht, dass Doktor Gúzman zusammen mit Schwester Beate auch nach Francos Tod noch weitergemacht hat. Es würde einen fürchterlichen Skandal geben.«

»Und du fürchtest den Skandal mehr als mich?«, fragte Emilia provozierend.

»Anfangs nicht, jetzt schon«, gestand Candela. »Aber vielleicht ist es nach all den Jahren an der Zeit, reinen Tisch zu machen. Ich hatte schon Angst, als ich das Heft vor einem halben Jahr von Schwester Beate erhalten habe. Das war, als der Prozess in Madrid begann.«

»Wo ist es?«, fragte Emilia.

»Unter dem Zitronenbaum hinter dem Schuppen. In einer Blechschachtel. Direkt an der Schuppenwand vergraben.« Candela sah zu ihr auf. In ihren Augen erkannte Emilia eine Mischung aus Trauer und Angst. »Wirst du mich jetzt töten?«

39

Toni parkte den Wagen in einiger Entfernung am Straßenrand, um unnötige Geräusche zu vermeiden. Gemeinsam mit David schlich er durch die Dunkelheit zum Gelände, das er als Candela Costas Grundstück vermutete. Am Eingangstor stolperte er über etwas und fluchte leise auf. Er bückte sich. Es war sein Motorradhelm. Nun gab es keinen Zweifel mehr: Adelheid musste in diesem Haus sein.

David fasste ihm an die Schulter und zeigte auf die Haustür. Ein Lichtschein erhellte die Terrasse. Eine Frau mit kurzem Haar hielt einen Spaten in der Hand und verschwand hinter dem Haus.

»Los jetzt«, flüsterte Toni, legte seinen Helm geräuschlos wieder auf die Erde und kletterte über das Tor.

David blähte die Backen auf und kletterte hinterher. »Warum auch den einfachen Weg durch das Tor nehmen?«, flüsterte er ihm zu.

»Und riskieren, dass die Angel quietscht und wir bemerkt werden?« Toni pirschte sich näher an das Haus heran. David folgte ihm.

Toni nickte und bedeutete David hineinzugehen. David zog seine Waffe aus dem Halfter und warf einen schnellen Blick durch den Türspalt, während Toni den Außenbereich sicherte. Seine Augen hatten sich an das trübe Nachtlicht gewöhnt. Nur der am Himmel stehende Mond ließ diffuse Schatten erkennen.

Toni achtete darauf, ob sich einer der Schatten bewegte. Alles blieb noch ruhig.

»Und?«, flüsterte er.

»Zwei Frauen unterhalten sich leise«, raunte David.

Toni nickte. Seine Schwiegermutter und die Hausbesitzerin. »Also rein«, gab Toni das Kommando.

David stieß die Tür auf und sicherte den Bereich, den er einsehen konnte. Dann hob er das Kinn. Das Zeichen für Toni, weiter in den Raum vorzudringen. Der Eingangsbereich ging in das Wohnzimmer über. Das Flüstern der Frauen erstarb augenblicklich. »Ist sonst noch jemand im Haus?«, fragte er Adelheid, die sofort den Kopf schüttelte. Er ging auf sie zu, entdeckte die Kabelbinder und sah sich nach etwas um, um diese durchzuschneiden. »Ist jemand verletzt?«

»Nein«, antwortete Adelheid.

Toni nickte. »Wer ist sonst noch hier?«

»Nur Emilia«, antwortete Adelheid. »Und es besteht auch keine Gefahr. Sie gräbt nur noch ein Heft aus, dann hätten wir gemeinsam die Polizei gerufen.«

Toni verfluchte die Leichtgläubigkeit seiner Schwiegermutter. Sie glaubte tatsächlich daran, diese Frau würde sie nach zwei Morden gehen lassen. »Wie du hierhergeraten bist, klären wir später.«

David sah Candela Costa besorgt an. »Sie sieht ziemlich mitgenommen aus. Wir brauchen einen Krankenwagen.«

»Es geht schon«, wisperte Candela.

»Mach du die Frauen los«, befahl Toni, strich seiner Schwiegermutter liebevoll über das Gesicht, bevor er sich abwandte und die Eingangstür bewachte. Irgendwann würde Emilia zurückkommen. »Und kein Wort mehr, verstanden?«

Er hörte, wie David einige Schubladen öffnete. Vermutlich suchte er nach einem Messer oder einer Schere.

»Toni«, sagte Adelheid flüsternd.

Er hob die Hand, und Adelheid schwieg wieder. Wenigstens befolgte sie dieses Mal seinen Rat und hielt sich an seine Anweisung.

Toni hörte, wie sich jemand der Haustür näherte. Leises Knirschen auf dem Kiesweg, dann ein dumpfes Klacken. Vermutlich hatte Emilia den Spaten eben an die Wand gelehnt.

Die Tür schwang auf.

Toni zielte mit seiner entsicherten Waffe auf die erschrocken wirkende Frau.

Instinktiv ließ sie eine Blechschachtel fallen und hob die Hände.

»Okay, lassen Sie die Hände oben, und drehen Sie sich zur Wand. Ganz langsam.«

Emilia gehorchte. Mit geübten Handgriffen legte er ihr die Handschellen an, zwang sie in die Knie und steckte seine Pistole weg, um Emilia nach Waffen zu untersuchen.

»Ich bin unbewaffnet«, sagte Emilia mit fester Stimme. »Bitte lassen Sie mich in die Schachtel sehen.«

Toni kickte die Blechschachtel mit dem Fuß weiter weg. »Was ist da drin? Eine Waffe?«

»Quatsch«, mischte sich Adelheid ein und stand auf.

David hielt sie zurück. »Schön langsam«, bestimmte er, ging auf die Schachtel zu, lauschte daran, bevor er sie kurz schüttelte und dann öffnete. »Ein Schulheft?«, fragte er verwundert.

»Nicht irgendein Schulheft«, erklärte Adelheid. »Es stehen Namen von verkauften Babys, die Namen der leiblichen Eltern und die der Adoptiveltern darin.«

Toni sah überrascht auf. »Und für das Heft haben Sie zwei Menschen getötet?«

Candela zuckte zusammen. »Wusste ich doch, dass sie uns nicht davonkommen lassen würde.«

»Ich habe diesen Arzt nicht getötet. Selbst bei der Nonne bin ich mir nicht sicher«, erklärte Emilia.

Toni wunderte sich über Emilias Aussage. Wie konnte man unsicher sein, ob man jemanden eine Treppenstufe hinuntergestoßen hatte?

»Die Kollegen müssten auch gleich hier sein«, sagte David. »Den Rest klären wir auf der Wache.«

Candela stand auf und schwankte.

»Brauchen Sie doch einen Arzt?«, wollte Toni wissen.

»Nein, es ist nur der Kreislauf«, winkte Candela ab.

Adelheid zeigte auf Candela. »Die Frau kennt die ganzen Hintergründe zu dem Babyhandel, der Emilia hat straffällig werden lassen. Ruf Mel an. Emilia wird eine gute Verteidigerin brauchen.«

»Was hast du eigentlich hier zu suchen?« Toni hielt Emilia immer noch am Boden und blickte zu seiner Schwiegermutter.

»Lange Geschichte«, wich sie aus.

»Die kannst du gleich im Revier zu Protokoll geben.« Auch wenn sich seine Stimme verärgert anhörte, war Toni nur glücklich, Adelheid unversehrt gefunden zu haben.

»Ruf Mel an, ja? Sie wird neugierig sein, was in dem Heft steht.«

»Das werde ich tun.« Toni wandte sich an Emilia. »Dann wissen Sie, dass Sie eine Zwillingsschwester haben?«

Emilia nickte. »Aus diesem Grund bin ich hier.«

Tonis Telefon vibrierte. Er zog es aus seiner Hosentasche und sah aufs Display. »Die Kollegen von der Lokalpolizei sind da.« Er nahm das Gespräch an. »Ihr könnt aufs Grundstück kommen. Alles unter Kontrolle.«

Toni wartete auf die Kollegen und war überrascht, Manuel, Bruno und Pedro auf sich zueilen zu sehen. Sein Team war in Begleitung der örtlichen Polizei von Alaró. »Was macht ihr denn hier?«, fragte er.

»Denkst du, wir lassen uns den ganzen Spaß entgehen?«, fragte Pedro. »Du hättest auf uns warten sollen.«

»Keine Zeit«, gab Toni knapp zurück. »Zudem ging von euch keiner ans Telefon. Darüber werden wir noch reden müssen.«

Pedro nickte, und auch Bruno und Manuel sahen betreten zu Boden.

Toni zeigte auf Emilia. »Das ist die Zwillingsschwester von Alba Ruíz Cabra. Sie ist verdächtig, die Morde an Schwester Beate und Doktor Gúzman begangen zu haben. Zudem ist sie der Freiheitsberaubung und des Hausfriedensbruchs verdächtig. Bringt sie aufs Revier zur erkennungsdienstlichen Untersuchung.«

Manuel half der Frau auf die Beine.

Adelheid trat zu Emilia und legte ihr aufmunternd die Hand auf die Schulter. »Meine Tochter wird dir helfen.«

Emilia wirkte gefasst und ließ sich widerstandslos abführen.

»Meine Schwiegermutter«, stellte Toni Adelheid vor. »Eine Zeugin.« Toni ging auf Candela Costa zu. »Und diese Dame hier steht unter Verdacht des Kinderhandels. Ebenfalls abführen.« Da die Frau etwas mitgenommen aussah, fügte Toni noch hinzu: »Lasst sie vorher von einem Arzt durchchecken.«

»Ich kümmere mich um sie«, bot Bruno an, zog die Handschellen von seinem Gurt und legte sie der Frau an.

»Ist das nötig?«, fragte Adelheid.

Toni hob nur den Finger, was Adelheid erneut zum Schweigen brachte. Dann wandte er sich an die Kollegen der Policía Local. »Danke fürs Kommen. Wartet bitte, bis die Jungs vom Erkennungsdienst hier sind und übernehmen.«

»Klar«, sagte ein untersetzter Glatzkopf. »Kein Problem.«

»Danke.« Toni drehte sich zu Pedro. »Und du bringst meine Schwiegermutter aufs Revier, bevor ich sie eigenhändig umbringe.« Böse blickte er zu Adelheid. »Schlüssel!«

Adelheid griff in ihre Hosentasche und übergab ihm den Schlüssel. »Dein Motorrad steht ein Stück die Straße runter. Es ist im Gebüsch versteckt.«

»Darüber reden wir noch.« Toni versuchte, sie streng anzusehen, doch es gelang ihm nur leidlich.

»David, du nimmst den Wagen, und ich komme mit meiner Maschine nach«, befahl Toni. Nachdem alle versorgt waren und er allein im Wohnzimmer der Finca stand, zog er sein Handy aus der Hosentasche und rief seine Frau an.

Toni hatte alle Mühe, sie zu beruhigen. »Du solltest ebenfalls aufs Revier kommen. Und lass bitte das Auto stehen, und nimm dir ein Taxi. Ich will mir nicht auch noch um dich Sorgen machen müssen.«

»Ich kann fahren«, widersprach Mel.

»Mel, bitte, tu mir den Gefallen.«

»Okay«, gab Mel nach, was Toni sehr erleichterte. Nach diesen Nachrichten würde seine Frau sich kaum auf den Verkehr konzentrieren können. Dann erzählte er ihr, was er eben erfahren hatte.

»Ich sage Fernando Bescheid.«

»Ihr werdet das Heft erst nach der Spurensicherung bekommen«, wandte Toni ein. »Es hilft nichts, auch noch ihn um den Schlaf zu bringen.«

Freitag

40

Auf dem Revier traf Toni sofort auf Catarina. Sie sah ihn wütend an. »Warum hast du nicht gesagt, worum es geht? Warum musste ich das von den Kollegen erfahren?«

Toni hatte mit ihrem Vorwurf gerechnet. »Als ich euch angerufen habe, ging es nur um meine verschwundene Schwiegermutter, die sich mein Motorrad ausgeliehen hat und nicht nach Hause kam. Also kaum ein Grund, die ganze Truppe aufzuscheuchen. David war in der Nähe, deshalb habe ich ihn um Hilfe gebeten.« Toni zog Catarina mit sich in sein Büro. »Und als dieser Privatermittler hier auftauchte, blieb mir keine Zeit mehr. Zudem habe ich Verstärkung angefordert.«

»Und die Jungs haben uns informiert«, sagte Catarina trocken. »Mach so was nicht wieder. Du hast nicht nur dich, sondern auch David und die Geiseln in Gefahr gebracht.«

Den Vorwurf ließ sich Toni nicht gefallen. »Es war immer alles unter Kontrolle.«

»Es hätte aber anders laufen können, wenn diese Emilia eine Psychopathin gewesen wäre.«

»Ist es aber nicht«, schmetterte er Catarinas Bedenken ab.

Catarina schnaubte wütend auf. »Und ich dachte, wir wären ein Team!«

»Hör zu«, versuchte Toni, sie zu besänftigen. »Es ging um meine Schwiegermutter. Ich hatte keine Zeit, auf dich zu warten. Bis du auf dem Revier gewesen wärst, wäre eine Stunde vergangen. So lange hatte ich nicht. David war da, und zu zweit war der Einsatz kein Problem. Und jetzt will ich über das Thema nicht weiter diskutieren. Wir haben Wichtigeres zu tun.«

Catarina schluckte mehrfach. »Vale.«

»Dann können wir jetzt an die Arbeit gehen?«

»Emilia Delgado Cano wartet im Verhörraum«, informierte Catarina ihn. »Und David und Pedro nehmen die Aussage von Candela Costa auf. Ihr fehlt körperlich nichts. Der Arzt hat grünes Licht gegeben.« Sie verzog angewidert das Gesicht. »Ich habe nur ein wenig mitbekommen. Was diese Frau getan hat, ist abscheulich.«

»Ich weiß«, stimmte ihr Toni zu. »Aber durch die Heftnotizen werden nun hoffentlich viele Familien wieder zusammenfinden.«

»Das hoffe ich auch.« Catarina ging zur Kaffeemaschine. »Möchtest du einen?«

Es würde eine lange Nacht werden, und obwohl der Kaffee scheußlich schmeckte, war es besser als gar nichts. Toni folgte Catarina und nahm seine Tasse entgegen. »Und wir kümmern uns jetzt um Emilia Delgado Cana. Ich bin neugierig, was sie uns erzählen wird.«

»Deine Frau wird sie vertreten. Sie ist bereits bei ihr«, fügte Catarina hinzu und ging voraus zum Verhörraum.

»Schick mir zuerst meine Frau raus«, bat Toni.

Catarina betrat das Zimmer, und Toni hörte, wie Catarina Mel zu ihm hinausschickte.

Mel trat durch die Tür und schloss sie. »Danke«, sagte sie und fiel ihm in die Arme.

»Es ist ja alles gut gegangen«, tröstete er Mel. »Und du bist dir sicher, Emilia verteidigen zu wollen?«

»Ja, ich habe kurz mit ihrer Mutter telefoniert. Sie will natürlich ihrer Tochter helfen. Vor allem will sie ihre Tochter kennenlernen, wenn sie auch nicht versteht, was sie getan hat.« Mel löste sich aus der Umarmung. »Ich hoffe, ich kann ihr helfen. Sie ist bereit für eine vollständige Aussage.«

Toni nickte. »Sie schien schon bei ihrer Festnahme sehr gefasst.«

»Dann können wir?«, fragte Mel. »Und die Aussage meiner Mutter?«

»Die wird von Bruno und Manuel aufgenommen«, sagte Toni und ging mit Mel zusammen in den Raum.

Zum ersten Mal hatte Toni Zeit, sich die Frau genauer anzusehen. Aufgrund ihrer Kurzhaarfrisur und der helleren Haarfarbe wirkte ihr Gesicht ganz anders. Zarter und irgendwie jünger. Dennoch glichen sich die Schwestern wie ein Ei dem anderen. Mit ihrem Auftreten wirkte sie nicht wie eine Frau, die kaltblütig zwei Menschen getötet hatte.

Mel setzte sich an die Seite von Emilia, während Toni gegenüber Platz nahm. »Sie wollen also eine Aussage machen?«

Emilia nickte. »Natürlich. Ich wollte, dass die Wahrheit ans Licht kommt, und das tut es nun. Außerdem soll meine Schwester nicht für eine Tat im Gefängnis sitzen, die eventuell ich begangen habe.«

»Eventuell?«, hakte Toni nach. »Erzählen Sie von Anfang an.« Er stellte das Tonbandgerät an und nickte. »Vernehmung von Emilia Delgado Cano in den Mordfällen zum Nachteil von Schwester Beate und Doktor Gúzman.« Dann nannte er noch Ort und Uhrzeit und sah Emilia erwartungsvoll an.

»Mit dem Tod von Doktor Gúzman habe ich nichts zu tun«, erklärte Emilia und sah zu Mel. »Bei dem Tod der Nonne bin ich mir nicht sicher.« Emilia begann zu erzählen, wie sie ihre Schwester gefunden hatte und warum sie nach Mallorca gekommen war. »Ich wollte die Schuldigen finden, und sie sollten bestraft werden. Anschließend wollte ich Kontakt mit meiner Schwester und meinen Eltern aufnehmen. Ich wusste natürlich von dem Prozess in Madrid, und um weitere Informationen zu bekommen, habe ich mich dieser Facebook-Gruppe angeschlossen. Luisa Cordalis tat so, als hätte sie gute Verbindungen, doch sie hatte nichts. Im Gegenteil, ich habe ihr Geld gegeben, um über ihre Quellen nachzuforschen, aber ich glaube, sie hat das Geld einfach eingesteckt und nichts unternommen.«

Da Toni von Luisa Cordalis' Arbeitslosigkeit wusste, war der Gedanke nicht abwegig.

»Luisa spielte sich immer wie der Chef der Gruppe auf. Und so blieb mir nichts anderes übrig, als mich mit den anderen Frauen zu dieser Wanderung zu verabreden. Ich wollte Antworten auf meine Fragen und habe Luisa an dem Tag im Wagen bedrängt. Doch nichts. Diese Gruppe konnte mir nicht helfen.«

»Warum haben Sie den Fall nicht an den Anwalt gegeben, der schon die anderen Opfer vertrat?«, wollte Toni wissen.

»Was hätte das gebracht?« Emilia zuckte mit den Schultern. »Oder hat er schon einen einzigen Fall abschließen können?«

Toni sah sie schweigend an.

»Eben. Also musste ich selbst tätig werden. Und da ich mich aus der Gruppe zurückziehen wollte, habe ich so getan, als hätte ich mir den Knöchel verstaucht, um von dort wegzukommen.« Emilia schloss für einen Moment die Augen. »Und selbst das sollte nicht so leicht werden. Carmen Santana wollte mich unbedingt begleiten. Sie hat sogar gesagt, ihr ginge es ebenfalls nicht gut. Regelschmerzen. Dabei war mir klar, dass sie mir nur wieder auf die Pelle rücken wollte wie schon bei den Treffen zuvor. Ich konnte es aber abwenden und bin dann allein zurück ins Kloster.«

»Weil Sie zu den Nonnen wollten«, mutmaßte Catarina.

»Nein.« Emilia schüttelte den Kopf. »Ich wusste doch gar nichts von denen. Waren Sie schon mal dort oben?«

»Natürlich«, gab Catarina zu.

»Dieser Ort ist besonders. Spirituell. Und es war vermutlich Fügung, dass mir Schwester Beate gerade dort über den Weg gelaufen ist. Ich habe sie sofort erkannt und bin ihr dann in die Kapelle gefolgt. Das harmlos wirkende Gesicht dieser Frau hat sich schon bei den ersten Berichten über sie in mein Gedächtnis eingebrannt. Glücklicherweise hat mir der Busfahrer erlaubt mitzufahren. Auch ihm habe ich die Geschichte mit dem verletzten Knöchel aufgetischt. Und als wir in Palma ankamen, bat ich Schwester Beate einfach um ein Gespräch. Es war ganz leicht. Eine andere Nonne erinnerte sie sogar an ihre Pflichten.« Emilia lachte auf. »Und um nicht ihr wahres Gesicht zeigen zu müssen, ging sie mit mir bis zur Stadtmauer, wo ich sie mit meinen Vorwürfen konfrontiert habe. Als sie nicht reden wollte, habe ich sie gepackt und die Namen von Gúzman und Candela aus ihr herausgeschüttelt. Dann habe ich sie losgelassen und bin davongelaufen.«

»Aber zuvor haben Sie ihr noch einen Stoß versetzt«, mutmaßte Toni.

Emilia hob die Schultern. »Habe ich nicht. Aber irgendwie muss sie wohl dennoch gestürzt sein. Mit Doktor Gúzman habe ich nie gesprochen. Ich war nur zweimal vor seinem Haus.«

Toni schien die Aussage schlüssig zu sein. Wie sie ihre Schwester getroffen hatte und auch wie sie mithilfe des Detektivs die Adressen ausfindig gemacht hatte. Die Fahrt vom Kloster Lluc nach Palma, das Zusammentreffen mit der Nonne und wie sie die Informationen aus ihr herausgeschüttelt hatte. Alles klang schlüssig. Nur ein Punkt nicht. »Sie haben also Doktor Gúzman nur beschattet, aber nie mit ihm gesprochen?«

»Genau«, erwiderte Emilia. »Ich wusste nicht, wie ich an ihn herankommen soll. Auf offener Straße erschien es mir zu gefährlich. Wenn er wegen meiner Beschuldigung geschrien hätte, wäre mein Plan gescheitert.«

Toni rieb sich über das Kinn. »Und wie erklären Sie sich dann, dass Ihr Vorgehen auf der Finca von Candela Costa mit dem im Haus von Doktor Gúzman übereinstimmt?«

»Wie meinen Sie das?« Nervös rutschte Emilia auf dem Stuhl hin und her.

»In beiden Fällen wurde das Opfer im Haus überwältigt und mit Kabelbindern an einen Stuhl gefesselt«, erläuterte Toni. »Haben Sie dafür eine Erklärung?«

»Ich habe nur im Radio vom Tod des Arztes erfahren und musste handeln. Ich … ich weiß nicht, wie er umgekommen ist«, sagte Emilia, die das erste Mal während der Vernehmung ins Stocken geriet.

»Wie kam Doktor Gúzman ums Leben?«, fragte Mel, die bisher nur schweigend zugehört hatte.

»Ihm wurde ein Kabelbinder um den Hals gewickelt, vermutlich, um irgendwelche Informationen zu erhalten. Als er kurz vor dem Ersticken stand, schnitt man den Kabelbinder durch. Doktor Gúzman erstickte trotzdem.« Toni beobachtete jede Reaktion von Emilia. Sie wirkte entsetzt.

»Das war ich nicht.« Emilia schüttelte den Kopf. »Ich wollte niemandem wehtun, auch Candela Costa nicht. Als ich das Heft hatte, wäre ich zur Polizei gegangen, um sie anzuzeigen. Das können Ihnen beide Frauen bestätigen.«

Catarina schien ihr nicht zu glauben. »Obwohl Sie die Frau zwei Tage lang an ein Heizungsrohr gefesselt haben?«

»Das habe ich doch nur getan, weil sie mir nicht sagen wollte, wo das Heft ist«, verteidigte Emilia ihre Handlungsweise.

»Und weil meine Schwiegermutter plötzlich auftauchte, haben Sie auch die noch festgehalten«, setzte ihr Toni weiter zu. »Ebenfalls mit Kabelbindern.«

»Das war Zufall.« Emilia stützte ihren Kopf in die Hände, die Ellbogen hatte sie auf den Tisch gestemmt. Konzentriert rieb sie sich mit den Fingern mehrfach über die Stirn. »Verstehen Sie doch, ich war mir sicher, dass jemand den gleichen Plan verfolgt wie ich, als ich in den Nachrichten vom Tod des Arztes erfuhr.«

»Und warum hatten Sie ein Messer in der Handtasche?«, erkundigte sich Toni.

»Das Filetiermesser gehört zur Ausstattung der Küche, in der ich arbeite. Es war stumpf, ich wollte es schleifen lassen. Es war Zufall, dass ich es dabeihatte«, sagte Emilia. »Ich musste handeln, sonst wäre mir jemand vielleicht zuvorgekommen, und ich hätte gar nichts mehr erfahren, weil alle tot sind. Ich wollte sie bestrafen, das ja, aber nicht töten. Das würde den anderen Familien nichts nützen. Sie sollten ins Gefängnis gehen für das, was sie getan haben. Und sie sollten sich öffentlich dazu bekennen.«

Irgendwie ergab die Aussage einen Sinn. Besser, er behielt die Annahme für sich, dass keiner mehr für diese Verbrechen ins Gefängnis kommen würde. Der Großteil der begangenen Straftaten war mit Sicherheit verjährt. »Und die Kabelbinder?«

»Die hatte Candela in der Hosentasche, weil sie im Garten eine Bougainvillea an irgendwas befestigt hatte. Die habe ich nicht mitgebracht.« Emilia sah ihn flehend an. »Das ist die Wahrheit.«

Toni fiel es schwer, an einen weiteren Täter zu glauben. »Und wer soll es sonst getan haben?«, fragte er in den

Raum. »Es ist unwahrscheinlich, dass jemand genau zur gleichen Zeit an genau die gleichen Informationen gelangt ist.«

»Darüber zerbreche ich mir schon die ganze Zeit den Kopf«, antwortete Emilia.

»Das herauszufinden ist Sache der Polizei«, mischte sich Mel in das Gespräch ein. »Emilia, du hast alles gesagt. Dem gibt es im Moment nichts hinzuzufügen. Und wenn du nie bei Doktor Gúzman im Haus warst, wird es von dir dort auch keine Spuren geben.«

Emilia nickte. »Ich war nie dort. Nur vor dem Haus auf der Straße.«

»Ich denke, es reicht für heute.« Mel erhob sich. »Ich möchte noch einen Moment mit meiner Mandantin allein sprechen.«

Toni unterdrückte ein Gähnen, als er den Verhörraum verließ. »Für den Rest der Nacht kommt sie in die Zelle unten, und morgen bringen wir sie dann in U-Haft.«

»Ich kümmere mich darum«, sagte Catarina und folgte ihm nach draußen. »Was hältst du von ihr?«

»Ich weiß nicht. Entweder ist sie sehr clever, oder sie sagt die Wahrheit. Im Prinzip gibt sie vor, der Sturz von der Stadtmauer sei ein Unfall gewesen, den sie nicht mal gesehen hat, weil sie davongelaufen ist. Das hätte sie doch trotzdem bemerken müssen«, sagte Toni, der selbst nicht wusste, was er glauben sollte. »Warten wir den Spurenabgleich ab. Wenn sie im Haus des Arztes gewesen ist, finden wir was.« Toni nickte Catarina zu. »Du bleibst hier, und ich checke die Aussagen von Adelheid und dieser Candela gegen.«

Adelheid saß in seinem Büro auf einem Stuhl und schlief. Ihr Kopf lag auf seinem Schreibtisch.

»Wie lange ist sie schon hier?«, fragte Toni seinen Kollegen im Großraumbüro.

»Etwa eine Stunde«, antwortete Manuel, stand auf und gab Toni eine Mappe. »Die Aussagen von Candela Costa und deiner Schwiegermutter.«

»Danke.« Toni nahm die Aussagen entgegen und öffnete die Akte. »Ihr könnt Feierabend machen. Candela Costa ist noch unten in einer Zelle?«

»Ja, aber nicht mehr lange, oder? Wir wissen doch alle, wie schnell sie wieder draußen sein wird«, sagte Pedro. »Immerhin nimmt sie Emilia die Freiheitsberaubung nicht einmal übel, weil sie sich schuldig fühlt.«

»Tut sie das? Und darum hat sie all die Jahre geschwiegen«, meinte Toni ironisch. Nach allem, was er von Emilia wusste, hielt sich sein Mitleid mit der alten Frau in Grenzen. Sie hatte geholfen, Babys ihren Müttern zu entreißen und sie meistbietend zu verkaufen. Allein bei dem Gedanken wurde ihm übel. Auch der Mord an Doktor Gúzman erschien ihm nun in einem anderen Licht. Der Arzt war nicht der gute Mensch gewesen, der er vorgegeben hatte zu sein. Und wer konnte schon wissen, ob er nach der Eröffnung seiner eigenen Praxis nicht einfach zusammen mit Schwester Beate weitergemacht hatte. Vielleicht fand sich ja etwas in diesem Heft. Morgen früh hätte er eine Kopie auf seinem Schreibtisch, und er war gespannt, was sich in diesem ominösen Beweisstück finden ließ. Um keine Spuren zu verwischen, hatte er es nicht angefasst, sosehr es ihn auch gereizt hätte, einen Blick hineinzuwerfen.

Toni setzte sich auf den Besucherstuhl in seinem Büro und las die Vernehmungsprotokolle. Adelheid schnarchte leise. Er sah immer wieder mal auf, als er ihre Aussage las. Seine Schwiegermutter hatte einiges erleiden müssen. Auch wenn er ihr den Kopf hatte abreißen wollen, hatte er ihr längst verziehen.

Er klappte die Akte zu. Die Aussagen stimmten überein, zumindest was die Vorkommnisse auf der Finca anbelangten. Und wenn Emilia in allen anderen Punkten die Wahrheit gesagt hatte, stand er vor dem nächsten Problem: Er musste den Mörder von Doktor Gúzman finden. Die Alibis von Natalina Forteza und Hugo Alonso schlossen eine Beteiligung an diesem Mord aus. Nichts anderes hatte Toni erwartet. Bruno hatte nochmals versucht, auf Natalina Forteza einzuwirken. Erfolglos.

»Können wir?« Mel war unbemerkt an ihn herangetreten. Sie sah müde aus.

»Das wird eine kurze Nacht«, sagte Toni und stand auf. Es war fünf Uhr morgens, und es lag noch jede Menge Arbeit vor ihm.

Mel weckte ihre Mutter. Verschlafen blickte sie zu Toni. »Es tut mir leid«, sagte sie.

»Das sollte es auch. Du hättest mit mir reden müssen.« Toni lächelte sie trotzdem versöhnlich an. »Lasst uns nach Hause fahren.« Er reichte Mel seinen Autoschlüssel. »Nehmt ihr den Dienstwagen.« Dann wandte er sich an Adelheid. »Das Motorrad lässt du künftig in Ruhe, einverstanden?«

41

Gedankenverloren fuhr Toni nach Hause. Der Fall ließ ihm keine Ruhe. Emilia hatte auf ihn einen gefassten Eindruck gemacht. Ihre Aussagen wirkten glaubwürdig, und doch war er unsicher, ob sie nicht einfach nur clever war. Zugeben und vage bleiben in den Punkten, die nicht zu leugnen waren, und abstreiten, was man ihr nicht nachweisen konnte.

Die Überprüfung der Faserspuren aus dem Bus mit Emilias Kleidung konnte er sich schenken. Die Fahrt hatte sie eingeräumt. Ebenso, dass sie die Nonne geschüttelt hatte. Aber sie hatte sie nicht fallen sehen. War das wirklich möglich? Doch wer sollte in genau diesem Moment den Tod der Nonne verursacht haben? Die Wandertruppe schied aus. Und alle anderen, die ein mögliches Motiv hätten, legten ebenfalls ein Alibi vor, an dem es keine Zweifel gab. Toni überlegte, ob die komplette Wandergruppe dahintersteckte und sich gegenseitig deckte. Ein kluger Zug, erst Emilia mit falschem Namen zu verdächtigen, um selbst ein Alibi zu haben. Aber warum hätten sie Emilia dann nicht gleich ebenso ein Alibi verschafft? Sollte sie das Bauernopfer werden? Toni erinnerte sich an Brunos Aussage, dass die Beschreibungen zu gut aufeinander abgestimmt gewesen waren.

Kurz bevor er seine Maschine neben Mels Cabrio in der Garage abstellte, beschloss er, die Frauen für den nächsten

Tag vorladen zu lassen. Mit etwas Glück verstrickten sie sich ja doch noch in Widersprüche.

Mel fuhr direkt nach ihm auf den Hof. Da er in drei Stunden wieder auf dem Revier sein musste, schloss er die Garage und ließ seinen Dienstwagen auf dem Hof stehen.

Adelheid stieg aus und streckte sich. »Mir tut jeder einzelne Knochen weh.«

»Strafe muss sein«, sagte Toni, nahm Adelheid jedoch in den Arm und drückte sie leicht an sich. »Es hätte ganz anders enden können.«

Adelheid seufzte. »Ich weiß. Mein Alleingang war ausgesprochen dumm.«

»Vielleicht ist dir das für die Zukunft eine Lehre«, stellte Mel fest. »Habt ihr noch Lust auf ein Glas Wein? Ich könnte jetzt sehr gut eines vertragen.«

Toni stimmte zu, nur Adelheid zuckte kurz und sah sie zerknirscht an. »Ich glaube, ich gönne mir zur Entspannung was anderes.«

Toni war klar, was Adelheid meinte. »Komm über den Garten auf unsere Terrasse. Heute mache ich für dich eine Ausnahme.«

Adelheid grinste. »Wirklich? Ich kann aber auch bei mir drüben bleiben.«

»Das Angebot steht. Wiederholen werde ich es aber nicht«, meinte Toni, ließ Adelheid stehen und schloss die Haustür auf.

Mel folgte ihm. »Was für ein verrückter Tag! Nun hole ich die eine Schwester aus dem Gefängnis, dafür sitzt die andere ein.« Mel legte den Kopf in den Nacken. »Das wird für die Familie nicht leicht werden. Schon als ich die Mutter nach weiteren Kindern gefragt habe, war sie den Tränen nah und voll Hoffnung, ich würde ihre Tochter finden. Dann findest du sie tatsächlich, aber sie hat sich so viel zuschulden kommen lassen, dass sie sich vorerst nicht werden kennenlernen können.«

»Ja, da kommt einiges zusammen. Fahrlässige Tötung, zweifache Freiheitsberaubung, inklusive Nötigung, das gibt einige Jahre, selbst wenn es uns nicht gelingt, ihr den Mord an Doktor Gúzman nachzuweisen.« Toni überlegte. Albas Eltern mussten schon weit in den Sechzigern sein. »Wenn sie Pech hat, wird sie niemals bei ihren Eltern einen Kaffee trinken können.« Dann holte er eine Rotweinflasche aus dem Wandschrank, öffnete sie und ging auf die Terrasse hinaus. Mel folgte ihm mit drei Gläsern.

Toni schenkte sich und Mel ein Glas ein. »Was wirst du Alba morgen sagen?«

»Ich weiß es noch nicht. Vermutlich einfach die Wahrheit, also das, was Emilia mir erzählt hat«, mutmaßte Mel, hob ihr Glas an und stieß es gegen Tonis. »Salud.«

»Salud.« Toni nippte ebenfalls am Glas und schielte über den Rand zu seiner Frau. »Mel? Hat Emilia dir etwas anderes erzählt als uns?«

Mel grinste und schüttelte den Kopf. »Du wirst von mir nichts erfahren. Da hilft auch dein Dackelblick nichts.«

»Dackelblick?«, entrüstete er sich. »Ich bin mir nur unsicher, ob ich ihr glauben kann.«

»Das musst du für dich selbst klären«, sagte Mel bestimmt und sah in den klaren Nachthimmel hinauf. »Die Luft ist herrlich.«

Toni ließ das Thema ruhen. Und seine Frau hatte recht. Noch kühlten die Nächte ab, und man verkraftete die Hitze des Tages. In einem Monat würde das schon anders aussehen. Da würde auch nachts die Temperatur nur noch minimal absinken.

Die leisen Schritte auf dem Rasen ließen Toni den Blick heben. Er musste sich ein Lachen verkneifen. Seine Schwiegermutter trug einen zitronengelben Hauskaftan, ihr graues

Haar hatte sie sich zu einem nachlässigen Dutt hochgesteckt, und sie zog gerade mit zufriedenem Gesichtsausdruck an ihrem Joint. Als sie sich setzte, blickte sie von Mel zu Toni. »Möchte jemand?«

Toni verdrehte die Augen. »Unverbesserlich wie immer.«

»Auch ein Glas Wein?«, fragte Mel, nachdem sie ebenfalls abgelehnt hatte.

Adelheid blies den Rauch in die laue Nacht und schloss die Augen. »Kinder, ihr wisst doch, Gras und Alkohol vertragen sich nicht.« Nachdem sie noch einmal genussvoll daran gezogen hatte, drehte sie sich zu den beiden und schaute sie mit festem Blick an. »Es tut mir aufrichtig leid. Ich verspreche, mich zu bessern.«

Toni lachte trocken. »Und wer soll dir das glauben?«

Mel boxte ihn in die Seite. »Hättest du ihr denn geglaubt, wenn sie dir von Emilia erzählt hätte?«

Damit hatte seine Frau ihren Finger genau in die Wunde gelegt. Toni blieb eine Antwort schuldig.

»Eben«, stimmte Adelheid zu. »Ich habe ein Gespür dafür. Und das sagt mir ganz genau, dass Emilia nichts mit dem Tod dieser Nonne zu tun hat.«

Toni leerte sein Glas. »Und mein Gespür sagt mir, dass ich eine Dusche und eine Mütze Schlaf brauche.«

42

Um 8:30 Uhr saß Toni wieder hinter seinem Schreibtisch und telefonierte mit der IOTP: »Und, habt ihr Spuren von Emilia im Haus von Doktor Gúzman gefunden?«

»Nichts. Im Grunde haben wir kaum verwertbare Spuren. Der Täter war sehr vorsichtig und hat nicht viel angefasst. Wir haben ein paar Teilabdrücke von den Kabelbindern nehmen können, aber aussagekräftig sind die nicht.«

»Melde dich sofort bei mir, solltet ihr noch etwas finden«, bat Toni, bedankte sich und legte auf.

Catarina stand im Türrahmen. »Und?«

»Nichts«, antwortete Toni. »Bestellen wir also die Wandertruppe ein. Mal sehen, ob es dort nicht doch Unstimmigkeiten gibt. Sagst du den Jungs Bescheid?«

»Gute Idee«, stimmte ihm Catarina zu. »Irgendwie habe ich das Gefühl, wir stehen immer noch am Anfang.«

Das Gefühl teilte Toni. Obwohl Emilia eingeräumt hatte, eventuell den Tod von Schwester Beate verschuldet zu haben, würden sie es nicht beweisen können. Sie hatten nichts in der Hand. Und nachdem Emilia zugegeben hatte, Kontakt mit der Nonne gehabt zu haben, war ihr einziger Beweis ein Haar am Habit der Toten. Vermutlich würde es nicht für eine Anklage reichen. Zumindest nicht in diesem Fall. Dennoch wollte er mit seiner einzigen Verdächtigen nochmals sprechen.

Toni stand auf und ging in das Gemeinschaftsbüro. »Lasst mir Emilia in den Verhörraum bringen.«

Mel würde er selbst verständigen, wobei er vermutete, dass sie längst auf dem Weg ins Revier war. Nach Emilias Geständnis und der Tatsache, dass Alba einen Zwilling hatte, war die Freilassung von Alba bereits veranlasst. Mit Sicherheit hatte Mel sie schon abgeholt und zu ihrer Mutter gebracht. Dem Besucherprotokoll nach hatte ihr Verlobter sie nicht ein einziges Mal in der U-Haft besucht. Und weil Albas Tochter bei den Großeltern wohnte, wäre es sehr unwahrscheinlich, wenn die Frau nicht direkt zu ihren Eltern fahren würde.

Mel ging beim ersten Läuten an ihr Handy. »Mel, ich werde ein weiteres Mal mit Emilia sprechen. Ich lasse sie eben nach oben bringen.«

»Das trifft sich gut. Kannst du es einrichten, dass Alba und ihre Eltern wenigstens kurz mit Emilia reden können?«

Toni seufzte. Das war eigentlich nicht erlaubt. »Wenn sie es nicht an die große Glocke hängen, nehme ich das auf meine Kappe.« Vielleicht war es auch gar nicht verkehrt, die komplette Familie an einem Tisch zu haben und zu beobachten, wie sich das Gespräch entwickelte. Es wäre möglich, dass Emilia doch noch mit Details herausrückte, die sie bisher vor ihm verschwiegen hatte. Aber ob Mel das zulassen würde? Vermutlich nicht. Dennoch könnte er ein Familientreffen mit dieser Argumentation rechtfertigen. Am besten klärte er das kurz mit Anabel ab.

Anabel saß an ihrem Schreibtisch und blickte auf, als Toni nach einem flüchtigen Anklopfen eintrat.

»Und? Ich hoffe, ihr seid weitergekommen«, sagte Anabel, nachdem sie sich einen guten Morgen gewünscht hatten. »Die Berichte von gestern Nacht habe ich bereits gelesen. Also, was gibt es?«

»Leider nicht sehr viel«, sagte Toni bedauernd. »Die IOTP hat nichts ergeben, und Emilia bestreitet, etwas mit dem Tod von Doktor Gúzman zu tun zu haben. Da sie aber alles wegen ihrer Familie gemacht hat, könnte eine Zusammenführung neuen Schwung in die Sache bringen.«

»Gute Idee«, willigte Anabel ein.

Toni ließ sich seine Erleichterung nicht anmerken. »Zudem haben wir die Zeugen, die auf der Wanderung waren, ein weiteres Mal einbestellt.«

»Und die Hintergründe stimmen?« Anabel zeigte auf eine Kopie des Heftes, das Toni gestern zur Untersuchung gegeben hatte.

»Wo hast du die Kopie her?« Er zog die Augenbrauen zusammen, näherte sich Anabels Schreibtisch und streckte die Hand danach aus.

Anabel reichte ihm eine Kopie. »Da du noch nicht im Büro warst, hat man sie mir gebracht. Aber ich hätte sie dir gleich bringen lassen.«

»Nachdem du sie gelesen hast«, stellte Toni fest, denn immerhin war er seit mehr als dreißig Minuten auf dem Revier. Er überflog die Blätter. »Wow.«

»Das kannst du laut sagen. Ich überlege schon die ganze Zeit, wie wir damit umgehen sollen.«

»Wenn noch jemand von dem Heft gewusst hat, gehen uns die Verdächtigen nicht aus.« Toni ließ die Seiten sinken und setzte sich Anabel gegenüber. »Das müssen mehr als fünfhundert Namen sein.«

»Und was für welche«, meinte sie seufzend. »Wir brauchen eine Sondereinheit, um alle Fakten zu prüfen. Das schafft ihr unmöglich allein. Und ich frage mich, wen ich aus Madrid anfordere.«

»Auf mein ehemaliges Team kann ich mich verlassen.« Toni hoffte, Anabel würde ihm in diesem Bereich vertrauen.

»Schwierig, aber ich werde darüber nachdenken. Bevor nichts abgesichert ist, darf kein Wort an die Presse.« Anabel massierte sich die Nasenwurzel. »Weiß ihr Anwalt von dem Heft?«

»Natürlich«, bestätigte Toni. Und er wusste, wie dringend Mel auf eine Kopie wartete, um die Namen mit den Fällen ihrer Kanzlei abzustimmen.

»Wie vertrauenswürdig ist er?«, fragte Anabel und sah ihn eindringlich an.

Offenbar wusste Anabel noch nicht, dass Emilia von Mel verteidigt wurde. »Du kannst nicht verhindern, dass es öffentlich wird.«

»Das will ich auch gar nicht. Ich will nur einige Tage Zeit gewinnen.« Anabel stand auf und schaltete die Klimaanlage ein. »Verdammte Hitze.«

Toni fand es gar nicht so heiß. Vermutlich kam sie wegen einiger Namen auf dieser Liste ins Schwitzen. Obwohl Toni nur kurz hineingesehen hatte, waren ihm einige aufgefallen, Menschen, die jeder kannte, der sich auch nur ein wenig für Politik interessierte. Die Bekanntgabe der Untersuchungsergebnisse würde zu einigen Rücktritten und Skandalen führen. Denn einige hoch angesehene Persönlichkeiten hatten sich vor Jahren einfach ein Kind gekauft, das inzwischen ebenfalls Karriere gemacht hatte. Und die Adoptiveltern würden sich nicht damit herausreden können, den Kindern nur eine bessere Zukunft gewünscht zu haben. Aus purem Egoismus hatten sie das Gesetz gebrochen und den Kinderhandel florieren lassen. »Wie lange?«, fragte Toni.

»Fünf Tage, vielleicht eine Woche. Es kommt darauf an, wie viele Leute ich bekommen kann«, sagte Anabel und nickte, als wollte sie sich selbst überzeugen, dass diese Zeit ausreichend wäre. »Wir dürfen in dieser Sache keinen Fehler machen. Es stehen Existenzen auf dem Spiel. Nur eine falsche Anschuldigung und es werden Köpfe rollen. Und zwar unsere.«

Toni war sich nach Einsicht in die Kopien der Gefahr bewusst. Auch der Name eines ehemaligen Polizeipräsidenten von Madrid stand auf der Liste. Ebenso ehemalige Richter oder Konzerninhaber. Menschen mit Macht. »Ich werde mit Mel sprechen.«

Anabel sog scharf die Luft ein. »Deine Frau?« Die angespannte Stimmung verstärkte sich noch. »Ausgerechnet.«

»Ach, denkst du, mit einem anderen Anwalt würdest du besser fahren?« Toni stand auf und sah sie angriffslustig an. »Mel hat Köpfchen und ist empathisch. Selbst wenn sie die Unterlagen hat, würde sie niemals etwas tun, das die Opfer schädigen könnte. In ihrer Kanzlei untersucht man viele Fälle dieser illegalen Adoptionen. Sie wird umsichtig mit dem Material umgehen.«

»Was du nicht sagst!«, blaffte Anabel ihn an. »Mit dem Fall könnte sie Karriere machen, wenn sie alle Vorteile geschickt für sich nutzt.«

Toni sah sie kalt an. »Das wäre dein Weg, aber sicher nicht Mels.«

»Toni, wach auf, diesen Fall würde jeder für einen Karrieresprung nutzen«, meinte Anabel spitz. »Also setz deiner Frau keinen Heiligenschein auf.«

»Und du solltest besser nicht von dir ausgehen«, erwiderte Toni ruhig. Doch sein Blick war eindringlich.

Anabel verstand und hob abwehrend die Hände. »Tut mir leid«, entschuldigte sie sich. »Aber der Fall ist kritisch.« Sie kannte ihn gut genug. Toni schrie nicht herum, wenn er sich hart angegriffen fühlte, das tat er nie. Er wurde leise und drückte seine Wut durch seine Mimik aus. Jeder, der ihn näher kannte, wusste, dass ab diesem Zeitpunkt jede weitere Provokation Folgen haben würde. »Wie wäre es, wenn wir ihr einen Deal anbieten? Stillschweigen gegen eine mildere Strafe für ihre Mandantin«, schlug Anabel vor. »Ich könnte mit dem Staatsanwalt sprechen. Die Frau stand unter Druck. Mit einer psychologischen Untersuchung ließe sich doch sicherlich eine beschränkte Schuldfähigkeit feststellen.«

Toni nickte nur knapp, stand auf und knallte die Tür hinter sich zu. Wenigstens hatte Anabel eingelenkt. Die Wut in seinem Bauch ebbte langsam ab. Anabel mochte recht haben, viele Anwälte würden sich durch so einen Fall profilieren. Mel war jedoch Anwältin geworden, weil sie den Menschen helfen wollte. Und das Gegenteil würde eintreten, wenn die Namensliste zu früh bekannt würde.

Sosehr ihn Anabels Unterstellung auch geärgert hatte, Unterstützung von weiteren Kollegen hatten sie bitter nötig. Wenn Anabel vermutlich auch eher ihr altes Team kommen ließ.

Bevor er die Möglichkeit hatte, seinen Ärger zu verdauen, traf Toni auf seine Frau. »Komm mit«, bat er sie, ihm in sein Büro zu folgen, wo er die Tür schloss, um ungestört reden zu können.

»Was ist passiert?«, fragte Mel, die offensichtlich seine schlechte Laune bemerkt hatte.

»Setz dich, bitte. Da muss ich weiter ausholen.«

Mel sah ihn verwirrt an, nahm jedoch Platz, wobei ihr Blick Toni noch mehr zusetzte. Er musste nun blankziehen.

»Ich wollte erst schauen, wie es läuft, und dann mit dir darüber sprechen«, begann Toni. »Anabel García ist hier meine Chefin.«

»Und warum erfahre ich das erst jetzt?«

Toni konnte Mels Verärgerung nachvollziehen. »Ihr seid nicht gerade beste Freundinnen.«

»Wer kann sich an einem Eisblock schon erwärmen?« Mel verschränkte die Arme vor der Brust und wartete auf weitere Erklärungen.

»Ich wollte dich nicht beunruhigen«, entschuldigte sich Toni. »Der Anfang war recht ruppig, aber was hätte es gebracht, wenn ich es dir gleich gesagt hätte?« Er zuckte mit den Schultern und setzte sich in seinen Bürostuhl. »Nichts. Du weißt, zwischen uns ist es vorbei, und sie weiß das auch. Nun hat sie eben erfahren, dass du die Zwillinge vertrittst und zudem die Fälle mit den verkauften Babys von deiner Kanzlei bearbeitet werden.«

»Und? Sie kennt meinen Beruf«, sagte Mel mit gerunzelter Stirn. »Außerdem komme ich ihr dabei wohl kaum in die Quere.«

Toni räusperte sich. »Doch. Irgendwie schon. In dem Heft, das Emilia erpresst hat, stehen Namen. Viele Personen sind noch heute einflussreich. Wir müssen mit Bedacht vorgehen.«

Mel kniff die Augen zusammen. »Ach, und der Eisblock glaubt, ich würde alles zur nächsten Zeitung tragen, ohne die Hintergründe und Beweise abzuwarten?«

»So in etwa«, gab Toni ihr recht. »Zumindest glaubt sie, du könntest dich über den Fall profilieren wollen.«

»Und was hast du zu ihr auf diesen Vorwurf hin gesagt?« Mel ließ ihn nicht aus den Augen.

»Was denkst du?«, hielt Toni sie kurz hin. »Ich habe ihr gesagt, sie soll nicht von sich auf dich schließen.«

Auf Mels Gesicht breitete sich ein Lächeln aus. Sie stand langsam auf, schlenderte zu ihm und setzte sich auf seinen Schoß.

Toni warf einen unsicheren Blick ins Gemeinschaftsbüro. Als Mel ihn küsste, war es ihm jedoch gleichgültig, ob die versammelte Mannschaft in genau diesem Augenblick in sein Büro sah. Er legte seine Arme um Mel, drückte sie an sich und erwiderte den Kuss.

»Und wie geht es jetzt weiter?« Mel löste sich von ihm.

»Das sollten wir jetzt besprechen. Solange du aber auf

meinem Schoß sitzt, kann ich keinen klaren Gedanken fassen.« Er strich Mel eine Haarsträhne aus dem Gesicht und schmunzelte sie an.

»Dann sollte ich wohl noch ein wenig sitzen bleiben. Das würde meine Verhandlungsposition stärken«, scherzte Mel und lächelte. »Aber ich bin ja kein Unmensch«, meinte sie schließlich und stand auf.

Sofort schlüpfte sie wieder in ihre Rolle als professionelle Anwältin, als sie sich ihm gegenübersetzte. »Also, was bietet mir der Eisklotz gegen das Heft an?«

»Sie will mit dem Staatsanwalt einen Deal aushandeln. Im Gegenzug gibst du uns mindestens fünf Tage, bevor du das Heft bekommst.«

Mel überlegte. »Fünf Tage?«

Toni nickte.

»Okay, wenn der Deal gut ist, rate ich Emilia dazu. Sie muss einverstanden sein. Immerhin hat sie alles nur getan, um an das Heft zu kommen.«

»Sie will die Schuldigen bestrafen«, sagte Toni. »Und dafür werden wir sorgen. Die Täter werden zwar nicht mehr ins Gefängnis müssen, aber gesellschaftlich werden sie ruiniert sein. Und wenn du die Namen liest, weißt du, warum Vorsicht geboten ist. Es liest sich wie das Who's who der spanischen Oberschicht.«

Mel stand auf. »Dann werde ich das mit Emilia besprechen. Ist sie schon hier?«

Toni erhob sich ebenfalls. »Das nehme ich an.« Er öffnete seine Bürotür und fragte in den Raum: »Ist Emilia im Verhörraum?«

»Seit etwas mehr als zehn Minuten«, antwortete Manuel.

»Dann bring meine Frau zu ihr«, bat Toni. »Und in einer Viertelstunde stoßen Catarina und ich dazu.«

Mel wandte sich nochmals an ihn. »Alba und ihre Eltern müssten jeden Moment eintreffen.«

»Dann müssen sie warten«, erklärte Toni. »Bringt sie in den Nebenraum. Ich hole sie anschließend, wenn wir so weit sind.«

Kaum hatte Mel mit Manuel das Großraumbüro verlassen, fragte er: »Wann kommen die Wanderfrauen?«

»Wir haben sie für den Nachmittag einbestellt. Bis auf Carmen Santana werden alle hier sein. Carmen ist für zwei Tage auf dem Festland«, informierte Catarina ihn. »Wir könnten sie aber auch telefonisch befragen, oder?«

Toni überlegte kurz. »Solange alle anderen da sind, sollte das vorerst ausreichen. Ich verspreche mir sowieso nicht viel davon.«

Bruno grunzte. »Irgendwer muss diesen Arzt umgebracht haben.«

Toni stimmte ihm zu. »Es könnte jedoch jeder aus diesem Heft gewesen sein. Wissen wir eigentlich schon, wie Candela Costa an die Aufzeichnungen kam?«

Pedro nickte. »Stand auch im Protokoll.«

Toni hatte es in der Nacht nur flüchtig durchgelesen und sah Pedro auffordernd an.

»Die Nonne hat es ihr mit einer Notiz geschickt. Sie wollte es bei Gelegenheit wieder abholen. Die Alte hing wohl an ihrem Schatz. Ganz im Gegensatz zu Candela Costa. Die wollte das Ding keinesfalls im Haus haben. Es hätte ihr sonst den Schlaf geraubt.« Pedros Stimme klang abschätzig. »Verdrängung«, mutmaßte er. »Sie wollte es einfach vergessen.«

»Kann man das?«, fragte Toni. Es fiel ihm schwer, das zu glauben. Doch es war ein allgemeines Phänomen der heutigen Zeit. Wegsehen war die Devise. Nur nicht einmischen. Egal, ob jemand anderes zu Schaden kam. Regelmäßig fragte sich Toni, wie manche Menschen morgens noch in den Spiegel sehen konnten, ohne sich selbst ins Spiegelbild zu spucken.

David holte Toni aus seinen Überlegungen. »Die Familie ist da«, verkündete er.

Toni atmete tief ein und aus und folgte David hinaus in den Flur. »Es tut mir leid«, entschuldigte er sich als Erstes bei Alba.

Anschließend stellte er sich Albas Eltern vor. »Da wir nichts von ihrem Zwilling wussten, blieb uns leider keine andere Möglichkeit.«

Alba nickte und wirkte traurig. »Ich wusste ja selbst nichts davon. Kann ich sie sehen?«

Albas Mutter María sah ihn flehend an. »Bitte. Auch wenn ich nicht begreife, warum sie das getan hat. Ich möchte zu meiner Tochter.«

Toni begleitete die Familie in das Nebenzimmer. Er hatte seine Hand auf Marías Schulter gelegt. »Emilia wollte zwei Dinge erreichen. Gerechtigkeit für das, was ihr und vielen anderen angetan worden ist, und Ihnen zeitgleich beweisen, dass sie es wert ist, Ihre Tochter zu sein.«

»Was für ein ausgemachter Blödsinn! Als müsste sie uns etwas beweisen«, schimpfte der Vater los. »Wir konnten ja nicht ahnen, dermaßen betrogen worden zu sein. Das alles wird noch ein Nachspiel für die Verantwortlichen haben. Ich habe sehr gute Beziehungen.«

Das glaubte Toni unbesehen. »Nun beruhigen Sie sich. Es wird sich schon alles auflösen. Und sobald ich mit ihr gesprochen habe, lasse ich Sie zu ihr. Aber nur für einen Augenblick. Es ist eigentlich hier auf dem Revier nicht gestattet. Wenn Emilia in Untersuchungshaft ist, können Sie Besuche beantragen, falls Sie das möchten.«

In den Augen von Albas Mutter schimmerten Tränen. »Wir werden sie ein zweites Mal verlieren.«

Alba drückte ihre Hand. »Mama, wir können sie nur unterstützen.«

Obwohl Toni von Emilias Aussage her wusste, dass sie

Alba nicht lange im Gefängnis hätte sitzen lassen, so verwunderte ihn dennoch, wie schnell sie ihr verziehen hatte. »Sie sind ihr nicht böse?«

»Mel hat mir alles erklärt«, sagte Alba. »Emilia ist schließlich meine Schwester und hat Fürchterliches durchgemacht. Ich habe mich immer unvollständig gefühlt. Und jetzt weiß ich, warum.«

Toni nickte, selbst wenn er dieses Gefühl nicht kannte. Aber man sagte eineiigen Zwillingen ja immer eine gewisse Verbindung nach, die andere nicht nachvollziehen konnten. »Ich bin gleich wieder bei Ihnen«, meinte er und verabschiedete sich.

Im Gemeinschaftsbüro nahm er sich eine Tasse Kaffee. »Dann mal los«, forderte er Catarina auf. »Und sollte der Coronel die Kopie des Heftes noch nicht vorbeigebracht haben, holt ihr sie und beginnt mit der Recherche. Ihr wisst, was zu tun ist.«

Ein leises Stöhnen ging durch den Raum. »Wenn alles gut geht, haben wir ab morgen Unterstützung aus Madrid.«

Das Stöhnen wurde noch lauter, und Toni musste grinsen. Die Kollegen aus Madrid glaubten meist, sie hätten es weiter gebracht, weil sie in der Hauptstadt tätig waren. »Wie ihr seht, es geht immer noch schlimmer. Also hängt euch rein, sonst nehmen sie uns den Fall weg, und das, obwohl wir diese Schweinerei aufgedeckt haben.«

Toni klopfte kurz an die Tür des Verhörraums, bevor er sie öffnete. »Seid ihr so weit?«, wandte er sich an Mel.

»Wir haben schon auf euch gewartet.«

Emilia wirkte ausgeschlafen, obwohl es sicherlich bequemere Schlafplätze gab als das Bett in einer Zelle.

Toni setzte sich ihr gegenüber, während Catarina Mel gegenüber Platz nahm.

»Ich nehme an, ihr habt über einen möglichen Deal gesprochen«, begann Toni das Gespräch.

»Haben wir, und Emilia ist einverstanden, solange es sich nur um einige Tage handelt und nichts unter den Tisch gekehrt wird«, teilte Mel ihre Entscheidung mit.

»Gut«, sagte Toni und fing einen überraschten Blick von Catarina auf. Er hatte vergessen, ihr von Anabels Vorschlag zu erzählen. »Emilia, ist dir noch etwas eingefallen?«

»Ich kann nur wiederholen, dass ich mit dem Tod dieses Arztes nichts zu tun habe.« Sie fuhr sich mit der Hand durch ihre Kurzhaarfrisur. »Aber ich habe einen Verdacht.«

Toni zog eine Augenbraue hoch.

»Luisa Cordalis ist fanatisch, und ich habe sie möglicherweise falsch eingeschätzt. Ich denke, sie steckt dahinter. Sie sammelt Informationen, gibt jedoch im Gegenzug nie welche heraus. Auf dem Rechtsweg war ohnehin nichts zu machen, und sie will unbedingt ihren Bruder finden.« Emilia bemerkte Tonis zweifelnden Blick und hob die Hand. »Ich weiß, sie hat ein Alibi, aber sie muss es irgendwie geschafft haben. Vielleicht stecken sie auch alle unter einer Decke.«

»Dann müssten sie dir gefolgt sein«, führte Toni Emilias Gedanken weiter. »Hältst du das für glaubhaft?«

»Nein«, stimmte Emilia ihm zu. »Und trotzdem kann es nicht anders gewesen sein. Die anderen sind Mitläufer. Denen traue ich so eine Aktion nicht zu. Aber Luisa ist berechnend.«

Toni ließ sich das Gespräch, das er mit Luisa Cordalis gehabt hatte, nochmals durch den Kopf gehen. Die Frau war impulsiv und aufbrausend, aber konnte man ihr diese Reaktion bei seinem damaligen Besuch verübeln?

»Wir haben alle, die auf der Wanderung waren, auf das Revier geladen, und werden sehen, ob eine erneute Vernehmung neue Erkenntnisse bringt.« Toni blickte in die Runde. Offenbar hatte keiner etwas hinzuzufügen.

»Kann Emilia nun ihre Familie sehen?«, fragte Mel.

Sofort wurde Emilias Gesicht um einige Nuancen blasser. »Sie sind gekommen?«

Mel legte ihre Hand auf Emilias Schulter und drückte sie. »Sie freuen sich, dich kennenzulernen.«

»Okay, wenn keiner mehr Fragen hat, hole ich sie jetzt herein.« Er gab Catarina ein Zeichen, ebenfalls aufzustehen und sich im Hintergrund zu halten.

Auch Mel erhob sich. Beruhigend strich sie Emilia über den Rücken. Dennoch bemerkte Toni, wie Emilias Augenlider nervös zuckten.

Er verließ den Verhörraum und ging ins Nebenzimmer. »Wir wären so weit.«

Die Familie wirkte ebenfalls angespannt. Alba hielt die Hand ihrer Mutter, und der Vater seufzte, als sie vor der Tür angelangten. Toni öffnete und keiner bewegte sich. Er selbst war zur Seite getreten, doch die Familie stand immer noch aneinandergedrängt im Türrahmen und starrte Emilia einfach nur an. Und Emilia ihrerseits starrte zurück und schluckte schwer.

Mel erhob sich von ihrem Stuhl und reichte zuerst der Mutter, dann dem Vater und zuletzt Alba die Hand. »Ein Moment, den sich sicherlich alle anders vorgestellt haben«, sagte sie offen.

Emilias Mutter schossen Tränen in die Augen, und sie taumelte leicht, bevor sie einen Schritt auf ihre tot geglaubte Tochter zuging. Mit dem Handrücken wischte sie die Tränen fort.

»Es tut mir leid«, flüsterte Emilia krächzend. Sie saß zusammengesunken auf ihrem Stuhl, als fehlte es ihr an ausreichend Kraft, um aufzustehen.

»Mir tut es leid«, jammerte die Mutter und ging noch einen Schritt auf ihre Tochter zu, bevor sie auf sie zustürmte, auf die Knie sank und ihre Tochter in die Arme schloss. »Wir hätten ihnen nicht glauben dürfen.«

Alba stand nach wie vor starr im Türrahmen. »Du siehst wirklich genauso aus wie ich«, sagte sie. Ihr zaghaftes Lächeln und die Tränen in ihren Augen zeigten Toni, wie falsch es gewesen wäre, ein Treffen zu verbieten. Diese Familie hatte viel durchgemacht, und es stand ihr noch einiges bevor.

Emilia half ihrer Mutter auf die Beine. Ihre Augen leuchteten glücklich, trotz der Tränen, die ihr weiterhin die Wangen hinunterrannen. »Alba, es tut mir leid, dass ich dir das angetan habe.«

»Ist schon gut«, entgegnete Alba und ging auf ihre Schwester zu. Einen Meter vor Emilia blieb sie stehen. »Es ist, als würde ich in einen Spiegel sehen. Deine Frisur ist komplett anders, aber sonst?«

»Ich habe mir mein Haar abschneiden und färben lassen, als ich vom Tod von Schwester Beate erfahren habe. Zuvor hatte es die gleiche Länge wie deines«, sagte Emilia leise. Und nach einer kleinen Pause fuhr sie fort: »Und im Gegensatz zu mir wirst du bald heiraten.«

Alba schüttelte den Kopf. »Nein, das ist vorbei.«

»Aber warum? Wenn ich euch gesehen habe, habt ihr so glücklich gewirkt.« Ehrliches Entsetzen spiegelte sich in Emilias Augen. »Ich ...« Ihre Stimme brach.

Toni sah zu Mel und presste die Lippen zusammen. Es würde schwer werden, die frisch vereinte Familie nach wenigen Minuten wieder trennen zu müssen.

»Einen Mann, der nicht zu mir steht, wenn es mal schlecht läuft, will ich nicht. Wie heißt es immer: In guten wie in schlechten Zeiten ... Und noch vor dem Ehegelöbnis lässt er mich allein.«

Toni war froh, diese Worte aus Albas Mund zu hören. Sie hatte einen besseren Mann verdient. Einen, der nicht davonlief, wenn es Schwierigkeiten gab. Er hätte seiner Verlobten glauben und um sie kämpfen müssen. Doch ihm waren sein Ruf und seine Firma wichtiger als die eigene Frau. Liebe sollte anders aussehen.

Bekümmert schloss Emilia die Augen. »Das ist meine Schuld.«

»Nein, es ist seine Schuld«, widersprach Alba und ging noch einen Schritt auf sie zu. »Darf ich dich in den Arm nehmen?«

Zwei Sekunden später lagen sie sich weinend in den Armen. Der Vater kam hinzu und legte seine Arme um die beiden Töchter. Der Mann gehörte wohl zur stillen Sorte. Vielleicht fehlten ihm aber auch schlichtweg die Worte.

Mel trat auf Toni zu und griff nach seiner Hand. »Es wird ein weiter Weg werden«, flüsterte sie ihm zu. »Was denkst du, wie oft ich solche Szenen noch erleben werde?«

»Wir werden sehen. Aber die werden hoffentlich nicht in einem Polizeirevier stattfinden«, gab Toni leise zurück. »Du weißt ja, wir stehen erst am Anfang.«

Catarina stand noch immer in der Zimmerecke hinter der Tür, und Toni sah, dass sie ebenfalls sichtbar gegen ihre widersprüchlichen Gefühle ankämpfte. Auch wenn Emilia viele Fehler begangen hatte, nun schien sie eine Familie zu haben, die sie nicht im Stich lassen würde. Zudem hatte Emilia dafür gesorgt, dass Schuldige bestraft und weitere Familien zusammengeführt werden konnten.

Nachdem alle ihre Tränen getrocknet hatten und die Familie Emilia ihre volle Unterstützung zusicherte, löste Toni das Familientreffen auf. Über den Fall war kein einziges Wort gesprochen worden. Doch das konnte Toni verantworten.

43

Luisa Cordalis blickte Toni ablehnend an. Die Arme hatte sie vor der Brust verschränkt. Auch sein Angebot für einen Kaffee hatte sie abgelehnt. »Würden Sie bitte nochmals den Ablauf des vergangenen Sonntags wiedergeben?« Toni zeigte auf das Aufnahmegerät und leierte die notwendigen Sätze für das Protokoll herunter. Dann nickte er.

»Ich weiß nicht, was das alles soll.« Luisa Cordalis schüttelte den Kopf. »Aber wenn es hilft, hier schnell wieder rauszukommen, erzähle ich es Ihnen eben in Teufels Namen noch mal.«

Toni sah sie auffordernd an. »Und bitte von Anfang an.«

Luisa Cordalis schnaubte genervt. »Wir haben uns kurz vor eins im Kloster getroffen. Marla ist bei mir mitgefahren. Wir waren kaum zehn Minuten unterwegs, als sie auf dem Weg umgeknickt ist und zurückging. Anschließend sind wir weitergelaufen und gegen achtzehn Uhr zurückgefahren. Das ist alles, was ich weiß.«

»Hatte jemand noch Kontakt zu ...«, Toni zögerte kurz und beschloss, Luisa Cordalis nicht den echten Namen zu verraten, »... Marla?«

»Sie hatte mich nur am Sonntag angerufen und eine Nachricht hinterlassen, aber mein Handy lag ja im Auto«, sagte Luisa Cordalis. »Dann hat sie Carmen gebeten, mir ausrichten zu lassen, dass sie schon weg ist. War's das jetzt?«

»Waren Sie und die anderen immer zusammen?«, fragte Toni und stützte sich mit den Ellbogen auf dem Tisch ab.

»Wie meinen Sie das?«

»Ob Sie sich irgendwann mal getrennt haben, bevor Ihr Ausflug vorüber war«, führte er etwas deutlicher aus.

»Ach so, nein.« Luisa Cordalis blickte kurz an die Zimmerdecke. »Oder doch. Carmen fühlte sich nicht wohl. Regelschmerzen. Sie ging zurück zum Kloster, hat dort aber auf uns gewartet.«

»Wann hat sie die Gruppe verlassen?«, hakte Toni nach und ärgerte sich, die Information erst jetzt zu erhalten. Darüber hatte keine aus der Gruppe bisher auch nur ein Wort verloren.

»Eigentlich kurz nach Marla«, antwortete sie und kratzte sich am Kopf. »Sie wollte Marla schon gleich zu Beginn zurück zum Kloster begleiten, doch die wollte das nicht.«

»Und warum sagen Sie das erst jetzt?« Toni konnte seinen Ärger nicht verbergen.

»Sie haben nicht gefragt«, knurrte Luisa Cordalis.

»Hat sonst noch jemand die Gruppe frühzeitig verlassen?«

Luisa Cordalis verneinte.

»Gut. Warten Sie hier, bis das Protokoll geschrieben ist. Nach Ihrer Unterschrift können Sie gehen.«

»Sie glauben doch nicht etwa, dass Carmen was damit zu tun hat«, sagte Luisa Cordalis und lachte plötzlich laut los. »Carmen ist kaum in der Lage, ihre Meinung zu vertreten. Außerdem ist sie beim Kloster geblieben.«

Toni hörte nur noch mit halbem Ohr zu. Er brannte darauf, diese Aussage mit den anderen zu vergleichen.

Wenige Minuten später hatte er Gewissheit. Die Aussagen stimmten überein.

Die Gruppe war gegen dreizehn Uhr aufgebrochen. Emilia kehrte zehn Minuten später ins Kloster zurück. Fünf

Minuten danach folgte ihr Carmen Santana. Gesprochen hatten die beiden Frauen nicht miteinander, denn das hätte Emilia erzählt. Die anderen Frauen der Gruppe waren gegen achtzehn Uhr zurück am Kloster. Das bedeutete: Carmen Santana hatte für viereinhalb Stunden kein Alibi. Das war mehr als ausreichend Zeit, um dem Bus nach Palma zu folgen, sich dort länger aufzuhalten und zum Kloster zurückzufahren.

Er hätte auf Brunos Gespür hören sollen und sich eingehender mit den gegebenen Alibis befassen müssen. Doch es hatte alles so gut zusammengepasst.

Tonis Magen knurrte vernehmlich. Bevor er sich etwas zu essen besorgen wollte, musste er noch eine Sache überprüfen.

Im Großraumbüro summte es wie in einem Hornissennest. Keiner aus seinem Team wollte sich von den Kollegen aus der Hauptstadt vorführen lassen. Sie mussten den Fall lösen, bevor die Verstärkung eintraf. Die Auswertung und Überprüfung der Namen in dem Heft war anschließend nur noch eine Fleißarbeit.

Auf seinem Schreibtisch lag eine Kopie des Heftes. Sorgfältig überprüfte er die Namen der Kinder samt der dazugehörigen Adoptiveltern. Mit einem Leuchtstift strich er sich die Übereinstimmungen mit den Frauen der Wandertruppe an. Luisa Cordalis, Sara Alfaro und Marina Sola konnte er eindeutig zuordnen. Wer nicht auf der Liste stand, waren Carmen Santana und Valeria Luengo oder deren Eltern.

Nachdenklich kaute er auf seiner Unterlippe. Wenn weder Carmen Santana noch ihre Eltern in der Liste geführt waren: Welches Motiv sollte hinter dem Mord an Doktor Gúzman stecken?

»Hat schon jemand die Daten in die Datenbank übertragen?«, fragte er in das geschäftige Treiben seines Teams.

Pedro hob die Hand, und Toni eilte zu dessen Schreibtisch. »Und?«

»Das haben wir zuerst gemacht, um Vergleichsdaten zu haben. So haben wir einige Treffer, was die vorliegenden Anzeigen betrifft.« Pedro klickte einige Dateien an und zeigte auf seinen Bildschirm. »Hier die klaren Treffer.« Die waren in Grün unterlegt. »Die gelb unterlegten sind wahrscheinlich, aber noch unbestätigt«, führte Pedro weiter aus.

Es lagen mehr Treffer vor, als Toni manuell auf seiner Liste angemarkert hatte. »Was gibt es zu Carmen Santana?«

Pedro gab ihren Namen ein. »Gar kein Treffer.«

»Mist! Sie ist die Einzige ohne Alibi, aber auch ohne Motiv«, fluchte Toni. Sie mussten etwas übersehen haben. In Gedanken ging er die Aussagen der Frauen nochmals durch.

Eine Idee geisterte ihm spontan durch den Kopf. »Kannst du die Daten nach dem Geburtsdatum sortieren?«

»Klar«, bestätigte Pedro und klickte sich wieder durch die Datenbank. »Aufsteigend oder absteigend?«

»Absteigend«, bat Toni. Carmen Santana war das jüngste Mitglied der Wandergruppe, und das Geburtsdatum ihrer jüngeren Schwester lag deutlich nach der bekannten aktiven Zeit von Schwester Beate. »Und ich will nur die Daten, die Mallorca betreffen.«

Pedro legte die Suchparameter fest und drückte die Entertaste. »Der letzte Eintrag ist 1978. Danach gab es keine Vermittlungen durch Schwester Beate. Zumindest nicht auf Mallorca.«

»In welchem Jahr hat sie mit dieser Schweinerei aufgehört?«, erkundigte sich Toni.

»1988«, erhielt er eine Minute später die Antwort. »Nach Mallorca hat sie auf dem Festland weitergemacht.«

»Gibt es einen Hinweis darauf, dass Schwester Beate

und Doktor Gúzman den Babyhandel auch später noch gemeinsam betrieben haben?« Toni ging jetzt im Büro auf und ab.

»So weit sind wir noch nicht. Die Querverweise sind noch nicht im System«, verneinte Pedro. »Bis alles eingegeben ist, dauert es noch ein paar Stunden.«

So viel Zeit wollte Toni nicht verstreichen lassen. Er trat an die Pinnwand und sah sich jeden Hinweis auf der Infotafel an. Hatte Doktor Gúzman nach 1978 weitere Kinder verkauft? Es musste so sein. Sonst schied Carmen Santana als Verdächtige ebenfalls aus. Und wenn Carmen Santana nicht die Mörderin war, dann blieb nur Emilia als Täterin übrig. »Wir müssen mit den ehemaligen Mitarbeitern aus Doktor Gúzmans Privatklinik sprechen. Fraglich ist allerdings, ob sie tatsächlich den Mund aufmachen, wenn sie in diese Schweinerei verwickelt waren. Ich hole mir die Daten bei der Seguridad Social. Denen müssten aufgrund der Rentenbeiträge, die Doktor Gúzman abgeführt hat, alle Mitarbeiterdaten vorliegen.«

»Außer er hat die Löhne aus der üppigen Schwarzgeldkasse bezahlt«, wandte Pedro ein.

Toni sah ihn stirnrunzelnd an. »Das will ich nicht hoffen.«

Sein Magen knurrte laut und vernehmlich. Ein Blick auf die Uhr bestätigte seinen Verdacht. Es war vier Uhr, und niemand aus seiner Truppe hatte das Büro verlassen. Demnach hatte auch noch keiner etwas gegessen. »Und Pedro, bestell uns allen etwas Essbares auf meine Rechnung.«

Pedro zog eine Schublade auf und hielt zwei Speisekarten in die Luft. »Du hast die Wahl zwischen Chinese und Italiener.«

Toni zuckte grinsend die Schultern. »Egal, Hauptsache Pizza.«

44

Toni hatte allen eine Pause verordnet, als die Pizza geliefert worden war. Der Abgleich der Daten aus dem Heft war für ihn zwar immer noch wichtig, doch glaubte er nicht mehr daran, den Täter so zu finden. Denn wer hätte von all den Personen wissen können, wo sich die Nonne aufhielt? Emilia war im Kloster Lluc zufällig auf sie gestoßen. Und ein weiteres zufälliges Aufeinandertreffen zwischen der Nonne und einem ihrer Opfer wäre ein Zufall zu viel. Entweder log Emilia, weil sie wusste, dass sie keine Spuren hinterlassen hatte, oder Carmen Santana steckte hinter dem Mord an diesem Arzt. Er musste nur noch die Verbindung zwischen den beiden herstellen.

»Die Kollegen von der Sozialversicherungsbehörde haben uns schnelle Amtshilfe zugesichert. Sobald wir die Mitarbeiterliste haben, legen wir uns eine neue Strategie zurecht. Je nachdem, wie lang die Liste ist, bestellen wir alle umgehend ein, oder wir teilen uns wieder auf, um sie direkt zu befragen. Es muss eine Verbindung zwischen Carmen Santana und diesem Arzt geben«, schloss Toni seine Ausführung.

Catarina kaute auf einem Stück Pizza und hob die Hand. »Wenn Gúzman weitergemacht hat und Carmen Santanas Schwester als Baby verkauft wurde, dann könnten die ehemaligen Mitarbeiter ebenfalls in Gefahr sein.«

Der Gedanke war Toni auch schon gekommen. Immerhin war Doktor Gúzman gefoltert worden. Da hätte jeder geredet, der nicht lebensmüde war. Und der Täter hatte durch den Kabelbinder sehr deutlich demonstriert, wie ernst es ihm war, auch wenn Gúzmans Tod vermutlich nicht beabsichtigt gewesen war. »Aus dem Grund habe ich Druck gemacht. Am besten rufen wir alle ehemaligen Mitarbeiter sofort an und bestellen sie aufs Revier.«

Manuel leckte sich das Öl von den Fingern und checkte die eingehenden E-Mails. »Moment«, sagte er. »Die Liste ist da. Und sie ist gar nicht so lang. Drei Schwestern und nur eine Sekretärin. Eine Krankenschwester ist schon gestorben. Ich suche die Kontaktdaten der anderen heraus.« Manuel schob sich eine halbe Pizzaschnitte in den Mund und machte sich an die Arbeit.

»Mit was hast du die Beamten in der Verwaltung bestochen?«, fragte Catarina. »Die sind doch sonst nicht so schnell.«

Toni wischte sich mit dem Handrücken über den Mund. »Nachdem Pedros Kontakt freihatte, habe ich dem Mitarbeiter, der das Gespräch angenommen hat, gedroht, ihn persönlich zur Verantwortung zu ziehen, sollte es zu einem weiteren Mord kommen. Das hat offenbar gereicht.«

»Oh, das animiert natürlich.«

Der Drucker spuckte drei Blätter aus. »Wer will?«, fragte Manuel und griff nach einer weiteren Pizzaschnitte.

Bruno nahm die Ausdrucke heraus, drückte Pedro und David je einen in die Hand und behielt den letzten für sich. Nachdem sie abgesprochen hatten, wer wen anrufen sollte, lehnte sich Toni zurück und hörte gespannt zu.

Pedro vermittelte der ehemaligen Hebamme die Dringlichkeit, sofort auf dem Revier in Palma zu erscheinen. Auch David nickte, nachdem er aufgelegt hatte. »Die ehemalige Sekretärin ist auf dem Weg.«

Nur Bruno hatte Pech. Er versuchte es auf dem Festnetz

von Eva Molina Reyes und auch auf deren Handynummer, die laut Vertrag auf ihren Namen registriert war. »Wäre auch zu einfach gewesen«, brummte er.

Toni gefiel das nicht. Er konnte kein weiteres Opfer riskieren. »Hat jemand überprüft, ob Carmen Santana tatsächlich auf dem Festland ist?«

Augenblicklich wurde es ruhig.

»Ich hätte nach der Vernehmung daran denken müssen«, lenkte Toni ein. Immerhin hatte er selbst die Frauen vernommen. Sein Team hatte an den Zuordnungen der Namen gesessen. »Manuel, haben wir hier die technische Ausstattung, eine stille SMS zu verschicken?« Er wollte durch die Beantragung einer richterlichen Anordnung nicht noch mehr Zeit verstreichen lassen.

»Nein, und selbst wenn, wie willst du das rechtfertigen?«

»Gefahr im Verzug«, sagte Toni. »Erst wenn wir ausschließen können, dass Carmen Santana auf Mallorca ist, können wir eine Bedrohung für die ehemalige Krankenschwester ausschließen. Uns liegt auch deren Nummer vor, richtig?«

Bruno nickte.

»Dann checken wir auch gleich noch den Aufenthaltsort von Eva Molina Reyes.« Toni hatte ein nervöses Flattern im Magen. Und genau dieses Gefühl behagte ihm gar nicht. »Ich setze Alberto und meine ehemaligen Kollegen in Madrid darauf an. In zehn Minuten haben wir beide Aufenthaltsorte.« Wenn die Geräte eingeschaltet waren, fügte er in Gedanken hinzu.

Alberto nahm das Gespräch entgegen.

»Alberto, ich brauche deine Hilfe«, begann Toni das Gespräch ohne Umschweife. Dafür hatte er im Moment keine Zeit. »Ich brauche von dir zwei Aufenthaltsorte. Und ich brauche sie schnell.«

»Lass hören«, erwiderte Alberto.

Toni gab die Nummern durch. »Danke. Du hast was bei mir gut.«

»Schon gut. Ich melde mich gleich wieder bei dir.«

Toni starrte nach seinem Gespräch auf das Telefon, als könnte er es allein durch seine Willenskraft zum Klingeln bewegen. Sollte sein Bauchgefühl ihn nicht trügen, käme es auf jede Minute an.

Als der ersehnte Rückruf kam, zuckte Toni beim Klingeln des Telefons zusammen. »Und?«, fragte er kurz angebunden.

»Die Handys sind im gleichen Funkdreieck eingeloggt«, sagte Alberto und gab ihm die Koordinaten durch.

»Scheiße«, entfuhr es Toni, legte auf und stürmte aus seinem Büro.

»Wir müssen sofort zum Haus von Eva Molina Reyes. Das Handy von Carmen Santana ist ebenfalls in L'Oliverar eingeloggt«, rief Toni, noch bevor er sein Büro verlassen hatte. »Und nehmt eure Waffen mit.« Er selbst fasste sich an sein Waffenholster. Eine automatische Kontrolle, die sich im Laufe seiner Dienstjahre eingeschlichen hatte.

Anabels Sekretärin betrat das Büro. »Der Sohn von Doktor Gúzman ist hier und möchte mit dir sprechen, Toni.«

»Keine Zeit«, winkte Toni ab. »Der muss warten, oder der Coronel soll sich selbst darum kümmern.«

»Das wird ihr gar nicht gefallen«, wandte die Sekretärin ein.

»Darauf kann ich keine Rücksicht nehmen. Sag ihr, wir sind auf dem Weg, die vermeintliche Mörderin zu fassen.«

»Oh.« Mehr brachte die Frau nicht zustande.

Toni schob sich an ihr vorbei, und seine ganze Mannschaft stürzte hinter ihm her aus dem Büro.

Keine fünf Minuten später befand sich das eingespielte Team auf dem Parkplatz. »Bevor wir die Straße erreichen, schalten alle das Signalhorn aus. Wir wissen nichts von dieser Frau und haben keine Ahnung, wie sie reagieren wird.«

»Wie kommen wir ins Haus?«, wollte Pedro wissen. »Die Krankenschwester wohnt im dritten Stock.«

»Irgendwer wird uns schon aufmachen«, sagte Toni. »Zur Not brechen wir unten die Haupttür auf.«

Der Konvoi fuhr mit Sirene und Blaulicht vom Hof. Die Fahrt durch die Innenstadt gestaltete sich etwas schwierig. Der Verkehr stockte, und Toni fluchte, als ein Tourist mit seinem Mietwagen den Weg einfach nicht frei machte. »Hau schon ab!«, brüllte er und schlug mit der Faust auf die Hupe.

Es schien eine Ewigkeit zu dauern, bis der Fahrer den Wagen endlich an den Straßenrand bewegte. Toni drückte sich durch die schmale Lücke, checkte kurz die Kreuzung und fuhr zügig weiter, nachdem die anderen Fahrzeugführer die Sirene tatsächlich bemerkt hatten und stehen geblieben waren.

Für das kurze Stück in den Norden von Palma benötigten sie trotzdem knapp fünfzehn Minuten. Drei Straßen vor ihrem Ziel gab Toni über Funk das Zeichen, das Signalhorn abzustellen.

Als sie in die Straße einbogen, schaltete Toni auch das Signallicht aus. Das Fahrzeug ließ er in zweiter Reihe stehen. Die bereits informierten Kollegen der Verkehrspolizei würden den Bereich sowieso in wenigen Minuten absperren.

Die Einsatztruppe versammelte sich vor dem Haupteingang des fünfstöckigen Gebäudes. Am Klingelbrett suchte er nach dem Namen von Eva Molina Reyes. Nicht auszudenken, wenn sie sich im Gebäude, oder noch schlimmer, in der Wohnung irrten. Und er hatte Glück, die Frau hatte tatsächlich ihren Namen angebracht.

»Okay, wir sind richtig«, murmelte Toni, der wusste, dass in Spanien jeder Zweite die Wohnung wechselte, ohne seinen Umzug zu melden, was immer ein Restrisiko bei solchen Aktionen barg. Er drückte auf eine Klingel, auf der PB1 stand. Vielleicht hatten sie Glück, und die Bewohner der Erdgeschosswohnung waren zu Hause.

Nach dem ersten Klingeln rührte sich nichts, also versuchte er es mit Dauerklingeln. Kaum herrschte wieder Stille, knisterte die Sprechanlage. »Ja doch. Wer ist da?«

»Polizei, machen Sie auf«, befahl Toni.

Der Türsummer ertönte, und Toni drückte die Eingangstür auf. Eine junge Frau in einem Bademantel und mit einem Handtuch auf dem Kopf sah ihn sichtlich erschrocken an. »Ist was mit meinem Mann?«

Toni legte den Zeigefinger an die Lippen. »Es betrifft Sie nicht. Wohnt im dritten Stock immer noch Eva Molina Reyes?«

»Ja«, flüsterte die Frau.

»Welche Tür?«

»Was ist denn los?«

»Welche Tür?«, wiederholte Toni.

»Die erste links.«

»Und Sie sind sich ganz sicher?«

Die Frau nickte. »Eva passt ab und zu auf meine Tochter auf.«

»Muy bien, danke, gehen Sie zurück in Ihre Wohnung, und bleiben Sie dort, verstanden?«

Sein Team schlich sich bereits durchs Treppenhaus nach oben.

Als die Frau zögerte und neugierig die Stufen hochsah, trat Toni auf sie zu, schob sie in die Wohnung und schloss die Tür von außen.

Pedro und David standen rechts von Reyes' Tür, Manuel und Bruno auf dem Treppenabsatz, und Catarinas Finger schwebte über der Klingel. Mehr als der Name »Eva« stand nicht darauf.

Toni trat neben sie. Die Waffe hielt er im Anschlag. Dann nickte Toni, und Catarina klingelte kurz. Schnell machte sie einen Schritt zur Seite.

Toni lauschte angestrengt.

Nichts.

Toni nickte erneut, um Catarina zu einem weiteren Versuch aufzufordern. Er glaubte, aus der Wohnung ein Geräusch gehört zu haben. Sicher war er sich jedoch nicht. »Polizei, machen Sie die Tür auf«, rief er.

Wieder keine Reaktion.

»Wir brechen die Tür auf«, warnte er, bevor Manuel neben ihn trat. Gegen die Einmannramme hätte diese gewöhnliche Wohnungstür keine Chance.

Manuel holte aus und ließ die Ramme gegen das Türschloss knallen. Die Tür schwang auf und krachte an die Wand.

Toni ging, von Catarina gefolgt, in die Wohnung voraus. Immer noch hielt er die Waffe im Anschlag. Catarina deckte ihn.

Rechts und links gab es jeweils eine Tür. Pedro und David übernahmen die Prüfung dieser Zimmer, damit niemand Toni von hinten überraschen konnte. Toni folgte dem schmalen Gang, der zu einem weiteren Raum führte. Er streckte den Kopf kurz vor, warf einen Blick hinein. Die offene Küche mündete direkt ins angrenzende Ess- und Wohnzimmer.

Die Balkontür stand offen.

Hinter sich hörte er, wie David und Pedro riefen, dass sich in den beiden anderen Zimmern niemand befand.

In einer Nische des Wohnzimmers, neben einem Kamin,

entdeckte Toni eine Frau. Er konnte sie nicht gut sehen, doch es schien, als würde sie reglos auf einem Stuhl sitzen.

Er gab Catarina ein Zeichen, sich um die Frau zu kümmern, und eilte zur Balkontür. Dort sah er sie.

Carmen Santana hatte sich über das Geländer geschwungen, stand nur mit den Fersen auf dem Balkon und hielt sich an der Brüstung fest. »Wenn Sie näher kommen, springe ich.«

Augenblicklich blieb Toni stehen. »Wenn Sie jetzt springen, werden Sie Ihre Schwester niemals sehen.« Es war ein Versuch ins Blaue.

»Das werde ich sowieso nicht«, flüsterte Carmen Santana.

Überrascht von dieser Antwort, senkte Toni die Waffe. »Warum tun Sie das dann?«

»Weil es sonst keinen schert, was damals passiert ist. Meine Schwester ist die einzige Familie, die mir geblieben ist. Und niemand interessiert sich dafür«, sagte sie mit etwas festerer Stimme. »Niemand! Und ich werde auch niemandem fehlen!«

»Doch. Mich interessiert es. Und viele andere auch«, bemühte Toni sich, sie zu beruhigen, und steckte die Waffe in sein Holster.

»Sie lügen.« Carmen Santana starrte in den Abgrund.

Auf einen Psychologen zu warten, würde zu lange dauern. Irgendwie musste er versuchen, die Frau davon abzuhalten, in die Tiefe zu springen. »Meine Frau ist Anwältin. Und in ihrer Kanzlei werden viele Opfer vertreten. Wir haben Unterlagen gefunden, und wir werden Ihre Schwester finden.«

Carmen Santana lachte bitter auf. »Das ominöse Heft der Nonne? Es existiert wirklich?«

»Ja«, bestätigte Toni.

Im Hintergrund hörte er, wie Catarina den Notarzt nach oben rief. Er streckte hinter seinem Rücken die Hand aus und bedeutete seinem Team, sich vom Balkon fernzuhalten. Was hinter ihm geschah und wie es der Frau neben dem Kamin ging, wusste er nicht, und es kümmerte ihn im Moment auch nicht.

»Das Heft ist unwichtig.«

»Warum?«, fragte Toni, obwohl er die Antwort kannte. Carmen Santana war später geboren, und wenn es um Carmen Santanas jüngere Schwester ging, lag deren Geburtsjahr weit nach Schwester Beates aktiven Jahren auf Mallorca.

»Sie war schon nicht mehr auf Mallorca, als meine Schwester geboren wurde.«

Mist, sie wusste davon. »Wir haben auch Unterlagen bei Doktor Gúzman entdeckt«, log Toni.

»Ach ja? Ich habe keine gefunden.«

»Sie wollten ihn nicht töten, richtig?«, fragte Toni.

»Nein, das wollte ich nicht.« Carmen Santana rührte sich keinen Millimeter, aber Toni sah, dass es sie sehr viel Kraft kostete, sich am Geländer festzuhalten. Ihre Oberarmmuskeln waren angespannt, irgendwann würde ihre Kraft nachlassen.

»Und Schwester Beate?«

Carmen Santanas Körper erbebte. »Das ist doch gleichgültig. Sie ist tot. Beide haben den Tod verdient«, spie sie zornig hervor.

»Dennoch waren es Unfälle«, wollte Toni ihr Hoffnung schenken. Er versuchte, Carmen Santanas Verzweiflung und Zorn nachzuvollziehen, auch wenn das ihre Taten nicht rechtfertigte. »Wir finden Ihre Schwester. Das war Ihnen doch wichtig, oder?«

Die Frau nickte.

»Kommen Sie zurück in die Wohnung«, bat Toni mit

sanfter Stimme. »Ihre Schwester würde Sie sicherlich gerne kennenlernen.«

»Niemand wird sie finden. Gúzman wusste nichts von ihr und die blöde Kuh dort drinnen auch nicht.«

»Sie werden nie erfahren, ob wir sie gefunden haben, wenn Sie nicht zurück in die Wohnung kommen.«

Toni sah, wie sich ihre Haltung veränderte.

Geräuschlos betrat er den Balkon. Er war nur noch etwa eineinhalb Meter von ihr entfernt.

»Die beiden könnten gelogen haben, um sich nicht in Schwierigkeiten zu bringen«, redete Toni weiter auf die Frau ein.

Carmen Santana schüttelte den Kopf. »Sie hätten geredet. Das alles bringt doch nichts mehr.«

Toni spürte, wie er den Kontakt zu Carmen Santana verlor. Er überwand die Distanz mit einem Satz in exakt dem Moment, in dem Carmen Santana das Geländer losließ. Gerade noch rechtzeitig schlang er seine Arme um ihren Oberkörper und hielt sie fest.

»Loslassen!«, kreischte Carmen Santana und schlug nach ihm.

Doch David stand bereits neben ihm und half ihm, Carmen Santana über die Balkonbrüstung zu ziehen.

Da sie die Frau zu zweit am Boden hielten, ebbte Carmen Santanas Widerstand ab. Sie hatte all ihre Energie verbraucht.

Samstag

45

Toni saß im Büro von Anabel García und nippte an seinem Kaffee. In den letzten fünfzehn Minuten hatte er seine Chefin auf den neuesten Stand gebracht. Die Eckdaten hatte er ihr jedoch schon am Vorabend per Telefon mitgeteilt.

»Dann sind die beiden Mordfälle geklärt, bevor am Montag die Verstärkung eintrifft.« Anabel schien mit seinen Ausführungen zufrieden.

»Was hat Doktor Gúzmans Sohn gestern eigentlich erzählt? Wusste er von den illegalen Machenschaften seines Vaters?«, erkundigte sich Toni.

Anabel schüttelte den Kopf. »Nein, der wusste von gar nichts und war entsetzt über die Vorwürfe.« Anabel kritzelte kleine Kästchen auf ein vor ihr liegendes Blatt. »Er hat uns sofort Zugang zu den alten Akten gewährt, die sein Vater in einem Zimmer seines Hauses lagert.«

Toni erinnerte sich an den vollgestopften Raum. Unzählige Kisten waren beschriftet und aufeinandergestapelt im hinteren Teil des Hauses aufbewahrt worden. Er wusste nicht genau, wie lange man Patientenakten aufbewahren musste. Das variierte je nach Behandlung. Dennoch könnte Doktor Gúzman delikate Unterlagen vernichtet haben. Wobei Toni der Gedanke kam, dass sich der Arzt in Sicherheit und unantastbar gefühlt haben musste. In all den Jahren hatte niemand auch nur einen leisen Verdacht gegen ihn erhoben. Er könnte also ebenso gut Unterlagen aufbewahrt haben, als die Stimmen der Opfer lauter geworden waren, um im Falle einer Beschuldigung einen Deal mit der Staatsanwaltschaft machen zu können.

»Hat der Staatsanwalt schon ein Angebot im Hinblick auf Emilia Delgado Cano unterbreitet?« Toni wusste, wie ungeduldig Mel darauf wartete, um Emilia auf Kaution freizubekommen.

»Wir haben uns noch gestern Abend besprochen, nachdem klar war, wer hinter den Tötungsdelikten steht«, antwortete Anabel. »Damit war die Ausgangsbasis eine völlig andere.«

Eigentlich hätte Anabel die Information sofort an Mel weiterleiten müssen, doch sie schien sich davor drücken zu wollen. »Also?«, forderte Toni sie auf weiterzusprechen.

»Da Candela Costa nicht weiter verletzt worden ist, wird der Staatsanwalt einem Antrag auf beschränkte Schuldfähigkeit zustimmen, wenn Emilia von einem Arzt untersucht wird, der ihr eine akute Belastungsstörung diagnostiziert. Damit könnte er für ein mildes Urteil beim Richter plädieren. Es sollte kein Problem sein, eine solche Diagnose zu erhalten. Die Frau stand unter Druck, sie war verzweifelt und zornig, was ihre Art, mit der Situation umzugehen, stark beeinflusst hat. Sie könnte also mit einem blauen Auge davonkommen.« Anabel lehnte sich zurück und legte ihre Füße auf dem Schreibtisch ab. »Der Deal gilt nur, wenn sich die Kanzlei aus unseren Ermittlungen heraushält.«

Toni runzelte die Stirn. Das würde Mel nicht gefallen. »Ihr wollt die Täter ungeschoren davonkommen lassen?«

»Blödsinn«, widersprach Anabel. »Natürlich wollen wir alles aufklären, dazu muss jedoch absolute Geheimhaltung gewährleistet werden, bis wir jeden einzelnen Fall tatsächlich belegen können. Die Kanzlei soll uns nur unsere Arbeit machen lassen.«

Toni sah Anabel forschend in die Augen. Doch ihr Blick verriet nichts. »Wenn es nicht so ist, wie du sagst, wird die Bombe platzen«, wagte er eine Einschätzung. »Außerdem wird Candela Costa vor Gericht aussagen müssen. Spätestens da wird alles bekannt werden.«

»Ach, Toni, du weißt doch, wie lange man in unserem Land auf eine Verhandlung warten muss.« Anabel legte den Kopf schief. »Zudem wird Candela Costa den Teufel tun und auch nur ein Wort über ihre Beteiligung am Babyhandel verlauten lassen. Das würde ihr nicht gut bekommen. Ihr ganzes Umfeld würde über sie herfallen.«

Toni lachte trocken auf. Anabel hatte alles genau durchgeplant. Mel würde sich um Emilias willen auf den Handel einlassen. Aber sie würde mit Sicherheit nicht ewig schweigen. Und er würde diese Schweinerei ebenfalls nicht einfach vergessen, nur weil einige hochrangige Persönlichkeiten ihre Muskeln spielen lassen konnten.

Die Kopie des Heftes würde er gut verwahren. »Du bewegst dich auf dünnem Eis.«

»Drohst du mir?« Anabel kniff die Augen zusammen und bedachte ihn mit einem kalten Blick.

»Das würde ich niemals wagen.« Toni lächelte. »Und wenn du wirklich an einer restlosen Aufklärung interessiert bist, werden alle zufrieden sein.« Er stand auf. »Und damit das frühzeitig geschieht, gehe ich zurück an meine Arbeit.«

Toni spürte Anabels Blick in seinem Rücken. Ohne eine Verabschiedung verließ er ihr Büro. Die Fronten waren geklärt. Er vermochte nicht einzuschätzen, ob Anabel für einen weiteren Karrieresprung tatsächlich die beiden Minister, die im Heft aufgeführt waren, aus dem Fall heraushalten wollte. Sollte sie es wagen, würde sie es bitter bereuen.

Auf dem Weg in sein Büro traf er auf Catarina. »Und? Was gibt es Neues?«

»Ich komme gerade von Carmen Santana. Untergebracht ist sie in der geschlossenen forensischen Psychiatrie. Sie hat gestanden, Schwester Beate die Treppen hinuntergestoßen zu haben, weil sie ihr nicht sagen konnte, wo ihre Schwester lebt. Aber die Nonne hat ihr den Namen des Arztes und von Eva Molina Reyes genannt, mit denen sie später zusammengearbeitet hat. Die beiden waren auch für die Adoption von Carmen Santanas jüngerer Schwester verantwortlich. Der Arzt hat alles geleugnet. Einige Stunden hat sie erfolglos in den Kisten gewühlt. Sogar, als sie ihm den Kabelbinder am Hals zuzog, schwieg er.«

»Ein ähnliches Verhalten wie bei Candela Costa. Die hatte ebenfalls Angst um ihr Leben und dachte, sobald sie redet, würde Emilia sie töten«, sagte Toni.

»Sie wollte ihn ein wenig schmoren lassen und am nächsten Tag nochmals im Haus nach Informationen suchen«, führte Catarina weiter aus.

»Doch da waren wir bereits vor Ort.« Toni erinnerte sich daran, Carmen Santana am Tatort getroffen zu haben. Schon damals hätte er auf sie aufmerksam werden müssen. Auch ihre Aussage, sie habe in der Gegend nur eine Freundin besuchen wollen, hätte er überprüfen müssen. »Sie stand direkt vor unserer Nase, und wir haben uns nichts dabei gedacht. Aber warum ist sie Emilia beim Kloster überhaupt gefolgt?«

»Es ging ihr tatsächlich nicht gut, und sie wollte sich mit Emilia anfreunden, in der sie eine Gleichgesinnte sah«, entgegnete Catarina. »Zuerst hat sie Emilia nicht gefunden. Sie hat sie erst gesehen, als sie nach der Nonne aus der Kirche getreten war. Tja, und dann hat sie in dieser Nonne Schwester Beate erkannt. Es war ihre Chance, mehr über ihre kleine Schwester zu erfahren.«

»Und Emilia hat im Bus nichts bemerkt.« Toni brummte und nickte.

Catarina zuckte mit den Schultern. »Hättest du ihr eine solche Tat zugetraut?«

Toni verzichtete auf eine Antwort. »Wie geht es Eva Molina Reyes?«

»Die Schwellungen im Gesicht stammen von Ohrfeigen, und Carmen Santana hat ihr drei Finger gebrochen. Molina Reyes ist überzeugt davon, dass Carmen Santana ihr alle Finger gebrochen hätte, wenn wir nicht gekommen wären. Sie behauptet fest, von nichts gewusst zu haben.« Catarina lehnte sich an die Wand und verschränkte die Arme vor der Brust. »Ich glaube ihr aber nicht, also hält sich mein Mitleid mit ihr in Grenzen.«

»Vielleicht hat auch Carmen Santana Glück, und man bescheinigt ihr zumindest eine nur eingeschränkte Schuldfähigkeit«, sagte Toni und erzählte Catarina von dem Deal, den die Staatsanwaltschaft Emilia angeboten hatte. »Zu wünschen wäre es beiden Frauen. Sie wären ohne diesen tragischen Hintergrund niemals zu Tätern geworden. Zuzusehen, wie die Behörden kaum etwas in diesen Fällen unternehmen, hat die Hilflosigkeit zu Wut anschwellen lassen und sich letztlich in Gewalt entladen.«

Catarina nickte. »Hättest du so gehandelt?«

Toni rieb sich das Kinn. »Schwer zu sagen, wie man in einem bestimmten Fall reagiert, wenn man sich nicht in der genau gleichen Situation befindet.«

»Werden die Fälle aufgeklärt werden?«, wollte Catarina wissen.

Toni hatte ihr den letzten Teil des Gesprächs zwischen ihm und Anabel verschwiegen. »Ich denke schon.«

Catarina stieß sich von der Wand ab. »Dann lass uns mit der Arbeit beginnen.«

Zufrieden ging Toni gemeinsam mit Catarina ins Großraumbüro. Endlich würde in den Laden etwas Ruhe einkehren. Und endlich konnte er sich in die Akte einlesen, um genau zu erfahren, wie die Ermittlungen zum Mord an seinem Halbbruder abgelaufen waren.

Er nahm sich einen Kaffee, setzte sich auf seinen Bürostuhl und zog die Schreibtischschublade auf. Nachdem keiner etwas über das Verwandtschaftsverhältnis wusste, würde sich auch niemand fragen, warum er ausgerechnet diesen Fall als ersten der ungeklärten Fälle neu aufrollen wollte.

Aus dem Augenwinkel entdeckte er eine hektische Bewegung im Großraumbüro. Bruno fuchtelte wild mit den Armen. Toni sprang auf, fegte dabei die Kaffeetasse vom Tisch. Die Sauerei könnte später der Putztrupp wegmachen.

Brunos Gesichtsausdruck wirkte geradezu panisch.

»Wir sind gleich bei Ihnen. Versuchen Sie weiterhin, die Tür geschlossen zu halten«, hörte Toni Bruno ins Telefon sprechen. »Wir alarmieren den Notarzt, und bleiben Sie bitte in der Leitung. Wir müssen wissen, was bei Ihnen vor sich geht.«

Toni ahnte, was geschehen war. Er schnappte sich seine Waffe. Die Autoschlüssel hatte er in der Hosentasche.

»Sollen wir mitkommen?«, fragte David. »Es ist dieser Scheißkerl, richtig?«

Toni erinnerte sich an Catarinas Worte. David war ein Hitzkopf und erst vor Kurzem degradiert worden, weil er einen Verdächtigen verprügelt hatte. Sosehr Toni diese Wut nachempfinden konnte, so wenig konnte er im Moment jemanden an seiner Seite brauchen, der in einer solchen Situation unüberlegt handelte. »Catarina und Pedro, ihr kommt mit.« Dann wandte er sich an David. »Ruf einen Krankenwagen. Die Adresse findest du in der Akte hier.« Er zeigte auf die Unterlagen auf Brunos Schreibtisch.

»Du kennst die Adresse?«, fragte er Bruno.

»Ich bin dort öfter vorbeigefahren, um nach dem Rechten zu sehen.« Im Hintergrund hörte man Natalina schreien.

Toni sah, wie sich Brunos Gesicht gequält verzog. Sie mussten sich beeilen. Bruno nannte ihm die Straße, und Toni war froh, dass sich die Adresse nicht am anderen Ende der Stadt befand.

Mit heulenden Sirenen fuhren sie vom Revier auf die Hauptstraße. Bruno sprach per Handy die ganze Zeit über beruhigend auf die Frau ein. Toni raste hoch konzentriert durch die Straßen. Hoffentlich kamen sie noch rechtzeitig. Erneut verfluchte er die verstopften Straßen und die Ignoranz einiger Autofahrer, die einfach keinen Platz machten und somit kostbare Zeit verschwendeten.

»Er bricht die Tür auf«, kreischte es durch den Hörer.

»Wir sind gleich bei Ihnen«, versicherte Bruno ihr, obwohl sicherlich noch fünf Minuten Fahrt vor ihnen lag. Der Krankenwagen würde vermutlich noch länger brauchen. Außerdem würden die Sanitäter kaum in eine Wohnung gehen, in der sich ein Verbrecher aufhielt. Sie konnten nur hoffen, die Sirene würde Alonso zur Vernunft bringen. Wenn zu diesem Mann überhaupt etwas durchdrang. »Schieben Sie etwas vor die Tür.«

»Ich kann nicht«, jammerte Natalina.

Ein Schuss knallte. Gefolgt von Natalinas Kreischen.

»Scheiße«, flüsterte Catarina. »Wir kommen zu spät.«

Toni hoffte, sie würde sich irren.

»Natalina«, brüllte Bruno. »Alles in Ordnung?«

»Welche Hausnummer?«, fragte Toni. Immerhin waren sie in der richtigen Straße angelangt.

»Vierundsechzig«, sagte Pedro. Er schien die Ruhe selbst zu sein.

Toni hielt mit quietschenden Reifen, alle sprangen zeitgleich aus dem Wagen. Pedro hatte eine Einmannramme dabei, schlug direkt auf das Türschloss, und die Eingangstür schwang auf.

»Welches Stockwerk?«, fragte Bruno. »Verdammt, rede mit mir!«

»Vier«, drang ein leises Flüstern durch den Lautsprecher.

Pedro rannte voraus, gefolgt von Toni und Catarina. Bruno fiel ein wenig zurück. Er sprach beruhigend auf Natalina ein.

»Fertig?«, fragte Pedro.

Catarina und Toni nickten. Die Pistolen im Anschlag, standen sie bereit.

Pedro ließ die Ramme gegen das Schloss sausen. Mit einem knarzenden Splittern sprang die Wohnungstür auf.

Toni eilte in den Gang. Sein Blick schweifte durch die verwüstete Wohnung. Natalina musste sich heftig gewehrt haben, bevor sie sich hatte im Badezimmer einschließen können.

»Alonso!«, rief Toni. »Kommen Sie mit erhobenen Händen raus. Sie haben keine Chance.«

Langsam schob sich Toni in die Wohnung. Er prüfte jedes Zimmer. Rückendeckung erhielt er von Catarina und Pedro.

Das Geräusch von berstendem Holz wies Toni den Weg. Alonso versuchte noch immer, bis ins Badezimmer vorzudringen. Das Schlafzimmer musste am Ende des Gangs liegen. Toni warf einen Blick in das Zimmer und entdeckte Alonso. Er hielt eine Waffe in der Hand und rammte erneut seine Schulter gegen das Türblatt.

Natalina kreischte auf. Das Türblatt gab nach, und Alonso fiel ins Badezimmer. Toni hechtete nach vorn, um ihn nicht aus dem Blickfeld zu verlieren. Den Schmerz, der seine Schulter durchzuckte, als er hart auf dem Fußboden aufschlug, ignorierte er. Er durfte diesen Kerl nicht aus den Augen verlieren.

Noch bevor er Alonso auffordern konnte, die Waffe wegzuwerfen und sich zu ergeben, sah Toni, wie Alonso die Waffe anhob. Seine Absicht war klar: Er wollte Natalina Forteza erschießen.

Toni drückte ab.

Natalina schrie auf.

Bruno schrie ebenfalls.

Catarina eilte neben Toni, die Waffe im Anschlag.

Hugo Alonso lag auf dem Badezimmerboden und rührte sich nicht mehr. Trotzdem zielte Catarina weiterhin mit der Waffe auf ihn.

Pedro drängte sich behutsam an ihr vorbei, ging auf Alonso zu und entwaffnete den am Boden liegenden Mann. Toni robbte zu ihm, tastete am Hals nach einem Puls. Er spürte keinen. Es war vorbei.

Natalina kauerte in der Badewanne und starrte sie aus aufgerissenen Augen an. Die Emaille war blutverschmiert. Die Lippe der Frau blutete stark. Blut tropfte von ihrem Kinn. Ob sie sonst verletzt war, konnte Toni nicht erkennen.

Die Frau schnappte immer wieder hektisch nach Luft. Sie hyperventilierte. Und sackte schließlich bewusstlos zusammen.

»Wo bleibt nur der Krankenwagen?«, rief Bruno und rannte im nächsten Augenblick aus der Wohnung. Das sich nähernde Sirenengeheul kündigte die Ankunft der Rettungskräfte an.

Catarina beugte sich über Natalina. »Bis auf ein paar Blessuren scheint ihr nichts zu fehlen. Zumindest sehe ich keine Verletzungen.«

»Und woher kommt das Blut?«, fragte Pedro und half Toni auf die Beine.

»Wie es aussieht, von ihrer Lippe«, wagte Catarina eine erste Einschätzung.

Toni rieb sich die Schulter. Die würde er die kommenden Tage deutlich spüren. Dennoch überrollte ihn die Erleichterung wie eine Welle. Sie waren noch rechtzeitig gekommen. Nur eine Minute später und Alonso hätte sein nächstes Opfer erschossen.

Die Sanitäter tauchten auf. Toni machte Platz, damit sie sich um die bewusstlose Frau kümmern konnten.

Er steckte seine Waffe ins Schulterhalfter und rief die Spurensicherung. Es würde eine interne Untersuchung geben. Immerhin hatte Toni einen Menschen erschossen. Nicht zum ersten Mal. Aber in diesem Fall spürte Toni kein Bedauern. Dieser Kerl war krank, und sosehr er offenbar auch die Psychologen täuschen konnte, Bruno hatte er nicht hinters Licht führen können. Er klopfte seinem Kollegen anerkennend auf die Schulter. »Ohne dich wäre sie jetzt tot.«

»Sie kommt zu sich«, erklärte einer der Notärzte. »Na? Fühlen Sie sich in der Lage, aus der Wanne zu steigen? Haben Sie Schmerzen?«

Natalina rappelte sich mithilfe der Notärzte auf die Beine. »Es geht schon.«

Toni sah zu, wie die beiden Ärzte Natalina aus der Wanne halfen und sie zum Bett führten. Sie setzte sich und schien wirklich weitgehend unverletzt zu sein.

»Ich hätte auf Sie hören sollen«, sagte sie matt.

Brunos Gesichtsausdruck zeigte deutlich dessen Erleichterung. »Dann geht es Ihnen so weit ganz gut?«

»Das habe ich Ihnen zu verdanken.« Sie rang sich ein Lächeln ab.

»Wir bringen Sie jetzt zu einem Check-up in die Klinik.« Die beiden Ärzte hakten sie unter und führten sie zum Fahrstuhl. Kurz darauf waren sie verschwunden.

»Glück gehabt«, sagte nun auch Pedro. »Und Zeit, Feierabend zu machen. Für heute reicht es wirklich.«

»Allerdings«, stimmte Catarina ihm zu.

Toni würde noch im Revier vorbeigehen müssen, um seine Waffe abzuliefern. Das verlangte das Protokoll. Aber anschließend würde er nach Hause fahren, sich ein gutes Glas Wein genehmigen und die Füße hochlegen. Ganz offensichtlich forderte ihm sein Job hier deutlich mehr ab, als er angenommen hatte.

Drei Wochen später

46

Mel blickte dem Abend schon neugierig entgegen. Wie Tonis Arbeitskollegen einen deutsch-spanischen Grillabend werten würden? Deutsche Salate und spanisches Grillgut. Der Mix würde zwar befremdlich wirken, aber da Mel den Einkauf von Toni überprüft hatte, konnte sie nicht anders, als mit ein paar deutschen Salaten dagegenzuhalten, um nicht selbst vor einem leeren Teller sitzen zu müssen.

Mels Mutter hatte schallend gelacht, als sie Mel beim Vorbereiten überrascht hatte. Dann hatte sie die Idee gut gefunden und begonnen, ihr dabei zu helfen.

Kartoffel-, Tomaten- und Gurkensalat standen bereits im Kühlschrank, und den Nudelsalat rührte Adelheid gerade kräftig durch.

Von den spanischen Tapas würde Mel zwar etwas essen können, doch der Rest? In Spanien schien man alles in Schinken einzuwickeln, und mit der Chorizo hatte sie sich schon vor ihrem Wechsel auf vegetarische Kost nicht anfreunden können. Diese würzige, aber fette Paprikawurst hatte ihr Magen ebenso wenig vertragen wie die etwas mildere und weichere Sobrassada. Adelheid liebte beides, und in dem Punkt waren sich Toni und ihre Mutter einig: kein Grillfest ohne die typischen lokalen Gerichte.

Die gegrillten Pimientos de Padrón schmeckten Mel

hingegen hervorragend, auch die Patatas Bravas mochte sie sehr. Aber auf die Datteln im Speckmantel und die mit Schinken umwickelten Sardinen konnte sie gerne verzichten. Eventuell ließe sie sich ausnahmsweise zu einem der marinierten Scampispieße hinreißen.

»Perfecto, ihr seid ja schon fast fertig. Dann gehört die Küche jetzt mir, oder?« Toni stellte eine Tüte auf den Tisch.

Mel sah ihn fragend an, bevor sie einen Blick hineinwarf.

»Das ist nicht dein Ernst«, schimpfte sie los und knotete die Tüte sofort wieder zu.

»Nur heute«, versuchte Toni, sie zu überzeugen.

»Wenn du die nächsten Tage auf dem Sofa verbringen willst, bitte!«, drohte Mel. »Wir hatten eine klare Abmachung, und ich bin dir schon mit den Wurstsachen sehr weit entgegengekommen.«

Adelheid, von Neugierde gepackt, öffnete die Einkaufstüte. »Kaninchen und Lammspieße?«

»Direkt vom Bauern«, erklärte Toni strahlend. »Die hatten zuvor ein schönes Leben.«

»Ein verdammt kurzes Leben«, knurrte Mel. Das Lamm und auch das Kaninchen hatten mit Sicherheit nur wenige Wochen ihres Lebens genießen dürfen.

Toni sah zu Mel und schenkte ihr ein spitzbübisches Lächeln. »Aber die Zeit, die sie hatten, war wenigstens schön.«

»Mit solchen Argumenten kannst du mich nicht umstimmen.« Mel stemmte ihre Hände in die Hüften.

»Spielverderber«, mischte sich Adelheid ein.

»Ihr könnt euch entscheiden, entweder ich oder die toten Tiere.« Mel wischte sich die Hände an einem Küchentuch trocken.

Adelheid und Toni wechselten einen raschen Blick. »Pack besser alles in meinen Kühlschrank.«

Mel verzog das Gesicht.

»Hey, mein Kühlschrank ist wie die Schweiz. Neutral«, wandte Adelheid ein und zeigte auf ihren Haustürschlüssel.

Toni lachte laut los, schnappte sich die Tüte sowie Adelheids Schlüssel und verließ die Küche.

Mel ignorierte den Spruch ihrer Mutter und stellte den Nudelsalat in den Kühlschrank. »Du fällst mir in den Rücken.«

»Und du verstehst es, einen Mann in die Flucht zu treiben. Bald isst Toni öfter bei mir als bei dir«, wandte Adelheid ein. »Sei nicht so hart.«

Mel brummte. Vermutlich hatte ihre Mutter recht.

»Das Zeug kommt auf den Grill«, beschloss Adelheid ohne Rücksicht auf Mels Gefühle. »Du musst es ja nicht essen.«

Die Türglocke ließ Mel aufschrecken. Sie hatte noch zwei Stunden, bis die ersten Gäste kämen. »Wer kommt denn jetzt schon?« Irritiert ging sie zur Haustür und öffnete.

Die Mutter von Alba und Emilia stand davor und reichte ihr zwei Pappschachteln. »Ich bin eine schreckliche Bäckerin, aber ich wollte mich bei Ihnen noch herzlich bedanken.«

»María, kommen Sie doch herein«, bat Mel und trat beiseite. »Immer geradeaus.«

»Ich will nicht stören«, entschuldigte sie sich.

»Ach was, möchten Sie ein Glas Wein?«, fragte Mel lächelnd.

»Ich komme auch wirklich nicht ungelegen?«, hakte María nach.

»Wenn es Sie nicht stört, dass ich nebenbei ein bisschen die Küche sauber mache?« Mel nahm ihr die beiden Schachteln ab und stellte sie auf den Esszimmertisch. »Weißwein?«, fragte sie.

»Gerne«, bedankte sich María. »Adelheid, schön, Sie wiederzusehen. Wie geht es Ihnen?«, begrüßte sie Mels Mutter.

»Alles bestens«, sagte Adelheid und lächelte sie an.

María setzte sich auf den angebotenen Barhocker an der Küchentheke.

»Wie geht es Ihren Töchtern?« Mel hatte Alba seit ihrer Freilassung nicht mehr gesehen. Und auch ihr letzter Kontakt mit Emilia lag schon länger als eine Woche zurück.

»Albas Ex-Verlobter ist inzwischen ausgezogen, und Emilia wohnt bei ihr«, sagte María, und auf ihrem Gesicht lag ein zufriedenes Lächeln. »Die beiden haben viel nachzuholen.«

Adelheid nickte und lehnte sich neugierig an den Küchentresen.

Mel reichte María ein Glas Wein. »Das freut mich. Geht Emilia zum Psychologen?«

»Jeden Tag, wie es der Staatsanwalt verlangt hat«, bestätigte María. »Es wird für sie vermutlich nochmals aufwühlend sein, wenn es zur Verhandlung kommt, aber das wird sie durchstehen.«

»Bis dahin ist noch Zeit für die Vorbereitung.« Mel hatte zwar das psychologische Gutachten veranlasst, der unabhängige Arzt war jedoch nur von einer bedingten Strafunfähigkeit ausgegangen. Mel war dennoch überzeugt, dass es nur zu einer Bewährungsstrafe kommen würde. Zudem war es in ihren Augen auch wichtig, dass sie nach dieser Tat nicht völlig straffrei ausging. Jeder Mensch mit einem Gewissen sehnte sich im Grunde nach einer Strafe, um anschließend wieder in den Spiegel sehen zu können und zu wissen, dass die Schuld gesühnt wurde.

»Wie kommen die Nachforschungen voran?« María wusste von der Vereinbarung.

Mels Kollege Fernando hatte alle Informationen dieser Sondereinheit zur Verfügung gestellt, und es gab bereits erste Treffer, dennoch würde die Suche noch einige Zeit in Anspruch nehmen.

»Es geht voran.« Wie Mel von Toni wusste, waren auch einige brisante Akten bei Doktor Gúzman gefunden worden. »Ich hoffe nur, dass dieser Eva Molina Reyes noch etwas nachgewiesen wird. Sie bestreitet weiterhin jegliche Beteiligung an diesem Babyhandel. Doch als Gúzmans rechte Hand ist das nur schwer vorstellbar.«

»Geradezu unmöglich«, bestätigte María und nippte an ihrem Wein. »Was wird aus Carmen Santana?«

»Das Gutachten ist noch unvollständig. Aber sie ist wenigstens nicht mehr selbstmordgefährdet, seitdem Toni ihr versichert hat, dass er alles unternehmen wird, um ihre kleine Schwester zu finden. Das gibt ihr Hoffnung.« Mel wischte die Arbeitsplatte ab und stellte die Spülmaschine an. »Dennoch braucht sie eine intensive Behandlung.«

María seufzte. »Wie viele Familien wohl von diesem Schicksal betroffen sind?«

»Man geht von mehr als dreihunderttausend Fällen aus. Das sind aber Schätzungen. Man kann nach so vielen Jahren nicht wissen, wie hoch die Ziffer tatsächlich ist.« Mel stützte sich mit den Händen auf den Tresen. »Ein tragisches und dunkles Kapitel.«

»Es wird Zeit, dass es ans Licht gezerrt wird«, sagte María. »So schmerzhaft es ist, alles wieder aufzurühren. Aber Totschweigen zerstört die Seele. Das sieht man an Emilia und Carmen Santana. Das Desinteresse der Behörden hat Kriminelle aus ihnen werden lassen. Sie wussten doch gar nicht, wohin mit ihrer Wut.«

Mel war der gleichen Ansicht. Und sie würde mit Tonis Hilfe genau erfahren, ob und wann etwas verschleiert werden sollte. Sie waren sich einig gewesen, alles aufzudecken, was andere Stellen eventuell unter den Tisch kehren wollten.

Toni kam pfeifend in die Küche. »Oh, wir haben Besuch.«

»Ich wollte sowieso eben gehen«, sagte María. »Danke für den Wein.«

»Kann ich die nächsten Tage Emilia besuchen?«, fragte Adelheid. »Ricardo hätte sie auch gerne wieder in seiner Küche.«

María griff nach Adelheids Hand. »Ich werde es ihr sagen. Sie wird sich bei dir melden. Jetzt muss ich aber wirklich los.«

»Grüß deine Töchter von mir, ja?«, bat Adelheid.

»Danke«, sagte María. »Bis bald.«

»Danke für das Gebäck.« Mel begleitete María an die Tür, wo sie sich mit je einem Küsschen auf die Wangen verabschiedeten.

Toni hatte zwischenzeitlich einen Deckel aufgeklappt. »Oh, Ensaimada, lecker.«

»Lass die Finger davon«, warnte ihn Mel, als er aus der Schublade ein Messer herauszog. »Das wird der Nachtisch heute Abend.«

»Spielverderber«, murrte Toni. »Wieso bringt mir eigentlich nie jemand als Dankeschön so was aufs Revier?«

»Weil jedes Kind weiß, dass es wie Bestechung aussehen würde«, gab Mel schlagfertig zurück. »Und ich mache mich jetzt für unsere Gäste fertig.«

»Dann kümmere ich mich besser mal um den Grill«, sagte Toni.

Adelheid ging auf die Terrasse und warf einen Blick über ihre Schulter zurück. »Ich bringe meinen zu euch rüber. Denn das Fleisch kommt ebenfalls auf den Grill. Und zwar auf meinen. Dann kann auch Mel nichts mehr dagegen sagen, wenn das Fleisch getrennt von ihrem Essen gebrutzelt wird.«

Toni warf Mel einen fragenden Blick zu.

»Ist ja schon gut. Gegen zwei Kannibalen im Haus habe ich sowieso keine Chance.«

Toni ging auf Mel zu, schloss sie in die Arme und küsste sie. »Danke.«

Ihre Mutter hatte recht. Sie sollte toleranter mit Tonis Ernährungsgewohnheiten umgehen.

Fröhlich pfeifend ging Toni in den Garten.

Mel blickte ihrem Mann nach. So gelöst, wie er jetzt wirkte, schien alles auf einen angenehmen Abend unter Freunden hinzudeuten, doch sie kannte ihn besser. Ihm ging es nicht nur darum, dem Team gegenüber seinen Einstand zu geben, auch nicht darum, die Zusammenarbeit zu verbessern und für Zusammenhalt zu sorgen. Das war ihm natürlich auch wichtig. Aber Mel war überzeugt davon, dass Toni seine Kollegen samt ihren Partnern genauer beobachten wollte, wenn sie fern der Arbeit waren, um sie künftig besser einschätzen zu können. Obwohl Toni mit ihr bisher nicht über den Mordfall an seinem Halbbruder gesprochen hatte, wusste sie genau, dass er diesen ungelösten Fall zuerst bearbeiten würde. Und – er vermutete einen Maulwurf in der Truppe, und den wog man besser in Sicherheit, bevor man die Falle zuschnappen ließ.

Bis es so weit war, konnte sie ihn nur in allen Belangen unterstützen. Und genau das würde Mel tun.

Zu den Hintergründen der Geschichte

Zunächst muss ich sagen, dass es sich bei *Mörderisches Mallorca – Toni Morales und die Töchter des Zorns* natürlich um eine fiktive Geschichte handelt und die darin vorkommenden Personen meiner Fantasie entsprungen sind. Dennoch möchte ich Ihnen die wahren Hintergründe dieser Geschichte nicht vorenthalten.

Es gilt als erwiesen, dass in Spanien seit den Dreißigerjahren schätzungsweise 300 000 Kinder im Kleinkindalter oder als frischgeborener Säugling ihren echten Familien entrissen wurden, um mit ihrem Verkauf einen widerlichen Profit zu erzielen. Zu Beginn der Geschehnisse war das Vorgehen noch politisch motiviert – so waren zunächst vor allem die Kinder von regimekritischen Frauen betroffen – und von Francos Regierung wohlwollend betrachtet, um die Opposition zu schwächen. Doch auch nach Francos Regierungszeit wurde dieses lukrative Geschäft einfach weiterbetrieben, nachweislich bis in die frühen Neunzigerjahre. Obwohl die Kirche während der Diktatur neben Franco Alleinherrscherin war, so hat sich deren Einfluss auch später noch über Jahrzehnte gehalten. Priester, Ärzte und Kirchenangehörige wurden als unantastbar und auch unfehlbar angesehen.

Selbst als die ersten nachweislichen Fälle bekannt wurden, geschah nichts. Bis heute wird das Thema von der spanischen Regierung totgeschwiegen. Doch das Volk wird lauter.

Es existieren in fast jeder größeren Stadt Spaniens Selbsthilfegruppen, die sich um die Suche der vermissten Familienangehörigen bemühen. Aufgrund der mangelnden Unterstützung von offizieller Seite sind diese Bemühungen leider nur von sehr geringem Erfolg gekrönt. Die Opfer werden nach wie vor alleingelassen.

Als ich das erste Mal von diesen Vorkommnissen las, konnte ich die hohe Opferzahl kaum glauben. Noch unglaublicher erschien mir, dass sich von offizieller Seite kaum jemand für eine Aufklärung interessiert.

Die im Roman erwähnte Verhandlung gab es tatsächlich, Schwester María Florencia Gómez Valbuena lieferte die Vorlage für die Nonne im Roman. Der Prozess begann erst 2012 in Madrid. Auch hier sieht man deutlich, wie langsam bzw. nachlässig gearbeitet wurde. Obwohl bei dieser Nonne bereits eine Verwicklung in den Babyhandel bekannt war, benötigte die Staatsanwaltschaft offenbar ganze fünfzehn Jahre, um Schwester María in mehreren Fällen anzuklagen.

Dennoch war es der erste Fall, in dem eine Angehörige der Kirche überhaupt für diese Straftaten belangt werden sollte. Die Ordensschwester war offenbar bis in die späten Achtzigerjahre aktiv am Babyhandel in Madrid beteiligt gewesen. Im Zuge des Gerichtsprozesses wurden bei der Untersuchung insgesamt 1072 Fälle untersucht. Es fanden vierzehn Exhumierungen statt und Schwester María Florencia Gómez Valbuena wurde mehrfach vor Gericht vernommen – ohne Erfolg. Sie verweigerte die Aussage. Es ist allerdings bekannt, dass sie in einem blauen Schulheft tatsächlich sehr genau über ihre Taten Buch geführt hat.

Für die Säuglinge und Kleinkinder wurden teilweise Summen im Gegenwert einer Eigentumswohnung verlangt. War die Abgabe des Kindes »freiwillig«, so wurden der verzweifelten, oft minderjährigen oder alleinstehenden Mutter die Krankenhauskosten erlassen. Einen Weg zurück gab es nicht. Viele Mütter haben ihr Vorgehen nach wenigen Tagen bereut und versucht, ihr Kind wiederzubekommen. Vergeblich.

Ebenfalls bekannt ist das im Roman erwähnte Vorgehen bei Geburten: Entweder man sagte den Eltern, man wolle ihnen den traurigen Anblick des toten Kindes ersparen, oder man zeigte ihnen in einigen Fällen tatsächlich einen fremden, gefrorenen Säuglingskörper, der als Leichnam des verstorbenen Kindes ausgegeben wurde.

Schwester María arbeitete eng mit Doktor Eduardo Vela zusammen. In der Verhandlung im Oktober 2018 wurde seine Beteiligung in drei Fällen nachgewiesen, dennoch wurde er freigesprochen, da das Gericht seiner Aussage glaubte, auf Regierungsbefehl gehandelt zu haben. Ob der mit sechsundachtzig Jahren im Oktober 2019 verstorbene Vela tatsächlich an den abgeurteilten Fällen beteiligt war, wird inzwischen angezweifelt. In einem Fall konnte die leibliche Mutter ermittelt werden, und diese gab zu Protokoll, sie habe ihre Tochter freiwillig zur Adoption freigegeben.

Schwester María wie auch Doktor Vela bekannten sich beide nicht schuldig, und ihre Anwälte beriefen sich auf das Amnestiegesetz, laut dem keine politisch motivierte Tat, die während der Franco-Diktatur begangen wurde, in der Gegenwart verhandelt werden darf. Das schließt auch alle Kapitalverbrechen ein.

Schwester María verstarb während der Verhandlung an einem Lungenleiden mit siebenundachtzig Jahren, bevor das Hauptverfahren eröffnet werden konnte.

Der einzige Mensch, der sich bisher auf hoher Ebene für

die »geraubten Kinder« und andere Menschenrechtsverletzungen in der Franco-Zeit einsetzte, ist Richter Baltasar Garzón. Er dokumentierte allein 30 000 Fälle von »verschwundenen Kindern« während des Franco-Regimes. Sein Engagement für die Aufarbeitung der damals begangenen Verbrechen und sein Kampf für eine gerechtere Welt kosteten ihn letztlich seine Karriere. Er wurde 2010 als Richter abgesetzt und erhielt zwölf Jahre Berufsverbot.

Somit gab es bisher in diesen grauenvollen Fällen von Kinderhandel noch keine einzige Verurteilung. Die mittlerweile erwachsenen Opfer werden ihre wahre Herkunft nur in Ausnahmefällen herausfinden. Es gibt in Spanien zwar eine DNS-Datenbank, doch ist laut Presse und Opfervereinigungen auch dort eine saubere Arbeitsweise nicht gewährleistet. Verunreinigungen und Verwechslungen sind nicht auszuschließen. Zudem werden DNS-Vergleiche meist auf eigene Kosten oder in seltenen Fällen auf richterliche Anordnung getätigt.

Dieses dunkle Kapitel in der Geschichte Spaniens soll offenbar ungeklärt und ungesühnt bleiben, zumindest macht man es den Opfern nach wie vor schwer. Das beginnt schon beim Versuch, die entsprechenden Papiere in den Kliniken einzusehen. Dabei erklären die Opfer offen, dass sie nicht auf Rache aus, sondern an der Wahrheit interessiert sind.

Auf Mallorca gab es einen Fall zweier Geschwister, die nur wenige Ortschaften voneinander entfernt aufwuchsen und nichts von der Existenz des jeweils anderen wussten. Erst der Zusammenschluss der Opfer auf Mallorca brachte die beiden zusammen.

Die Initiatorin dieser Gruppe auf Mallorca weiß, wovon sie spricht: Sie selbst ist ein eineiiger Zwilling. Nach Aussagen der Ärzte war sie bei der Geburt eher schwächlich, dennoch starb nach offizieller Aussage das andere Zwillingsmädchen einen Tag später. Auch in diesem Fall wurde ein Blick auf die Leiche verweigert und die Eltern dazu überredet, den toten Säugling für wissenschaftliche Zwecke zur Verfügung zu stellen. Die Frau wusste zwar von der verstorbenen Schwester, hatte jedoch immer das Gefühl, dass ihre Schwester noch lebt. Im Jahr 2009 entdeckte sie ihren Zwilling zufällig in einer Fernsehreportage, die anschließende Suche gestaltete sich mühsam. Akten seien verloren gegangen.

Auf Mallorca gibt es etwa fünfzig Anzeigen zu gestohlenen Kindern. Jeder Fall ist anders und doch ähneln sie sich auf grausame Weise: Man log die Eltern über den Tod ihres Kindes an, um es weiterzuverkaufen. Die Dokumente, die die Geburt und auch den Tod in der jeweiligen Klinik beweisen, fehlen. Sie sind nicht mehr auffindbar oder längst vernichtet.

Besonders tragisch und bezeichnend empfinde ich die Ereignisse, die sich ganz aktuell zugetragen haben. Sie zeichnen ein deutliches Bild des Umgangs mit der tragischen Vergangenheit der Opfer: Im Januar 2015 wurde María Asunción López Rodríguez wegen Verleumdung und Rufmords verurteilt.

Im Alter von acht Jahren erfuhr sie von den Adoptiveltern (zum Zeitpunkt der Adoption bereits siebenundsechzig und sechzig Jahre alt), dass sie 1964 als Baby gegen eine Zahlung von 250 000 Peseten adoptiert worden war. Das entspricht heute umgerechnet 1500 Euro bei einem damaligen Jahresdurchschnittsverdienst von 3000 Euro. Auf der Adoptionsurkunde befand sich eine Unterschrift. María wurde von ihrer Tante, einer »Schwester der Barmherzigkeit«, vermittelt. Die Nonne gab zu, dass es sich um ihre Unterschrift handle, erklärte aber, dass sie zu diesem Thema nichts weiter sagen könne.

María Asunción López Rodríguez zeigte als Erwachsene

ihre Tante an. Sie wollte wissen, wer ihre wahren Eltern sind. Da die Nonne die Aussage verweigerte und bis auf die Unterschrift keine Beweise für eine illegale Adoption vorlagen, wurde der Fall zu den Akten gelegt. In María reifte die Vermutung, sie sei nicht nur illegal adoptiert worden, sondern eines der gestohlenen Kinder. Welchen Grund sollte ihre vermeintliche Tante sonst haben, ihr ihre wahre Herkunft zu verheimlichen? Um anderen Opfern zu helfen, gründete María Asunción López Rodríguez eine Selbsthilfegruppe, der sich viele Opfer anschlossen, um die wahren Hintergründe dieser erschreckenden Taten zu erfahren.

Als es 2012 in Madrid zum ersten Prozess gegen Ordensschwester María Gómez Valbuena kommen sollte, gewann das Thema plötzlich an öffentlichem Interesse. María Asunción López Rodríguez wurde als Gründerin der Selbsthilfegruppe in Talkshows eingeladen, sie sprach offen über ihre unbekannte Herkunft und auch darüber, dass ihre Tante sie gegen eine Bezahlung an ihre jetzigen Eltern vermittelt hätte. Ob sie dadurch hoffte, den Druck auf die Nonne zu erhöhen? Ich weiß es nicht.

Die Ordensschwester jedenfalls zeigte ihre Nichte wegen Rufmords und Verleumdung an. Was nun folgte, war ein Schlag ins Gesicht aller Opfer. Es kam in der gesamten Geschichte um die vielen geraubten und illegal vermittelten Kinder zu einer ersten Verurteilung – eines Opfers!

María Asunción López Rodríguez wurde zu einer Strafe von 3000 Euro sowie einer Schadenersatzzahlung von 40 000 Euro an ihre Tante verurteilt. Da sie das Geld nicht aufbringen konnte, drohten ihr fünf Monate im Gefängnis. Aus diesem Grund gingen im Juli 2016 viele Menschen auf die Straße, um gegen das ungerechte Urteil zu demonstrieren. Es nützte nichts, María musste für vier Monate ins Gefängnis.

So tragisch die Geschehnisse auch sind, gibt es glücklicherweise auch immer wieder einen Hoffnungsschimmer, der dieses dunkle Kapitel der spanischen Geschichte erhellt. Immer wieder können Familien vereint werden, so auch auf Mallorca. Und das gibt den Hilfsorganisationen Kraft, ihren Kampf weiterzuführen. Ich wünsche ihnen dabei viel Erfolg und viel Glück und bedanke mich für die zahlreichen Informationen, ohne die ich diesen Roman nie hätte schreiben können.

Danksagung

Nachdem Sie nun schon viel zu den Hintergründen der Geschichte erfahren haben, möchte ich Sie noch an der Entstehung des Romans teilhaben lassen.

Man denkt ja immer, das Schreiben sei eine einsame Tätigkeit. Das stimmt nur zum Teil, denn es gibt weit mehr zu tun, als am Schreibtisch zu sitzen und zu schreiben.

Natürlich kenne ich nach vierzehn Jahren die Insel Mallorca sehr gut, und doch gibt es immer wieder Dinge, die ich eben nicht weiß. Beispielsweise: Wie arbeitet die Mordkommission auf der Insel? Wer von den drei unterschiedlichen koexistenten Polizeigruppen befasst sich überhaupt mit den Kapitalverbrechen? Die Policía Local? Die Policía Nacional? Oder die Guardia Civil? Und welche Einheit durchläuft welche Ausbildung? Die Zuständigkeiten und alles, was mit dem Polizeiapparat zu tun hat, habe ich von den wundervollen Menschen aus den Polizeirevieren in Palma und in Sencelles erfahren, die mir viel über die Struktur und die Zuständigkeiten vermittelt haben. Unter anderem habe ich von ihnen gelernt, dass ein Comisario sein Büro nur zum Pinkeln verlässt und nie auf den Straßen der Stadt ermittelt. Er ist ein Schreibtischermittler. Deshalb ist Toni Morales auch kein Comisario, sondern ein Comandante, der tatsächlich anpackt. Vielen Dank für die Aufklärung!

Ich muss gestehen, dass ich, um die Geschichte rund um meinen Ermittler und sein Team zu erschaffen, ein paar Kleinigkeiten in puncto Zuständigkeit in Palmas Stadtbereich anpassen musste. Man möge es mir verzeihen.

Ebenfalls danke ich den unterschiedlichen Gruppen der Niños Robados in den sozialen Netzwerken, die mich in ihrer Mitte aufgenommen und Zaungast haben sein lassen. Es war für mich tragisch, zu sehen, wie mit diesem Thema umgegangen wird. Umso erstaunlicher empfand ich die Nachsicht mit den Tätern. Die Betroffenen wollen keine Rache, sie wollen nur ihre Familien wieder zusammenführen. Es wäre schön, wenn in diesem Punkt auch von offizieller Seite endlich etwas in die Wege geleitet würde. Für die gewährten Einblicke und die Beantwortung meiner offenen Fragen bedanke ich mich von ganzem Herzen.

Außerdem bedanke ich mich herzlich bei Alex Conrad für die zahlreichen Hinweise und die immerwährende Unterstützung. Lilly Antic danke ich für ihre Begeisterung und meiner Schwester für ihre Gelassenheit, wenn ich manchmal schlechte Laune hatte, weil meine Figuren nicht so agieren wollten, wie ich es geplant hatte.

Dem ganzen Team der Literarischen Agentur Kossack danke ich für die wundervolle Unterstützung, für ihre Begeisterung für meine Geschichten und dafür, immer ein offenes Ohr für mich zu haben. Ihr seid toll!

Kerstin von Dobschütz danke ich für das großartige Lektorat und die fruchtbare Zusammenarbeit. Ebenfalls danke ich Nora Haller für ihre Begeisterung und Greta Frank für ihre Unterstützung. Ich freue mich schon auf die weitere Zusammenarbeit!

Ganz besonders danke ich jedoch Ihnen, meinen Lesern und Leserinnen. Wenn Sie bis hierher gelesen haben, hoffe ich, Sie begeistert zu haben, denn das ist das Ziel einer jeden Autorin, also auch meines: Ich hoffe, Sie hatten schöne Lesestunden und haben die Reise mit Toni Morales und seinem Team genossen. Ich würde mich freuen, Sie bald wieder in seine Welt auf Mallorca entführen zu dürfen.

Ihre Elena Bellmar